MW00714677

Нина Литвинец

ОСОБНЯК САМОУБИЙЦ

Москва
2018

УДК 821.161.1-312.4
ББК 84(2Рос=Рус)6-44
Д49

Оформление серии *С. Груздева*

Дитинич, Нина.

Д49   **Особняк самоубийц** / Нина Дитинич. — Москва : Издательство «Э», 2018. — 320 с. — (Детектив-событие).

ISBN 978-5-04-090316-0

Александра всегда была прагматичной реалисткой, поэтому не побоялась снять давно заброшенный особняк, который пользовался дурной славой. Ходили слухи, что прежние хозяева погибли при загадочных обстоятельствах, а в доме обитают призраки. Александра верила лишь в то, что из-за нелепых домыслов цена на аренду понизилась. Но после того, как она узнала о существовании клада, который спрятан где-то в доме, судьба артиста Альберта Барятьева и его жены Наденьки Александру заинтересовала. И теперь из дома она не уйдет, даже несмотря на то, что клад действительно охраняет самый настоящий призрак...

УДК 821.161.1-312.4
ББК 84(2Рос=Рус)6-44

ISBN 978-5-04-090316-0

Мы живем, точно в сне неразгаданном,
На одной из удобных планет...
Много есть, чего вовсе не надо нам,
А того, что нам хочется, нет...

Игорь Северянин

Не будем говорить о любви, потому что
мы до сих пор не знаем, что это такое.

К.Г. Паустовский

Пролог

Покрытый мхом времени старинный особняк на одной из улочек Замоскворечья врос в землю и угрюмо отгородился чугунной решеткой от своих таких же древних собратьев, чудом уцелевших от алчного ока варваров — охотников точечной застройки. Из-под облупившейся известки местами проглядывала древняя кладка кирпичей. Провалы окон пугали непроницаемой, тревожной чернотой. И мало кто осмеливался подняться по стертым мраморным ступеням к двустворчатым дверям с медным, изъеденным зеленью старинным кольцом.

Заброшенный дом внушал местным жителям необъяснимый страх, прохожие невольно обходили его стороной. Всего год назад здесь кипела жизнь, но странная гибель молодой женщины, а вскоре и смерть ее мужа изменили все. Трагедия прибавила зловещего флера особняку, и после смерти его хозяев даже наследники боялись приблизиться к дому, напоминающему склеп. А уж желающих снять его и вовсе не нашлось. Дом продолжал жить какой-то своей особенной, тайной жизнью, чему немало находилось свидетелей, видевших по ночам внутри странный блуждающий свет, а некоторые, особо впечатлительные, сквозь запыленные стекла окон ухитрялись разглядеть призраков, выглядывающих из-за штор.

Гуляя с собакой, Александра частенько бродила вдоль забора, окружавшего особняк, останавливалась и разглядывала затейливые украшения фасада. Ей хотелось побывать внутри, почувствовать таинственную атмосферу и встретить хотя бы одно привидение. Хотя как психолог и просто образованный человек она понимала, что слухи о доме — не более чем сказки, что рассказывают, чтобы пощекотать себе нервы, а за призраков принимают забравшихся в дом бомжей.

Но сегодня Александре было не до старинного дома и мистических историй, рука беспокойно сжимала в кармане письмо арендодателя с отказом о продлении договора аренды. Это был неожиданный, болезненный удар, потому что найти за столь короткий срок другой офис в центре столицы за приемлемую цену практически невозможно, а снять помещение на окраине — значит потерять большую часть состоятельных клиентов. Принимать их в собственной квартире, в которой со дня на день начнется ремонт, смешно, тем более что смета на работы строительной фирмой составлена и аванс уже внесен.

Она судорожно вздохнула, взгляд ее упал на ворота особняка, и вдруг Александру осенило.

«А почему бы не снять этот дом на время? Скажем, на год. Можно обустроить в нем офис, а заодно и жить здесь же. Особняк огромный, есть куда перевезти вещи на время ремонта».

И, будучи женщиной активной и решительной, она немедля принялась за дело. В тот же день разыскала нынешнего владельца особняка. Им оказался Леонид Петрович Извеков, двоюродный брат почившего в бозе известного артиста Альберта Барятьева. Извеков проживал с семьей в квартире покойного на Пречистенке. И, на счастье Александры, на встречу согласился охотно, а уже через час ждал ее у ворот особняка.

Александра издалека увидела худощавого мужчину лет шестидесяти пяти в темном старомодном пальто и потертой шляпе. Мужчина нервно озирался, хищно посверкивая стеклами круглых очков. Седыми, жесткими, смешно торчащими усами он почему-то напомнил Александре артиста, игравшего роль Кисы Воробьянинова в кинокомедии «Двенадцать стульев», но на этом сходство и заканчивалось. Но на героя одноименного романа Извеков вряд ли похож, как известно, Киса слыл известным кутилой и промотал состояние жены, а Извеков, напротив, представлялся Александре прижимистым, расчетливым человеком.

Внутреннее чутье не обмануло, Леонид Петрович оказался необыкновенно жадным типом и загнул такую астрономическую сумму за наем дома, что у Александры дыхание перехватило. Но она имела не только железную хватку и несгибаемый характер, но и удивительную находчивость. Поторговавшись и увидев, что Извеков не хочет уступать ни копейки, Александра печально вздохнула и с обворожительной улыбкой произнесла:

— Очень жаль, что вы хотите так много. Это безумная цена, я могу заплатить лишь половину.

Извеков упрямо боднул головой воздух и рассерженно промычал:

— Об этом не может быть и речи!

Но Александра не сдалась и тихим голосом, но со стальным напором, которому позавидовал бы сам великий полководец Суворов, проворковала:

— На вашем месте я бы за счастье сочла мое предложение. Ведь вы же понимаете, здесь не за что платить. Особняк запущен, вот-вот развалится и имеет такую дурную славу, что вряд ли кто другой его снимет. Так и будет гнить, а вы продолжите нести убытки. Ведь его содержание обходится недешево. А я, помимо платы за аренду, могу оплачивать коммуналку и приведу этот курятник в божеский вид.

Извеков понимал, что она права, и с унылым видом вынужден был согласиться.

Обоюдно скрепив подписями заранее подготовленный Александрой договор, они расстались. Александру удивило, что хозяин дома, вручив ей ключи, поспешно сбежал, даже не показав новой арендаторше территорию.

— А что тут показывать? Сами все посмотрите. Мне некогда, жена ждет, — и, с отвращением взглянув на лестницу, ведущую на верхний этаж, ринулся к выходу.

Глава 1
Переезд в загадочный дом

Не теряя времени, Александра в тот же день вместе с мальтийской болонкой и домработницей Зинаидой перебралась на новое место. И занялась обустройством.

На первом этаже она решила сделать кабинет для приема клиентов, потерявших психическое здоровье на полях отчаянного сражения за место под солнцем.

Надо сказать, что психолог Александра Барсова преуспевала на своем поприще, и от клиентов у нее отбоя не было. Пятидесятилетняя статная голубоглазая брюнетка с хорошей фигурой и приятной внешностью с первого взгляда располагала к себе. Ее спокойный, убаюкивающий голос, уверенный, проникновенный взгляд, мягкие манеры производили на клиентов магнетическое воздействие, они подпадали под ее власть, расслаблялись, забывали о стрессах и становились кроткими и спокойными. Визиты к Александре стоили дорого, поэтому ее посещали люди хотя и разношерстные, но состоятельные.

Квартира Александры находилась неподалеку отсюда в многоэтажном доме. В трех комнатах обитали она, ее любимая болонка и сорокапятилетняя домработница Зина. С мужем Александра рассталась, дети выросли, выпорхнули из родительского гнезда и жили отдельно. Женщина целиком и полностью посвящала себя работе, которую очень любила и которая очень неплохо ее кормила.

Заброшенный дом будил ее воображение. Она представляла, какие умопомрачительные тренинги с клиентами тут можно проводить. А в глубине души таилось любопытство, Александре казалось, что дом хранит какую-то непостижимую тайну. О странной смерти обитателей особняка до сих пор судачат. И средства массовой информации нет-нет да и вспомнят о загадочной кончине молодой жены известного артиста Альберта Барятьева. Да и смерть его самого окутана тайной. Никто достоверно не знал, что произошло в этом особняке, показания свидетелей трагедии лишь больше напустили тумана.

Александру не на шутку заинтересовала эта история, она выудила в Интернете множество информации о бывших обитателях заброшенного дома, но к разгадке, что же именно произошло с хозяевами особняка, так и не пришла.

На следующий день они с Зинаидой как следует осмотрели особняк.

При дневном свете в глаза бросилась паутина, обильно свисавшая с потолка, огромный слой пыли на мебели, грязный пол. Убранство особняка сохранилось в первозданном виде, и если бы не густая, плотная пыль, можно было подумать, что хозяева в спешке покинули дом и должны вот-вот вернуться. На паркете от сырости местами проступила плесень, повсюду валялись брошенные вещи. Александре невольно вспомнилась легенда о «Марии Целесте» — корабле, покинутом экипажем по невыясненной причине.

Зинаида, вооружившись тряпкой и ведром с водой, бросилась наводить порядок. К вечеру она стонала от боли в спине, но стоически закончила уборку.

Домработнице понравилась кухня, переходящая в столовую, на первом этаже. Старинный огромный резной буфет и овальный обеденный дубовый стол вполне органично сочетались с современной мебелью, бытовой техникой и бронзовыми, слегка выцветшими жалюзи.

Пока Зина перетряхивала ящики шкафов, драила до блеска полы и кастрюли, Александра на втором этаже знакомилась с комнатами бывших владельцев и библиотекой.

У бывшей хозяйки дома имелся кабинет, и он резко отличался от кабинета мужа рациональной простотой и удобством. Да и размером был значительно меньше. Компьютерный стол с полками у окна, кресло. Пара офисных шкафов, заполненных папками и книгами. Несколько портил вид старый книжный шкаф, целиком занимавший стену, за которым пряталась аскетическая оттоманка, застеленная шерстяным, сереньким в клеточку пледом. На столе в красивой металлической рамке — фотография мужа. И все щедро запорошено пылью.

Кабинет хозяина выглядел более вычурно и был обставлен антикварной мебелью из карельской березы.

«Странно, что такую дорогую мебель наследники оставили в доме, — подумала Александра. — Тем более что господин Извеков производит впечатление необыкновенно скупого человека».

Массивное, обитое мягчайшей вишневой кожей кресло возвышалось, словно трон, у стола и выбивалось из общего стиля утонченной старины. Шторы из тяжелого шелка, с кистями являлись произведением искусства и явно были специально заказаны по эскизам каталога девятнадцатого века. В кабинете хозяйки окна закрывали жалюзи: серебристые, с изящным рисунком, напоминающим веточки японской сакуры.

Спальни и Александра, и ее домработница выбрали наверху, внизу, несмотря на решетки, ночевать было страшновато.

— Мужичка бы нам хоть одного, — ворчала Зинаида. — В таком огромном домище и одни... Ну вы даете, Александра! Тем более здесь уже кого-то пришибли. Душой чую, хватим мы горя.

Они разговаривали в кабинете погибшей хозяйки особняка. Портрет худенькой жизнерадостной светловолосой женщины висел на стене. Угол фотографии был перепоясан черной шелковой лентой.

Маленькая, полнотелая, почти кругленькая Зина с ногами забралась на оттоманку и с благостным выражением лица вязала свитер. Рядом с ней калачиком свернулась болонка и безмятежно похрапывала.

Александра устроилась за столом с ноутбуком и скрупулезно выискивала информацию о супругах Барятьевых.

— Все-таки не верится, что жена артиста покончила с собой, — внезапно пробормотала Александра. — Странная какая-то смерть, неожиданная.

— Смерть всегда странная и неожиданная, — откликнулась Зинаида.

— А я ведь знала Надежду Барятьеву, — кивнула Александра на портрет.

— Да ну! — Глаза Зины загорелись любопытством. — Расскажите.

Александра глубоко вздохнула.

— Собственно говоря, близко мы не были знакомы, но иногда встречались, когда гуляли с собаками, общались.

Зинаида лукаво прищурилась.

— Тогда, выходит, я тоже ее знала, мы с ней частенько разговаривали, когда я Альму выгуливала.

— Мне она казалась очень несчастной, у меня даже возникло желание ей помочь, — словно оправдываясь, виновато произнесла Александра.

Удивленно взглянув на хозяйку поверх очков, Зина пробурчала:

— Да уж, счастливой ее назвать было трудно. Но мне думается, она сама виновата, прислугу распустила, мужа тоже.

— Чем же она виновата? У человека просто был мягкий характер.

— Нет, виновата! — завелась Зина. — И результат-то какой, сама повесилась, муж умер…

— А может, Надежду повесили, — задумчиво проговорила Александра.

— Так по телевизору сказали, что сама она на себя руки наложила.

— Ни с того ни с сего? Она была не похожа на психопатку. Поэтому даже если сама, то кто-то же довел ее до самоубийства! — гневно воскликнула Александра. — А это такое же преступление, как и убийство!

Глава 2
История особняка и его хозяев

Облезшие и засиженные птицами полуразрушенные кариатиды намертво вцепились в крышу особняка и держали ее уже третью сотню лет. Их глаза зорко наблюдали за происходящим. И наверняка увидели немало интересного. Ах, если бы они могли рассказать!

Особняк построен князем Барятьевым в девятнадцатом веке на месте боярского терема, сгоревшего во время московского пожара 1812 года.

Нина Дитинич

Первый владелец особняка — герой Отечественной войны, князь Барятьев, происходил из рода знатного и древнего. Прадед его был боярином, спальником при Иване Грозном, состоял в тайном совете у государя и в делах военных отличился. Но по навету попал в опалу и был казнен. Жена боярина, больше жизни любившая мужа, не пережила его смерти и наложила на себя руки, повесилась в своей горнице.

Странное дело, но в доме, построенном на месте сгоревшего терема, история повторилась, только в иной интерпретации. Один из потомков Барятьевых, человек жестокий и желчный, женился несколько раз. Трех жен извел своим обращением, они недолго жили после замужества. А Барятьев недолго оставался вдовцом. Но четвертая его супруга не умерла тихо от какой-нибудь болезни или тоски, а бесследно исчезла. Слуги меж собой шептались, мол, задушил барин барыню и где-то в доме замуровал. С тех пор особняк обрел дурную славу.

А незадолго до революции 1917 года многих потряс новый таинственный страшный случай: единственный наследник огромного состояния, молодой красавец повеса Барятьев внезапно застрелился при загадочных обстоятельствах. Прибежавший на звук выстрела слуга увидел посреди зала распростертого на полу мертвого хозяина рядом с пустым черным гробом, неизвестно откуда взявшимся. Никто из прислуги не видел, как гроб попал в дом, хотя из дома никто никуда не отлучался.

После этого обыватели сразу вспомнили, что на месте особняка в незапамятные времена было болото, где погибло немало всякого разного люда. Терем построили, осушив болото, и то, что он сгорел, было дурным знаком. А последующие события это только подтвердили. Поползли слухи по всей округе, что это место нечистое, что дом облюбовали призраки и живут в нем, а живым там места нет. И вообще есть в этом особняке что-то зловещее и даже угрожающее.

В советское время в особняке попеременно располагалось много всяких организаций. Последней занимала апартаменты союзная контора по снабжению и сбыту каких-то изделий. Сотрудники организации, не знакомые с судьбой дома, время от времени чувствовали как бы постороннее присутствие и необъяснимый, безудержный страх, поэтому вечерами старались на работе не задерживаться.

Комнаты и залы особняка были поделены на кабинеты. Фрески на потолке замазаны белой краской, и лишь в некоторых местах остались изразцы и великолепная лепнина. И только начальство решилось навсегда избавиться от буржуазной старины и отделать все современным пластиком, как грянула перестройка, контору выселили, а у особняка нашелся хозяин — известный артист Альберт Барятьев.

Альберт по материнской линии оказался потомком князей Барятьевых и взял фамилию родительницы.

Вальяжный, импозантный красавец брюнет соответствовал своему имени — Альберт, что по-латыни означает «белый», потому что имел удивительную белую кожу, почти сияющую, как говорили поклонницы.

Альберту перевалило за сорок, он был в самом расцвете мужских и творческих сил. Чеканный, мужественный профиль, известность и искрометное обаяние легко покоряли женские сердца, а серьезность и основательность характера внушали пассиям надежду на постоянство в отношениях и счастливый брак. Но Альберт ни разу не был женат, хотя любовных романов заводил массу, и бывали случаи, когда он даже намеревался узаконить отношения с очередной возлюбленной, но все срывалось в последний момент. И тому была серьезная причина — его мать, которая с детства была для Альберта идеалом и непререкаемым авторитетом.

Белла Леонидовна — эффектная, изящная брюнетка, над которой, казалось, возраст был не властен, безумно любила своего единственного сына и вертела им как хотела. Высокий, под два метра, крупный, статный Альберт с сильным, эгоистичным, своенравным характером терялся перед своей властной маменькой и ни в чем не мог ей противоречить. А уж тем более если дело касалось такого важного вопроса, как женитьба. Ведь с юного возраста он не перечил матери, чтобы не огорчать ее.

На многочисленные любовные похождения сына Белла Леонидовна закрывала глаза и иногда даже подсмеивалась над ними, но вот возможности серьезного романа для Альберта, угрозы, что какая-то женщина станет для него важнее матери, она даже в мыслях не допускала.

Глава 3
Гадание на Святки

1980-е, Подмосковье

На улице завывала на все голоса зимняя вьюга. Снежные потоки закручивались в спирали, взлетали ввысь и порывисто со всей силой обрушивались на случайных прохожих. Сугробы были по пояс. Давно зима не проявляла столь яростный характер, давно не баловала изобильными снегами. Маленький старинный подмосковный городок потонул в снежной мгле, обезлюдел и, казалось, вымер. Не было видно ни зги.

В занесенных по крышу домах едва теплилась жизнь. Кое-где виднелся робкий дымок из труб. Единственная снегоуборочная машина застряла на дороге и была немедленно заметена снегом.

Шла первая неделя Святок.

Под вой рвущейся пурги, что бушевала за окном, в комнатушке небольшого домика на окраине городка две старшеклассницы увлеченно готовились к гаданию. Святочные гадания недавно снова вошли в моду.

Поставив на стол длинные белые свечи, Наденька — худенькая девушка со светло-русой косой и большим, словно у лягушонка, ртом — устроилась перед зеркалом. Достала спичку из фиолетового коробка, чиркнула и поднесла к свечам, пламя тревожно заметалось, плавя воск.

Рядом суетилась ее подружка, белобрысая веснушчатая Сима, она с затаенным страхом наблюдала за манипуляциями Нади.

Захлебываясь от волнения, Наденька тараторила:

— Зря ты, Симка, здесь торчишь, так суженый не появится, я должна одна перед зеркалом находиться.

— И тебе не страшно? — испуганно спросила Сима.

— Нисколько, — храбрясь, хихикнула Наденька. — Выйди, я погадаю, а потом ты.

Недовольно вздохнув, Сима исчезла за дверью, прикрыв ее за собой.

Отодвинув зеркало подальше, Надя поставила напротив другое и стала всматриваться в образовавшийся бесконечный коридор.

Некоторое время она сидела неподвижно. От напряжения в глазах появились слезы, и она уже собиралась прервать гадание, как вдруг в глубине зеркального коридора появилось темное туманное пятно, в котором смутно угадывался силуэт человека. Силуэт приближался, проявились черты лица, а вскоре получилось рассмотреть бледность, синие глаза и черные как смоль волосы. Громко взвизгнув, Надя опрокинула зеркало.

В комнату ворвалась перепуганная Сима.

— Чего орешь? Что случилось? Что?!

Закрыв лицо руками, Наденька потрясенно прошептала:

— Я жениха своего видела.

— Да ну! — недоверчиво протянула Сима. — Может, показалось?

Наденька отняла руки от взволнованного личика. Ее лягушачий ротик безмолвно открывался и закрывался. Наконец, девушка взяла себя в руки и вымолвила:

— Не показалось, я его видела. Только лицо не запомнила, не рассмотрела как следует, я испугалась и зеркало перевернула. Это мой будущий муж, я знаю!

Сима насмешливо растянула губы.

— Совсем с ума сошла, привиделось ей! — Но нетерпеливо подскочила к зеркалам. — А ну, дай-ка я погадаю, уйди.

Еще не придя в себя от шока, Надя в полуобморочном состоянии медленно выбралась из-за стола, Сима мгновенно заняла ее место.

— Только ты, пожалуйста, не начинай, пока я не уйду, — жалобно пролепетала Надя.

— Хорошо, — не глядя, буркнула Сима, ей не терпелось повторить эксперимент подруги.

Наденька, словно испуганный воробышек, вылетела из комнаты.

Сима поправила свечи и старательно вгляделась в зеркальную поверхность, но сколько ни смотрела, так ничего и не увидела. Отставив зеркало, девушка позвала подругу.

— Ну что, видела? — спросила Наденька.

Сима нахмурилась.

— Ничего я не видела. Да и ты не видела. Ты все придумала!

— Не веришь? — обиделась Надя. — А я правда видела! У тебя просто чувства не такие тонкие, как у меня.

Сима обиженно надулась.

— Мои-то чувства как раз нормальные, а ты — истеричка. Мама говорит, у тебя руки потеют, потому что ты нервная. Вот тебе и мерещится всякая чушь. Тоже мне, жених ей привиделся! Психическая! — крикнула Сима и побежала в прихожую. Сорвав с вешалки старое пальтецо, она натянула валенки и вышла в метель.

Глава 4
Завидный жених

1980-е, Москва

Несмотря на метель, самолет из Италии благополучно приземлился в Шереметьево. Натянув капюшон куртки на голову, Альберт Барятьев спускался по трапу. Он только что вернулся из заграничных гастролей.

Мать жила отдельно от сына, Белла Леонидовна не любила родовой особняк, и сколько Альберт ни уговаривал родительницу переехать к нему, она не соглашалась.

— Зря ты туда, сынок, перебрался, — с затаенным страхом крестилась она. — Нехорошая аура у дома, смертью от него несет.

Альберт снисходительно посмеивался, а в глубине души даже радовался, что мать так суеверна, все-таки жить без нее было вольготнее.

— Не верю я в эти сказки. К тому же священник все уголки и закутки дома освятил, святой водой окропил и с ладаном прошелся везде.

Белла Леонидовна печально вздыхала и качала головой.

— Все равно ты меня не убедишь. Слишком много нехорошего связано с этим домом. Нельзя в нем жить, тем более тебе его под музей дали. Вот и устрой в особняке музей, а живи здесь.

Новый муж матери, Казимир Иванович Загоруйко, моложавый мужчина с военной выправкой, подхватывал:

— Да-да, такое здание больше подходит под музей или театр. Но как там можно жить?

— Прекрасный дом, — упорствовал Альберт. — Мне там вполне уютно. Отдельное жилье в центре столицы — это фантастика! У меня даже свой небольшой дворик есть. Что хорошего в многоэтажке? Форменный улей.

Большая квартира с высоченными потолками на Пречистенке досталась Белле Леонидовне от предыдущего мужа, профессора Белоусова. После его смерти она недолго оставалась вдовой, вскоре встретила Казимира Ивановича, и они поженились. Военный врач в отставке во всем подчинялся красивой, властной супруге, обожал ее и жил по установленным ею правилам.

В ожидании Альберта Белла Леонидовна приготовила праздничный ужин. Казимир Иванович тоже толкался на кухне, колдуя над фруктовым салатом с грецкими орехами.

Мать расцеловала румяного с мороза Альберта, едва он вошел.

Альберт не менее тепло приветствовал родительницу, немедленно вручив ей заграничные подарки.

Счастливая Белла Леонидовна вертелась перед зеркалом, примеряя новые наряды. Казимир Иванович с удовлетворением разглядывал привезенные пасынком часы.

Надевая модные серьги, мать вдруг ревниво протянула:

— Кстати, как твоя Юлия? Надеюсь, вы с ней не в одном номере жили?

Помрачнев, Альберт недовольно буркнул:

— Я, между прочим, давно не мальчик.

— Ладно, ладно, это я так, — заюлила Белла Леонидовна. — Если хочешь, пригласи ее к нам на ужин в субботу.

— Ты это серьезно? — не поверил Альберт.

— Вполне. Да, Казимирчик? — обернулась она к мужу за поддержкой.

С сожалением оторвавшись от часов, Казимир Иванович с готовностью закивал:

— Конечно, Белочка.

— Ловлю на слове, — усмехнулся Альберт. — В субботу ждите нас с Юлей на ужин.

Засидевшись за разговорами до полуночи, Альберт остался ночевать у матери.

Но ранним утром вызвал такси и уехал домой.

Было около семи часов утра. На улицах тускло горели фонари, шел пушистый, густой снег. Было так красиво, что у Альберта зашлось сердце. «Что может быть прекраснее Москвы и России?!» — восхищенно умилился он. Затем открыл калитку и вошел во двор.

В окнах особняка было темно. Прислуга — две молодые женщины — еще спала.

Поднявшись по заснеженным ступенькам, Альберт попытался открыть дверь. Но замок не поддавался. Он подергал медное большое кольцо — никакого результата. Альберт разозлился: дверь закрыли изнутри на засов, хотя знали, что хозяин должен приехать.

Он раздраженно нажал на кнопку звонка. Минут через десять в окнах зажегся свет, и дверь распахнулась.

Заспанная домработница сконфуженно заулыбалась.

— А мы думали, что вы завтра приедете.

В полдень Альберт позвонил Юле и передал приглашение матери.

К его изумлению, возлюбленная восприняла это известие без энтузиазма и, сославшись на сильную занятость, отказалась от визита.

Альберт разозлился и устроил Юле скандал с дознанием. Но Юля бросила трубку.

Беспощадная ревность обожгла артиста, казалось, страсть к Юле вспыхнула с новой силой, а девушка не брала трубку. Альберт впал в отчаяние, он позвонил матери и поделился с ней своим горем.

Белла Леонидовна мгновенно просекла ситуацию и стала действовать хитростью. Она сочувственно проворковала:

— Раз Юлия не может, давай перенесем встречу, придем сами к ней на спектакль. Сделаем сюрприз. Я куплю для нее дивные розы.

— А это идея! — оживился Альберт. — Купим розы и приедем без предупреждения.

Внутренним взором он видел Юлю в объятиях коварного соперника и хотел уличить ее в неверности.

— Конечно, сынок, все сделаем, как скажешь.

Ненависть к пассии сына кипела в душе Беллы Леонидовны.

«А вот пусть выкусит! — скрежетала зубами она от бессильной злобы. — Костьми лягу, а не станет она женой моему мальчику».

Глава 5
Любовь, похожая на сон

Наденька выросла в семье провинциальных врачей. Сейчас семья была самая простая, но в начале двадцатого века прадед по линии отца занимал высокую должность в правительстве.

Ребенком Надя подолгу рассматривала в бархатном альбоме старинные фотографии. Прадедушка с бородкой и усами и прабабушка в длинном нарядном платье, с уложенной вокруг головы косой пшеничных волос оживали, и девочка шепотом беседовала с ними.

Надя росла мечтательной, впечатлительной и несколько нервной. Она никогда не была красавицей — худенькая, невысокого роста, с тоненькими ручками и ножками, с большим ртом, она напоминала лягушонка, но очень милого лягушонка, и вызывала чувство трогательности. Несмотря на забавную внешность, было в ней своеобразное очарование. Особенно хороши были Надины глаза редкого фиалкового цвета, подобные аметистам.

С Симой они дружили с детства. Почему их дружба так крепка, многих удивляло. Грубоватая, с хитрецой Сима часто подсмеивалась над мечтательностью Нади и за глаза нашептывала подружкам, что у Надьки одни тараканы в голове. Тем не менее Надя училась на отлично, а Сима была всего лишь крепкой троечницей. К тому же добродушную Надю все любили, а Сима этим не могла похвастаться.

Святочное гадание оставило сильный след в тонкой душе Наденьки. В ту же ночь ей приснился жених, она видела его настолько явно, что, проснувшись, искала взглядом.

Сима распустила в школе слух о том, что Надьке при гадании померещился в зеркале жених, смеялась, что она совсем чокнулась. Но, как ни странно, одноклассницы поверили Наде и с восторгом расспрашивали о гадании и силуэте в зеркальном коридоре.

И Сима затаила нешуточную злобу на подругу, даже поклялась отомстить ей за то, что Надя вновь в центре внимания и объект всеобщего обожания.

Нина Литвинец

За подготовкой к выпускным экзаменам быстро закончилась зима, промелькнула весна, и прозвенел последний звонок.

Наденька растрогалась и даже заплакала, когда крохотная девчушка в школьной форме, в белом накрахмаленном переднике и с огромными бантами пробежала по двору с колокольчиком в руках. Только сейчас она поняла, что детство и отрочество закончились. Впереди новая, пугающая неизвестностью взрослая жизнь.

Все дальнейшее происходило как во сне: промчался выпускной бал с его вальсами и гулянием до утра по сонным улочкам городка; пролетели вступительные экзамены в университет... И вот Надя уже студентка, с чемоданом в руках она садится на утренний автобус и едет в Москву, заселяться в общежитие.

Наденьке повезло, ее поселили в двухместную комнату. Ее соседка уже заселилась. На кровати у окна сидела рыжеволосая кареглазая девушка со вздернутым носиком.

— Я — Вера, — приветливо улыбнулась девушка. В ее глазах неудержимо плясали смешинки.

— Надежда, — радостно ответила Наденька.

— Вам бы еще сюда Софью — мать мудрости, — со слабой улыбкой проговорила замученная заботами и проблемами, рано постаревшая мать Нади, которая приехала устраивать дочь.

— Нет, уж лучше Любовь, — засмеялась Вера.

— Рановато вам еще, — поджала губы Надина мать. — Сначала выучитесь.

Учеба в университете отнимала много времени, после занятий Надя часами сидела в библиотеке.

Библиотекарша была завзятой театралкой и страстной поклонницей таланта артиста Альберта Барятьева и посещала все спектакли с его участием. Это было несложно, ее тетка работала кассиршей в театре и снабжала ее билетами. Как-то у библиотекарши случайно остался лишний пригласительный билет на творческий вечер с Барятьевым, и она предложила его Наденьке. Пригласительный билет был на два лица, и она позвала с собой Верочку.

На мероприятие Надя надела выпускное платье — нарядное, бледно-голубого цвета. Верочка же, наоборот, нарядилась строго — в темно-синее платье с белоснежным отложным воротничком.

Девушки выделялись среди приглашенных. Дамы в вечерних туалетах скользили пренебрежительными, насмешливыми взглядами по провинциальным нарядам студенток. Мужчины, напротив, бросали любопытные взоры на молоденьких красавиц.

Рассматривая фотографии артистов на стенах, наряды гостей, обстановку, подружки не сразу увидели виновника торжества.

Заслуженный артист Альберт Барятьев стоял посреди большого зала, окруженный поклонниками. Он вдохновенно вещал о своих творческих муках.

Наденька бросила на Барятьева взгляд и остолбенела. Перед ней стоял жених, увиденный в зеркале во время святочного гадания. Такое же бледное лицо, такие же черные волосы, синие глаза... Актер повернулся в ее сторону. Несомненно, это был он! Не в силах отвести взгляд, Наденька замерла. Верочка дергала ее за руку, что-то говорила, но Наденька не слышала ничего и зачарованно смотрела на Барятьева.

Почувствовав взгляд девушки, Барятьев обратил на нее внимание.

Восторженно раскрытый крупный рот, удивленно распахнутые глаза, хрупкая фигурка девочки-подростка, растерянный вид... Наденька показалась Альберту жалкой и нелепой, и он милостиво улыбнулся девушке.

Стоявшая рядом с Барятьевым надменная красавица перехватила заинтересованный взгляд любовника и ревниво оскалилась.

— Какая смешная девчонка, — презрительно кивнула она на Наденьку. — На лягушку похожа.

Но отношения Альберта и Юли переживали не лучшие времена, и, чтобы позлить свою спутницу, Барятьев еще раз улыбнулся Наде и решительно шагнул в ее сторону.

— Вы — прелесть, — проворковал он Наденьке. — Настоящая царевна-лягушка на балу.

Ошеломленная девушка не знала, радоваться или огорчаться столь странному комплименту, и на всякий случай растерянно заулыбалась. А затем смело протянула руку и произнесла:

— Меня зовут Надя.

— Альберт Барятьев, — усмехнулся Альберт и легонько пожал девичью хрупкую ладошку.

Юля пренебрежительно смерила взглядом Наденьку и саркастически фыркнула.

А Барятьев, взяв Наденьку под руку, нагнулся к ней и, щекоча своим горячим дыханием, спросил:

— Вам нравятся фильмы, в которых я снимался? Или вы больше любите спектакли?

От счастья, что этот мужчина обратил на нее внимание, у Наденьки закружилась голова.

— Вы гений! — восторженно выдохнула она, хотя не помнила ни одного фильма с его участием и не видела ни одного спектакля.

Юля вспыхнула от негодования и начала отчаянно флиртовать с рядом стоявшим мужчиной.

Барятьев заметил это и побледнел от гнева, но сдержался.

Наденька тоже заметила и поведение красавицы, с которой недавно общался Альберт, и его реакцию и мило защебетала, чтобы отвлечь мужчину.

Злость Альберта отступила, периодически косясь на любовницу, он слушал, как Наденька с упоением рассказывает о своем городке, об экзаменах и еще о каких-то пустяках. Ему было совершенно неинтересно, но он делал увлеченный вид и сладко улыбался. Увидев досаду на лице Юли, он получил огромное удовольствие, и его ревность к ней растаяла без следа.

Юля же окончательно обиделась на Барятьева и, не прощаясь, демонстративно покинула зал под ручку с новым кавалером.

К своему удивлению, Барятьев спокойно пережил поступок своенравной любовницы и поехал провожать новую знакомую и ее подругу.

У общежития, видя, с каким ожиданием девушка смотрит на него, Альберт не стал ее разочаровывать и взял в свои ладони ее руки.

Наденьку вдруг как током ударило. Сильное, неведомое ранее чувство нежности накрыло ее с головой, ей вдруг стало так хорошо и покойно, как никогда еще не бывало. Вдруг Альберт нагнулся и поцеловал Наденьку. От неожиданности девушка дернула головкой, и его поцелуй пришелся ей в нос, это рассмешило их обоих.

И Альберт вдруг подумал, что девочка очень и очень мила.

— Возьми, — сунул он в ладошку Наде визитную карточку. — Позвони, если захочешь встретиться еще, буду ждать.

Надя радостно пообещала:

— Обязательно позвоню.

Ошеломленная Верочка, выбравшись с заднего сиденья автомобиля, молча последовала за своей соседкой к общежитию.

— Он мой будущий муж, — горячечным шепотом произнесла Наденька.

— Да ты что! Вы сегодня первый раз в жизни увиделись, а ты уже — муж, — изумилась Вера. — И кто он, а кто ты...

— Вот посмотришь, я правду говорю, — счастливо засмеялась Наденька.

— Ты сумасшедшая, Надька! — недоверчиво и одновременно восхищенно покачала головой Вера.

Глава 6
Борьба за сына

Белле Леонидовне не пришлось ехать в театр на спектакль любовницы сына, чтобы угодить ему, взбешенная Юля сама позвонила ей.

— Ваш сын — извращенец! — заявила она, даже не поздоровавшись. — Прицепился на творческом вечере к соплячке, ей шестнадцати нет. Можете сообщить Альберту, чтобы он мне больше не звонил!

— Почему бы вам, милочка, самой не сказать это ему? — коварно прожурчала Белла Леонидовна, скрывая радость.

— Он к телефону не подходит, а у меня нет никакого желания дозваниваться ему.

— Что ж, непременно передам.

Положив трубку, Белла Леонидовна задумалась.

«Интересно, что за новая пассия появилась у Альберта? Если молоденькая дурочка, то она его серьезно не зацепит, поэтому не стоит и беспокоиться. Главное, что эта стерва Юлия его бросила. Хотя еще неизвестно, она не из тех, кто сдается. А мой мальчик лакомый кусочек для таких, как она... Небось, уже платье свадебное приготовила. Но, даст бог, мы от нее избавились».

Белла Леонидовна решила закрепить свою победу над врагом и позвонила сыну. Поговорив на разные темы, она словно невзначай заметила:

— Мне Юлия звонила, жаловалась на тебя.

Альберт взорвался:

— Жаловалась?! Вот стерва! Сама сбежала с мужиком, а я виноват!

— Как? — удивилась мать. — А мне она сказала, что это ты оставил ее ради какой-то молоденькой девушки.

— А что еще мне оставалось делать?

— Так ты, может быть, с ней еще помиришься? — разочарованно выдохнула мать.

— Посмотрим на ее поведение.

Хорошо зная самолюбивый характер сына, Белла Леонидовна с притворным сочувствием вздохнула:

— Не переживай. Я знаю, как вам лучше помириться. Давай купим розы и поедем к ней на спектакль, как планировали. Попросишь прощения.

— Да пошла она! — разъярился Альберт. — Подумаешь, царица! Таких, как она, у меня до черта. Никаких роз и унижений! У меня от поклонниц отбоя нет, одна жена Викентьева что стоит, не чета Юльке. Ты видела, какая она красотка? Просто чудо!

— Ты прав, сынок, — подхватила мать. — Замужние женщины лучше всего, единственная опасность — их мужья, особенно если занимают высокие должности. Вот тут берегись!

— У нас с ней платонические отношения, — засмеялся Альберт. — А с Юлей все в прошлом. Слышать про нее не хочу!

Нина Дитинич

Положив трубку, Белла Леонидовна задумалась:

«Может, самой подыскать Альберту жену? Ведь ему уже за сорок, и я уже не молода... Годы идут, останется мальчик один, пропадет. Современные женщины эгоистичны, самостоятельны, хотят, чтобы все вертелось вокруг них, а Альберту нужна жертвенная женщина, такая, чтобы могла свою жизнь полностью посвятить ему. Она должна быть прекрасной хозяйкой, глубоко любящей его, тактичной. Альберт — человек творческий, неординарный, ему нужно поклонение. Нужно взять решение этого вопроса в свои руки».

Белла Леонидовна привыкла, что все нужно решать самой. Жизнь ее не баловала и закалила характер.

Во время революции, когда она была еще маленькой девочкой, родители увезли Беллу в Одессу. Там они надеялись найти корабль и переправиться в Турцию, но не успели, пришли большевики и родителей арестовали. Маленькая Белла осталась с теткой, которая чудом уцелела, выйдя замуж за сотрудника НКВД.

Вскоре из Москвы пришло трагическое известие, что оставшиеся там родственники расстреляны прямо в гостиной собственного дома. Родители Беллы пропали без вести. И как тетка ни пыталась что-нибудь узнать о них через своего мужа, но так и не смогла. Белла осталась в семье тетки и росла с ее сыном.

Время летело быстро, из маленькой девочки Белла превратилась в обворожительную красавицу. Невозможно было пройти мимо нее, не обратив внимания, но она стойко отвергала всех поклонников. Согласилась только на предложение руки и сердца от молодого, но тогда уже перспективного ученого, оказавшегося в Одессе в командировке. Так Белла смогла вернуться в Москву.

Глава 7
Странная выходка певицы Марфы Байзюк

Наши дни, Москва

Для приема клиентов Александра оборудовала уютную комнату с камином на первом этаже.

Треск и запах горящих поленьев умиротворяюще действовали на потрепанную нервную систему посетителей.

Новая клиентка — истеричная, дерганая дама, жена крупного бизнесмена, в прошлом довольно популярная певица Марфа Байзюк, худощавая блондинка с высокой, явно силиконовой грудью, вытянув длинные ноги, лежала на кушетке и ныла, словно электрическая дрель.

— Я уверена, у него есть любовница! До меня он бросил жену, теперь моя очередь. Наверняка нашел помоложе.

Александра бесстрастно повторила:

— Не накручивайте себя, Марфа. Помните, мысль материальна. Настраивайтесь позитивно. Лягте удобнее и закройте глаза, расслабьтесь. Сейчас вы услышите плеск волн, глубоко и свободно вдохнете морской воздух... — Александра распылила по комнате немного освежителя «Морской бриз». — Вы лежите на теплом песке, вас касается ласковый, легкий морской ветерок. Ваши ноги и руки наливаются теплом, тяжелеют...

Но госпожа Байзюк никак не желала расслабляться.

— Погодите! — жалобно пискнула она. — Сначала выслушайте меня!

Александра с готовностью кивнула.

— Хотите поговорить?

Байзюк закивала и торопливо начала:

— И на домработницу посматривает, и моей подруге подмигивал, и собаку гладит нежно так... Может, он зоофил?

Александра устало слушала поток болезненных, уродливых фантазий, вызванных нездоровой ревностью и злобой.

— Если вы не приведете в порядок нервы, то вам придется обращаться не ко мне, а к психиатру, — произнесла она, когда Марфа сделала паузу.

Байзюк тревожно встрепенулась.

— Это вы серьезно?

— Более чем, — строго сказала Александра. — Поэтому давайте продолжим процедуру, а потом поговорим.

Марфа криво улыбнулась и выдала:

— А как вы думаете, Надежда Барятьева, которая, между прочим, проживала в этом доме, нуждалась в помощи психиатра?

— Трудно сказать, я не знаю, — растерялась Александра. — А почему вы спросили?

— Зачем вы сняли этот дом? — перебила ее Байзюк.

— На это были причины, — удивленно протянула Александра.

— Да? А мне кажется, что вы в сговоре с моим мужем, — недоверчиво произнесла Байзюк.

Александра была изумлена.

— Не понимаю, о чем вы...

— Как о чем? О том, что он снял вам этот дом для того, чтобы вы меня сделали сумасшедшей!

Александра покраснела от негодования, но взяла себя в руки, все-таки она профессионал.

— Марфа, я даже не знакома с вашим мужем, — холодно и спокойно сказала она. — У вас паранойя.

Но Марфа словно не слышала.

— Сколько он вам заплатил? — кричала она. — Я заплачу больше! Только...

— Марфа, успокойтесь, — прервала ее Александра. — Если вы мне не доверяете, то нам лучше прекратить сеанс.

Байзюк притихла, затем, робко взглянув на Александру, пробормотала:

— Извините, я вся на нервах. А как только вошла сюда, сразу решила, что это идея моего мужа. Что это он хотел, чтобы я оказалась в этом доме, чтобы со мной произошло, как с Надей... Мы же с ней подругами были.

— Я с вашим мужем не знакома, — повторила Александра. — Я сняла этот дом сама, потому что так сложились обстоятельства. И при чем здесь Надежда Барятьева, может, объясните? Иначе я не знаю, что мне с вами дальше делать.

Марфа встрепенулась.

— Вы же психолог, сделайте что-нибудь, чтобы я не нервничала.

— Тогда нужно выявить вашу проблему. Расскажите, что вас тревожит. И как это связано с Барятьевой.

Марфа немного успокоилась и начала рассказывать:

— Надя была замечательной. Доброй, гостеприимной. Мы сблизились с ней на одной тусовке в театре, хотя знакомы были и раньше... В одном кругу вертелись. — Байзюк резко отняла руки от лица и истерично хихикнула. — Кстати, ее муженек был еще тот кобель, ни одной юбки не пропускал. И меня с ним грех попутал. Вот, наверное, и плачу за это.

Александра успокаивающе проговорила:

— Считайте, что это не вы, а ваши гормоны согрешили. Процессом воспроизводства себе подобных управляет природа, если бы этого не происходило, жизнь давно бы прекратилась. Молодость — самый репродуктивный период жизни человека, гормоны фонтанируют, давят на сознание, поэтому так много делается глупостей. К старости гормоны успокаиваются, и человек становится мудрее и воздержаннее. — Она иронически усмехнулась.

— Правда? — по-детски доверчиво спросила Марфа. — Вы такая умная, с вами все понятно, и мозги на место встают, а вот когда прихожу домой, то все начинается снова. — Она помрачнела. — Боюсь, что закончу, как Надя. Надя ведь безумно любила мужа и дико ревновала его, а теперь у меня похожая ситуация, теперь мой муж выбрасывает фортели.

Наблюдая за Марфой, Александра думала:

«Что-то здесь нечисто, видимо, в подсознании Марфы глубоко, словно прочно вбитый гвоздь, сидит чувство вины перед Надеждой Барятьевой. Смерть подруги, видимо, трансформировала это чувство в тревожное, мистическое состояние неизбежной расплаты и вселило в нее панический страх. Странно, что у такой легкомысленной, беспечной и в то же время хваткой, хищной женщины, как Марфа, кратковременные отношения с мужем подруги вызвали такое сильное нервное расстройство. Нравственность и тонкость души у нее, похоже, отсутствуют. Неужели в ней дремлет нервно-психическое заболевание и история с Барятьевой лишь усугубила его? Или здесь что-то другое?»

— Почему вы боитесь, что с вами случится что-то подобное? — осторожно и ласково, словно у ребенка, спросила Александра. — Откуда такие ужасные мысли?

Марфа горестно покачала головой.

— Не могу объяснить это словами, но атмосфера в моем доме сильно напоминает ту, в которой пребывала Надя накануне своей ужасной смерти.

— Чем именно?

Байзюк нервно сжала руки и хрустнула пальцами.

— Мой муж относится ко мне как к чему-то неодушевленному, как к мебели. — Она разомкнула пальцы и села. — Он потерял ко мне интерес.

Александра устроилась в кресле рядом с кушеткой.

— Это бывает время от времени в отношениях между мужчиной и женщиной. А потом проходит, наступает новый этап.

— А если нет? — испуганно заморгала Марфа. — Если это конец?

Александра вздохнула.

— Но иногда отношения нельзя оживить. Может случиться, что это просто не ваш мужчина и надо расставаться.

Клиентка от волнения стала хватать ртом воздух.

— Да вы что! — возмущенно крикнула она. — Как это расставаться?! Разводиться?! Да я на него жизнь угробила! Петь бросила ради него, а вы говорите — расставаться! И у меня своего ничего нет, а он при разводе оставит меня нищей.

Откинувшись на спинку кресла, Александра приготовилась к долгому тягостному разговору и изрекла:

— Огромная ошибка женщин в том, что они или связывают замужество с понятием рабства, или отказываются от собственного самовыражения. Женщина должна быть независима от любых обстоятельств, иметь профессию и возможность выжить, несмотря ни на что.

— Да он мне сам не давал работать, говорил, чтобы я дома сидела, — грустно вздохнула Байзюк. — Хотел, чтобы я воспитанием ребенка занималась.

— Хорошо, допустим, вы разведетесь, но если у вас ребенок, то, соответственно, алименты будете получать немаленькие.

Марфа насмешливо сверкнула глазами.

— Не смешите меня! У этого кровососа снега зимой не выпросишь, а вы говорите — алименты...

— Если ваш муж такой жадный, как вы могли предположить, что он оплачивает мне аренду? — усмехнулась Александра.

Марфа фыркнула.

— Действительно, глупость сморозила. Но я уже с ума схожу из-за этой твари. А ребенка он мне не отдаст, из вредности отсудит, и будет моего сыночка воспитывать какая-нибудь его очередная молоденькая дрянь, ненавидящая моего мальчика. Я бы этого урода убила! — возбужденно воскликнула Марфа. — Козлы они, эти мужики. Сейчас полно таких, кстати. Надин муж тоже над ней издевался.

Александра оживилась:

— Что вы имеете в виду?

— А то и имею, что говорю. Только Альберт еще хуже был, чем мой муженек, мой-то против него умом не вышел. Тот изощренно мучил жену. Больной на всю башку был, да и мамашка его тоже «ку-ку», — повертела у виска Байзюк. — Крови Наде попортила немало.

Глава 8
Фиаско Юлии

1980-е, Москва

Проницательная Белла Леонидовна была права, когда предполагала, что Юлия так просто не отстанет от Альберта, поэтому, узнав, что они опять сошлись, не очень-то удивилась, но огорчилась сильно. Тем более случилось это на ее день рождения.

Ее дорогой сынок по этому поводу устроил торжество в ресторане и явился поздравить мать под ручку с Юлией.

Это был неожиданный и очень болезненный удар, но Белла Леонидовна даже глазом не моргнула и медово улыбнулась спутнице сына. Юлия, будучи хорошей актрисой, без труда прочла в этой улыбке столько яда, что внутренне содрогнулась и даже струсила.

Виновница торжества усадила возлюбленную сына рядом с собой, а Альберта разместила с другой стороны вместе с ненаглядной гостьей, той самой красавицей — женой чиновника Викентьева. Самого Викентьева, правда, на праздновании не было, уж больно большой пост он занимал, но его супруга как поклонница творчества Альберта Барятьева не могла отказать себе в удовольствии лишний раз прикоснуться к миру прекрасного в виде обожаемого артиста.

Порозовев от выпитого шампанского, белокурая, миловидная, модно и даже несколько вызывающе разодетая дамочка мило щебетала со своим кумиром, а Белла Леонидовна, пользуясь тем, что сын не слышит ее, склонилась к Юле и с очаровательной улыбкой прошептала:

— Милочка, оставь моего сына в покое. Навсегда! Если ты сейчас не услышишь меня, то я устрою тебе страшные неприятности, ты даже себе не представляешь какие. Я знаю такие штучки, что тебе и не снились. Например, заговор на смерть, меня этому бабка научила. Пойду на кладбище, возьму земли со свежей могилы, заколдую ее и подброшу тебе, ты начнешь гнить, вся покроешься пузырями и зловонными ранами...

Юля вначале побелела, потом позеленела, а в конце побагровела, выскочила из-за стола и со всех ног кинулась к выходу. Больше ее в тот вечер здесь никто не видел.

Нина Литвинец

Обеспокоенный поступком любовницы Альберт поинтересовался у матери:

— Что это с Юлей? Куда она?

— Ерунда, сынок. Она тебя к жене Викентьева приревновала, — улыбнулась мать.

Альберт разозлился.

— Вот дура! Надоели ее выходки! Ты права, мама, надо с ней кончать.

Разрыв с Юлией благодаря матери оказался для Барятьева безболезненным, но все-таки злобу на бывшую любовницу он затаил и, как-то увидев ее со своим приятелем, при случае вылил ему на Юлю большущий ушат грязи. И это несмотря на то, что в тот момент был абсолютно равнодушен к ней и увлекся новой молоденькой актрисой.

Альберту казалось, что наконец он по-настоящему влюбился. Очаровательная, грациозная Виолетта покорила его сердце. Он днями и вечерами пропадал в ее театре. Следовал за дамой сердца по пятам и совершенно забросил работу над мемуарами своего рода, о чем тут же доложила Белле Леонидовне его домработница — бдительная и верная Антонина.

Белла Леонидовна не на шутку встревожилась и немедленно провела разведку боем. Она самолично отправилась в театр, чтобы изучить нового врага. Но ее тревога была напрасной, Виолетта оказалась совершенно равнодушна к чувствам ее сына, что даже оскорбило Беллу Леонидовну.

А Альберт, надеясь добиться взаимности, изображал верного рыцаря прекрасной дамы, красиво ухаживал и в один прекрасный день прилюдно, прямо на сцене во время репетиции, стоя на коленях, сделал ей предложение руки и сердца.

Каково же было его разочарование и какой его обуял гнев, когда он услышал от избранницы отказ. Вскочив, Альберт с яростью бросил букет роз на пол и кинулся вон с одной жгучей мыслью — отомстить «мерзавке» за позор.

Бедная Виолетта не представляла, что ее ждет. Несчастья посыпались на нее как из рога изобилия. Вскоре молодой человек, с которым она встречалась, по телефону сообщил больным голосом, что между ними все кончено. Виолетта сильно переживала, пыталась выяснить, что случилось, но он избегал встреч. Когда девушка стала встречаться с другим, внезапно история повторилась. Вскоре о ней поползли дурные слухи. У Виолетты испортились отношения с коллегами, ни с того ни с сего взъелся режиссер, и актриса вынуждена была перейти в другой театр. Она даже не догадывалась, что все это козни обиженного Альберта Барятьева.

В суете дней и череде событий Альберт совершенно забыл о Наденьке, но она не забыла о нем. Несколько раз девушка пыталась дозвониться ему, но женский раздраженный голос отвечал, что Альберта нет дома. Конечно, ее это сильно ранило, она переживала и тосковала по Альберту. Ей вспоминались его крупные сильные руки, синие глаза, чувственные губы. Тысячу раз она вспоминала его поцелуй, смех, улыбку, голос… Тайком прижимала к щеке и целовала визитку, которую он держал в своих руках.

У Веры хватило такта не спрашивать о Барятьеве, но ей было понятно, что отношения у Надежды с ним не сложились. Иногда по ночам она слышала тихие всхлипывания, но делала вид, что ничего не происходит.

Только когда у Нади появились хвосты, потому что в любовных грезах ей было не до учебы, Вера не выдержала.

— И долго это будет продолжаться?

Надя прекрасно поняла, о чем говорит Вера, и, закусив губу, молчала.

— На фига тебе этот старпер нужен? Вокруг полно молодых нормальных парней, — продолжала она. — Вылетишь из университета и будешь дома хвосты коровам крутить. Ты хотя бы своих родителей пожалела!

Выслушав подругу, Надя горестно вздохнула.

— Тебе легко говорить, ты не влюблялась. А я жить без него не могу!

Верочка презрительно фыркнула:

— Почему не влюблялась? Очень даже влюблялась, просто я не хочу быть хуже своего парня, вот и стараюсь, учусь, а ты дурака валяешь.

Наденька бросила на нее взгляд раненого зверька, и Вера отвела глаза.

— А впрочем, поступай как знаешь, это твоя жизнь. Только ведь ты и для достижения своей любви ничего не делаешь. Нашла бы Барятьева, постаралась бы стать ему нужной, необходимой, в конце концов, попыталась бы влюбить его в себя...

— Как я его найду? — вскинулась Наденька.

— Очень просто, — сердито фыркнула Вера. — Поинтересуйся у библиотекарши, она его фанатка.

Наденька взяла этот совет на вооружение, но воспользоваться не успела: пока набиралась решимости, ее отчислили из университета за неуспеваемость. И в институтскую библиотеку дорога оказалась закрыта.

Чтобы не возвращаться с позором домой и не расстраивать родителей, Надя набралась смелости и поехала устраиваться на работу в театр, где служил Мельпомене ее возлюбленный.

Наденьку зачислили на самую низшую должность — помощником костюмера, и теперь она, стоя часами с тяжеленным утюгом в руках, наглаживала театральные костюмы в подвале театра. Из общежития ей пришлось уйти, и дальняя родственница из жалости пустила ее пожить в пустующую комнатку в коммунальной квартире, чему Наденька была несказанно рада.

Ей казалось, что жизнь налаживается, но вдруг случилось ужасное — ее ненаглядный возлюбленный Альберт Барятьев при встрече не узнал ее и, скользнув по девушке-костюмерше равнодушным взглядом, отвел глаза.

Сердце Наденьки оторвалось и бухнулось куда-то вниз, в какую-то огромную пропасть без конца и начала, отвратительно зазвенело в ушах. С трудом устояв на ногах, она жалко улыбнулась и едва живая поплелась в театральный подвал гладить костюмы.

У Барятьева же при взгляде на Наденьку что-то мелькнуло в голове, девушка показалась ему знакомой, но детали он вспомнить не смог, да и не видел в этом смысла, поэтому ушел, выкинув невзрачную костюмершу из головы.

Про студентку, которую он недавно провожал до общежития, Альберт и думать забыл.

Глава 9
Неожиданная находка

Наши дни, Москва

Александру неприятно поразило поведение Марфы Байзюк, и вечером она поделилась с Зинаидой:

— Ты представляешь, одна из клиенток решила, что я в сговоре с ее мужем и собираюсь свести ее с ума.

Зинаида с изумлением отложила вязанье в сторону.

— Так, может, у нее не все дома? Вы бы с ней поосторожнее.

— Куда уж осторожнее, — отмахнулась Александра. — Не могу понять, то ли у нее муж мерзавец, то ли действительно что-то с головой. Хрен редьки не слаще. Самое ужасное — она утверждает, что я специально переехала в этот дом, чтобы провернуть свое черное дело — свести ее с ума!

— Точно сумасшедшая! — заявила Зина. — Вы бы отказались от нее, от греха подальше.

— Не все так просто, — вздохнула Александра. — Эта женщина говорит, что была подругой Надежды Барятьевой и поэтому у нее такое настороженное отношение к этому особняку.

— При чем тут дом? — удивилась домработница.

— Она утверждает, что этот дом убивает.

Зинаида торопливо перекрестилась.

— Чокнутая!

Александра задумчиво произнесла:

— Может, и чокнутая, но этот дом действительно имеет дурную славу.

Сердито фыркнув, Зинаида опять принялась за вязанье.

— И вы туда же! Не думала, что вы такая суеверная.

Закрыв ноутбук, Александра проговорила:

— Суеверие здесь ни при чем, но история дома могла сыграть кому-то на руку.

— И какая же история у этого дома?

— Не знаю, но хочу узнать.

— Зачем вам это?

— Интересно, — улыбнулась Александра.

Неодобрительно взглянув на хозяйку сквозь очки, Зинаида проворчала:

— Где же вы узнаете про дом?

ОСОБНЯК САМОУБИЙЦ

Выбравшись из-за компьютерного стола, Александра задумчиво произнесла:

— Наверняка отсюда унесли только материальные ценности, а вот бумаги, письма, дневниковые записи, следы прежних хозяев, думаю, остались. Нужно поискать их. Прямо сейчас и займемся.

— Ну давайте поищем. — Зинаида неохотно отложила вязанье и тоже встала.

— Насколько я поняла, здесь был кабинет хозяйки дома, Надежды Барятьевой. Предлагаю с этого кабинета и начать, — загорелась Александра.

Обведя взглядом обстановку комнаты, Зинаида вздохнула, домработнице не очень понравилась идея хозяйки, дело шло к ночи, а она провозилась целый день на кухне, устала, но отказать Александре не посмела.

Кабинет Надежды Барятьевой был обставлен офисной современной мебелью, и только в углу притаился огромный монстр начала прошлого века.

Александра опередила домработницу и сама раскрыла дверцы шкафа.

На полках рядком стояли книги советского периода. Большая Советская энциклопедия с позолоченными буквами на корешках занимала несколько полок, за ней следовали собрания сочинений отечественных и зарубежных классиков.

Вытащив томик Майн Рида, Александра задумчиво повертела его в руках.

— Представляю, сколько макулатуры сдали в свое время, чтобы получить талоны на покупку этих книг.

— А что, неправильно, что ли, было? Сколько лесов сохранили, — вскинулась Зина.

Хозяйка насмешливо взглянула на домработницу.

— Ты это серьезно?

— Конечно, серьезно! — разошлась Зинаида. — Это сейчас ничего никому не нужно, живут как в последний день на земле, ничего не щадят, все леса повырубили. Все вокруг в свалку превратили.

— Ладно, ладно, не митингуй, лучше подержи. — Александра подала Зине стопку книг. Шкаф оказался настолько глубоким, что книги стояли в три ряда.

Домработница начала складывать книги на оттоманку.

— Да ты их на пол клади, тут их полно, видишь, какой шкаф здоровый.

— Вы что, их все хотите вытащить? — заохала Зина. — Может, лучше завтра с утра?

— Завтра я не могу, у меня клиенты с десяти.

Несчастная Зина покорилась и начала складывать книги на пол.

— Вы бы лучше в столе поискали, — недовольно пробормотала она. — Зачем ей в книгах было что-то прятать.

— В столе искала и в тех шкафах искала, — кивнула Александра на офисные шкафы. — Нет там ничего. А ты, если не хочешь, не помогай, только не ной.

Поджав с обидой губы, Зина промолчала.

— Ладно, иди спать, — махнула рукой Александра.

Пока хозяйка не передумала, Зинаида резво припустила в свою спальню.

Проверив часть книг, Александра устало присела на оттоманку.

«Глупое занятие, — хмыкнула она. — Книги все новенькие, как из типографии, их никогда не раскрывали. И почему здесь только художественная литература? Странно, все-таки Барятьева закончила факультет журналистики и даже писала что-то о театре и кино. У нее как минимум должна быть литература об искусстве, а здесь одна классика. Может, это не ее книги?»

Александра решила продолжить поиски завтра, поднялась на ноги и случайно уронила одну из книг. Оттуда выпала старая почтовая квитанция. Александра подняла ее и прочитала имя получателя: «Луиза Казимировна Загоруйко».

Глава 10
Нежданное счастье

1980-е, Москва

Незаметно пролетела осень, время близилось к новогодним праздникам. На Красной площади уже установили главную елку страны. В витринах магазинов по вечерам светились разноцветные гирлянды. На улицах пахло снегом, яблоками, апельсинами и хвоей. Под ногами радостно скрипел снег. В гастрономах и универмагах толпились очереди за деликатесами и подарками.

Наденька уже привыкла к работе и всем сердцем привязалась к театру. Ей нравился запах свежевыглаженных костюмов. Она даже чувствовала гордость за свою причастность к действу, происходящему на сцене. Во время спектакля, забившись в какой-нибудь уголок в зале, она погружалась в мир грез. Все роли главных героинь были выучены ею назубок, и она частенько в мыслях представляла себя на сцене.

Мимо Барятьева она проходила молча, не здороваясь и не глядя на него. Невзрачную, молчаливую девушку-костюмершу актеры не замечали, и Наденьку это устраивало. Ей казалось, что эти люди из какого-то другого, высокого, недоступного для нее мира.

Как-то во время театрального застолья по поводу празднования юбилея одного из артистов, на который пригласили всех работников, рядом с Надей оказался молодой актер Дима Осташенко. Он ухаживал за девушкой весь вечер. И Наденька вдруг расцвела. Мило порозовев от выпитого вина, она удивительно похорошела. Как-то особенно звонко смеялась и даже удачно острила.

Впервые на нее обратили внимание, и внезапно Наденька поймала внимательный взгляд Барятьева. Ей сразу почему-то стало весело, и она нарочито принялась кокетничать с Дмитрием. Краем глаза она наблюдала за Барятьевым, он не отводил от них взгляда.

«Значит, не все пропало!» — ликовала она и демонстративно ушла с торжества в обнимку с Димой.

После того вечера Дима стал ухаживать за Наденькой, и она принимала его знаки внимания.

Надя даже почти забыла о Альберте и всерьез увлеклась Димой.

Как-то по окончании репетиции Наденька, как обычно, сидела в полутемном зале и ждала Дмитрия. Внезапно она почувствовала на себе взгляд, подняла глаза и увидела Барятьева. Пристально глядя на нее, Альберт презрительно процедил:

— Быстро же ты забыла меня, даже не позвонила ни разу. Правильно моя мама говорит: «девичья память до порога».

Кровь прилила к лицу Наденьки, сердце забилось часто и тревожно, но пока она собиралась с духом, чтобы достойно ответить ему, Альберт исчез.

— Ты чего такая взбудораженная? — услышала она голос Димы над ухом.

— Да нет, ничего, — пролепетала Надя, пытаясь улыбнуться.

Дмитрий не отставал.

— Это тебя Барятьев напугал? Не обращай на него внимания, он со всеми так.

— Да нет, что ты! — пришла в себя она. — Просто вдруг нехорошо стало. Наверное, в буфете отравилась.

Кое-как вывернувшись из неприятной ситуации, Надя перевела разговор на другую тему:

— Скоро Новый год, где будем встречать его?

Дима помрачнел и ответил:

— Дома под елочкой.

Оказывается, ему позвонили родственники и сообщили, что серьезно заболела мать. На Новый год Дима вынужден был ехать в родной Новосибирск. Добросердечная Наденька предложила свою помощь и хотела поехать с ним. Но Дима виновато отвел глаза и уговорил ее остаться.

Проводив жениха в аэропорт, Надя грустная пришла на работу. И тут же у входа столкнулась с Барятьевым. Девушка смущенно поздоровалась и попыталась проскользнуть мимо. Но Альберт остановил ее.

— Я Новый год в Доме творчества в Подмосковье встречать буду, не хочешь присоединиться?

Наденька опешила и широко раскрыла глаза.

— Я? Даже не знаю, что сказать...

— А кто знает? — усмехнулся он. Под его пристальным, тяжелым взглядом Наденьке стало не по себе, и она промолчала. — И знать нечего, я тебя в список участников мероприятия уже включил, у нас все сотрудники за городом Новый год встречают, так что давай, наряд готовь, Золушка, — засмеялся он и похлопал ее по плечу. — Нечего молодой, хорошенькой сидеть дома и скучать.

— Хорошо, я поеду, — еле слышно прошелестела Надя.

— Ну и отлично, — обрадовался Барятьев. — Звякни мне домой вечерком, скажу, откуда поедем. Визитку не потеряла?

— Нет, — покраснела она.

После разговора с Барятьевым Наденька летала, словно на крыльях. Конечно, у нее было чувство вины перед Димой, оно неприятно саднило, в один момент она даже решила отказаться от поездки, но тут в памяти всплыли синие глаза Барятьева, его улыбка… И Дима отступил на второй план. Ей так нестерпимо захотелось оказаться рядом с Альбертом, только с ним, и ради этого Надя чувствовала себя способной снести любые преграды. Дима ей показался далеким, пресным, неинтересным и ненужным.

Она с трудом доработала до конца рабочего дня и сломя голову понеслась домой собираться. Набив сумку нужными и ненужными вещами, Наденька с трудом затянула молнию и попробовала ее поднять. Сумка оказалась неподъемной. Пришлось заново перебрать вещи и половину выкинуть.

Закончив сборы, она забралась с ногами на диван и задумалась. Наверняка в доме отдыха будут артисты, ну, может, еще режиссеры, и она — помощница костюмера — будет выглядеть смешно и нелепо.

Надя уже жалела, что поступила так беспечно и легкомысленно дала согласие Барятьеву. Если бы у нее было какое-нибудь сногсшибательное платье, тогда еще ничего, но в ее уродских нарядах только людей смешить.

Наступил вечер, на город опустились сумерки, Надежда уже собралась ложиться спать, как в дверь постучали. Она вздрогнула.

— Кто там?

— Это я, — послышался до жути знакомый, красивый баритон Альберта Барятьева.

Надя в смятении заметалась по комнате, торопливо засовывая разбросанные вещи в шкаф.

— Сейчас, сейчас!

Дрожащими руками она открыла дверь.

— Мимо проезжал, — проговорил Альберт, с любопытством оглядывая скромное жилище Нади. — Думаю, а вдруг ты визитку все же потеряла, а мне завтра список отдавать.

— Как вы узнали, где я живу? — заволновалась Надя.

— Элементарно, — засмеялся он. — Спросил у твоей начальницы.

Глава 11
Марфа рассказывает об особняке

Наши дни, Москва

Марфа Байзюк опаздывала, и Александра с раздражением поглядывала на большие круглые часы, висящие на стене.

Сеанс должен был начаться в десять, а стрелки часов показывали уже без двадцати одиннадцать. На двенадцать была назначена следующая клиентка, Павлина Кузьмина — владелица сети парфюмерных магазинов, колоритная дамочка с большими претензиями и склочным характером, она не потерпит задержки сеанса.

Все планы летят к черту! Значит, не получится поговорить с Марфой о семействе Барятьевых. Могла бы позвонить, предупредить, что не приедет!

Александра уже начала терять терпение и собиралась звонить клиентке сама, когда в прихожей послышался высокий, возбужденный голос Марфы.

— Простите, попала в такую пробку, ни туда ни сюда, — проговорила она, проходя в кабинет.

Нина Дитинич

Приветливо кивнув, Александра показала на кушетку:

— Так давайте сразу и начнем. Времени у нас осталось немного.

Скинув туфли, Марфа с готовностью улеглась и, словно кошка, зажмурила глаза.

— Вы сегодня выглядите бодрее и не так взволнованы, — глядя на клиентку, сделала вывод Александра. — Прошлое посещение вам пошло на пользу?

Марфа открыла глаза и радостно заморгала.

— Ой, у меня столько всего произошло за два дня! Вы себе представить не можете!

— Да что вы? — изумилась Александра. — И что же у вас случилось?

— Первое — я накрыла своего жеребца с домработницей! — затараторила Марфа. — Во-вторых, выгнала ее вон. В-третьих... — Она довольно захохотала. — Супруг у меня в ногах валялся, чтобы я с ним не разводилась. Ваши сеансы в меня такую уверенность вселили, что я возродилась, словно птица феникс, и так с ним разговаривала!

— Замечательно, — улыбнулась Александра. — А вы волновались, думали, что повторите судьбу Надежды Барятьевой. Надеюсь, теперь этот дом вас не пугает?

Потянувшись, Марфа фальшиво хохотнула:

— Нет, не пугает, все отлично. — Она привстала. — Ой, забыла спросить: а вы привидения тут еще не встречали?

Александра насторожилась.

— Нет, а что, имеются?

— Да они здесь косяками ходят! Странно, что вам не встретились, — покачала головой Марфа.

— Боятся нас, наверное, — усмехнулась Александра. — Вы взрослый человек, Марфа. Призраки — это сказки. Нет в этом доме ничего сверхъестественного.

Вскочив с кушетки, Марфа прижала руки к груди.

— Привидения есть! Я сама лично видела их здесь, и не раз.

— Хорошо. Расскажите об этом? — вкрадчиво предложила Александра.

— Да это не дом, а живая гробница! Вы в курсе, что в этих стенах, — обвела она рукой вокруг, — замурована женщина. Ее замуровали живьем! Помимо этого, в доме бандитами во время революции убиты хозяева дома. И до революции был застрелен человек. И это только те факты, о которых я знаю. А сколько я не знаю!

Александра пожала плечами:

— У каждого старинного особняка есть своя история, как правило, выдуманная.

— К сожалению, это не выдумки, а жестокая правда! — с торжеством воскликнула Байзюк. — Бегите отсюда, пока не поздно. Этот дом всех забирает. Ему нужны жертвы, и чем больше, тем для него лучше, он ими питается.

Но Александра не сдавалась.

— Наверняка все истории приукрашены. Дела давно минувших дней всегда обрастают легендами.

— Вот когда вы собственными глазами увидите привидение, то убедитесь, что я права! — горячилась Марфа.

— Хорошо. Я обязательно вам расскажу, если встречу привидение. А сейчас продолжим наш сеанс. Прилягте, закройте глаза и расслабьтесь…

Но расслабиться Марфе Байзюк так и не удалось, наверху послышался сильный шум и отчаянный женский вопль. Кричала Зинаида, в холле на нее свалилась с полки тяжеленная керамическая ваза.

Женщины выскочили из кабинета и обнаружили Зину рядом с осколками керамической вазы.

— Что я вам говорила?! Вот, видите, началось! Это чей-то дух свалил на вашу домработницу вазу! — воскликнула Марфа.

— Я никакого духа здесь не видела, — заявила Зинаида. — Просто я хотела вытереть с вазы пыль и опрокинула ее.

— Надо быть аккуратнее! — рассердилась Александра. — А чего так кричала?

— Испугалась, — сконфузилась Зинаида.

— Выходит, духи и призраки здесь ни при чем, а виной всему Зинина оплошность, — усмехнулась Александра. — К тому же в местах, где водятся привидения, должны быть чьи-то останки.

Байзюк скептически хмыкнула.

— Останки имеются, я же вам говорила, — замурованная в стене женщина. Один из князей Барятьевых свою жену замуровал, мне Надя рассказывала и даже какие-то старинные бумаги показывала украдкой от Альберта.

Не сводя потрясенного взгляда с Марфы, Зинаида перекрестилась.

— Неужто правда?

— Чистая правда, — подтвердила Марфа. — Да вы поищите в кабинете Альберта, там бумаги про все это имеются.

— Может, покажете, где они лежат? — обрадовалась Александра.

— Заинтересовались? — довольно засмеялась Байзюк.

— Вы очень интересно рассказываете, — сделала попытку подольститься Александра, и это ей удалось.

— О, это еще не все! — с загоревшимися глазами воодушевленно защебетала Марфа. — Здесь столько всего произошло!

— Так рассказывайте, — с нетерпением проговорила Александра.

Женщины направились к кабинету Альберта.

Старинный инкрустированный двухтумбовый стол, словно доисторический монстр, притаился у окна.

Байзюк решительно открыла верхний ящик стола. Увы, папки с бумагами там не оказалось. Марфа заглянула в другие ящики, но и в них было пусто.

Она растерянно развела руками.

— Надя брала папку в верхнем ящике. Наверняка ее кто-то стащил.

— Интересно, кто бы это мог сделать? — вздохнула Александра.

— Да кто угодно! Скорее всего, родня Альберта, — брезгливо поморщилась Марфа. — Вот жуки навозные! Если, конечно, Альберт или Надя бумаги не перепрятали, — задумчиво добавила она.

— А вы не знаете, кто такая Луиза Загоруйко? — спросила Александра.

По лицу Марфы пробежала тень, похоже, этот вопрос был ей неприятен.

— Луиза — сводная сестра Альберта, дочка его отчима, — нехотя произнесла она. — А что это вы вдруг ею заинтересовались?

— Вчера в книжном шкафу в кабинете Надежды взяла томик Майн Рида, а оттуда выпала почтовая квитанция на ее имя.

По непонятной причине Марфа разозлилась. Ее ноздри хищно раздулись, глаза гневно сверкнули.

— Когда только успела свои книги подсунуть! — пробормотала она тихо.

— Что вы сказали? — вскинулась Александра.

— Ничего, — процедила сквозь зубы Марфа и, увидев изумленный взгляд психолога, через силу улыбнулась. — Да я просто возмущаюсь, не успели хозяева покинуть этот мир, как скорбящая родня весь дом обчистила! А уж Луиза — вообще седьмая вода на киселе!

Глава 12
Между раем и адом

1980-е, Подмосковье

Поразительно, но номера Наденьки и Альберта удивительным образом оказались рядом, и от этого девушка почувствовала себя на седьмом небе от счастья. Ведь все эти три дня он будет находиться рядом с ней, их будет разделять всего лишь тонкая стена, она будет постоянно сталкиваться с ним в коридоре, и, возможно... Когда она думала о том, что может произойти между ними, у Наденьки от волнения перехватывало дыхание, а во рту становилось сухо.

Но Барятьева как будто подменили, он даже не поинтересовался, как она устроилась, а в столовой прошел мимо, не заметив, и сел за стол с красавицей актрисой, восходящей звездой Евой Михайловской.

Наденька заняла место за соседним столом и с горечью украдкой наблюдала за парочкой. Глаза Барятьева горели восхищенным огнем, и он не сводил взгляда со своей коллеги. До Нади доносился счастливый, довольный смех Михайловской, любовное журчание Барятьева, и она сходила с ума от ревности.

Поковырявшись с безучастным видом в тарелке, Наденька отставила ее в сторону. Слушать любовное воркование стало не под силу, и, встав из-за стола, она словно пьяная, пошатываясь, направилась в свой номер.

Кинувшись на кровать, она дала волю слезам. Рыдая, Надя с отчаянием била кулачками по подушке и гневно шептала:

— Ненавижу! Мерзавец! Скотина!

Вволю наплакавшись, она, наконец, успокоилась и задремала, изредка всхлипывая.

За окнами окончательно стемнело. Поднялась пурга.

Несколько смельчаков, высунувших было нос на улицу, тут же со смехом вернулись назад. Среди них были и Барятьев с Михайловской.

— С ног сбивает, — воскликнул Альберт. — Вокруг ничего не видно.

— Жаль, погулять не удалось, — хохоча, подхватила Ева.

Приятель Альберта артист Юрий Егоров предложил:

— Может, в бильярд?

Покосившись на Михайловскую, Барятьев вздохнул.

— Можно, если барышни нас поддержат, — многозначительно подмигнул он Еве.

Михайловская радостно вспыхнула.

— Отличное предложение, я не против.

— Замечательно! — воскликнул Альберт и, подхватив свою даму под локоток, увлек ее в бильярдную.

В зале, набитом игроками, стоял гвалт, слышался стук бильярдных шаров и резало глаза от табачного дыма. Зоркая Ева мгновенно узрела свободный стол, и компания направилась к нему.

Игра началась. Ева выбрала себе кий, натерла его мелом, прицелилась и ударила по шару. Шар завертелся волчком и замер. Подруга Евы, смешливая Ася Даниленко, кинулась складывать шары в треугольник.

Сняв треугольник, Альберт взял кий и ловко, одним ударом отправил два шара в лузу. Ева возбужденно взвизгнула и восторженно захлопала в ладоши.

— Превосходно, Альберт! Вы — ас! У меня так никогда не получится.

— А я научу. — Он взял ее руку и положил на кий. — Вот так ставим пальчики, — ворковал он, обнимая девушку.

Кокетничая, Ева прижималась к нему, зазывно смеялась, красиво закидывала голову. У нее никак не получалось сделать точный удар, и Альберт с удовольствием продолжал процесс обучения.

— Нет, сегодня у меня точно не получится, — наконец сдалась Ева, утомленно отведя пышную гриву светлых волос, обнажив нежную, точеную шею.

С вожделением взглянув на девушку, Альберт жадно облизнул губы.

— Хорошо, может, тогда пойдем ко мне, выпьем кофе, — предложил он.

Но Ева отвела глаза и прощебетала:

— Уже поздно, я хочу спать.

Наденька проснулась от тихого, настойчивого стука в дверь. Спросонья она не поняла, где находится. Вскочила с кровати и в потемках на ощупь прошлепала босиком к двери.

— Кто там?

— Открой, это я, Альберт, — послышался приглушенный голос.

Не веря своему счастью, девушка решительно повернула ключ. Дверь открылась, и в комнату… нет, не вошел, а ворвался, словно вихрь, Барятьев.

Он подхватил Наденьку на руки, крепко обнял. Горячие влажные губы коснулись ее губ. У нее закружилась голова, девушка словно провалилась в какое-то другое, ранее незнакомое ей и оттого пугающее измерение. Происходящее казалось ей нереальным, странным, фантастическим сном.

Все произошло быстро и непонятно, и это оглушило Наденьку. Она с трудом сознавала, что происходит, с трудом понимала, о чем Альберт шепчет ей.

Единственное, что она запомнила и поняла, — это его удивление и умиление.

— Я у тебя первый? Ты чудо!

— Ты на мне женишься? — глупо улыбалась она в темноте.

— Конечно, — жарко шептал он. — Только нужно подождать.

Проснувшись утром, Наденька обнаружила, что Альберта рядом нет, и она даже обрадовалась, потому что после произошедшего между ними ночью чувствовала страшную неловкость.

Приняв душ и принарядившись, она уже справилась со своим смущением и, сияющая в предвкушении встречи с любимым, постучала в его дверь. Тишина за дверью красноречиво дала понять, что Альберта нет в номере, и Надя с полыхающими от тревожного волнения щеками кинулась в столовую.

Ее возлюбленный уже позавтракал, но сидел за столом рядом с Евой Михайловской. Альберт рассказывал ей очередной анекдот. Девушка заразительно смеялась, а Барятьев не сводил с нее влюбленного взгляда.

У Наденьки мгновенно потемнело в глазах от ревности и боли, весь мир и люди показались ничтожными и отвратительными. Боясь выдать свое состояние, она низко склонилась над тарелкой. Барятьев шестым чувством угадал ее присутствие и взглянул на нее.

Наденька пересела на свободное место к нему спиной. Похоже, его это задело, и он с досадой дернулся, но, поймав удивленный взор Евы, беспечно продолжил веселиться.

С трудом выпив стакан чая и почти не тронув завтрак, Надя стремглав выскочила из столовой. Ей хотелось побыть одной, чтобы дать волю слезам. А еще ей хотелось немедленно покинуть это место, уехать куда-нибудь далеко-далеко и навсегда. В памяти возник Дима Осташенко, запоздалое сожаление и раскаяние волной поднялось в ней и обожгло. В глазах предательски защипало, и она бросилась к лифту. До номера Надя добралась быстро, но никак не могла попасть ключом в скважину, мешали предательски нахлынувшие слезы.

Внезапно она почувствовала на своих плечах тяжесть чьих-то рук и резко обернулась.

— Что случилось? — услышала она веселый, насмешливый голос Альберта. — Ты даже со мной не поздоровалась.

— Ничего не случилось, — глухо буркнула Наденька, наконец открыв дверь.

Вслед за ней Альберт вошел в номер.

— Это что за слезы? — Он обнял девушку. — Ты что, меня к Михайловской приревновала?

— Нет, — пытаясь вырваться из его объятий, беспомощно пискнула Надя.

— Видел твое лицо, когда ты в столовую вошла, — усмехнулся Альберт.

— Лицо как лицо, — огрызнулась она, но вырываться перестала.

Альберт посадил ее к себе на колени, погладил по голове.

— Какой ты еще, в сущности, ребенок, — задумчиво произнес он. — Чистое дитя.

Глава 13
Разбитые в прах мечты

В Москву из Дома творчества возвращались в сильную пургу. Со скоростью черепахи автобус пробивался сквозь вьюгу по занесенной метелью трассе. Впереди сквозь плотную снежную пелену слышался надрывно кашляющий, непрерывный рокот трактора, расчищавшего дорогу, которую тут же заносило снегом.

Наденька сидела одна на заднем сиденье и с тоской смотрела в окно, покрытое толстым слоем узорного льда.

В ее фиалковых глазах замерла острая боль. Она старалась не смотреть на парочку, сидевшую впереди, но у нее это плохо получалось, и время от времени взгляд останавливался на Альберте с Евой. Они сидели обнявшись. Барятьев с нежностью смотрел на свою спутницу и что-то шептал ей на ухо.

У Наденьки от этого все холодело в груди. К тому же она на самом деле замерзла, и руки заледенели, пытаясь согреться, она отчаянно дышала на пальцы. Ни одна дорога не казалась Наде такой бесконечно долгой и мучительной, как эта. Ей казалось, что никогда в жизни она не была так несчастна, как сейчас. Лишь один раз Барятьев украдкой бросил на нее любопытный, испытующий взгляд и тут же отвернулся.

Наденька попросила водителя остановить автобус у первой станции метро и, проходя на ватных ногах мимо Барятьева, споткнулась о его сумку, стоявшую в проходе. Он насмешливо посмотрел на девушку, а Ева громко засмеялась. Альберту это не понравилось, и он слегка отстранился от нее. Ева почувствовала его недовольство и замолчала, проводив Наденьку враждебным, презрительным взглядом.

Нина Дитинич

Горестно доковыляв до дома, Надя в очередной раз дала волю слезам. Наверное, она сама виновата в том, что Альберт увлекся красоткой Евой. Надя прекрасно понимала, что проигрывает во внешности Михайловской, но, как любая женщина, думала, что все равно она гораздо лучше соперницы, что душа у нее чище, она добрее и любит Альберта в тысячу раз больше, чем эта холодная змеючка Ева. Что в ней есть что-то такое чудесное, чего в другой женщине нет. И, как любая женщина, обвиняла в предательстве не мужчину, а соперницу. Она не хотела понимать, что подло с ней поступил Барятьев, а не Ева. Боль жгла нестерпимым огнем внутри, и слезы не приносили облегчения. Надя поклялась себе, что, несмотря ни на что, завоюет Альберта и покажет Еве, чего она стоит.

Вволю нарыдавшись, она разобрала вещи и разложила их по своим местам.

В дверь постучали, у Нади радостно забилось сердце: «Альберт!» Она опрометью кинулась к двери и распахнула ее.

Перед ней в запорошенной снегом пуховой шали и потертой кроличьей шубке стояла ее мать.

От неожиданности Надя отпрянула.

— Мама? Как ты узнала, что я здесь?

Мать обожгла ее укоряющим, сердитым взглядом.

— Сима сказала.

— Сима... — печально повторила Наденька. — Зачем? Я же просила ее! — И бросилась помогать матери снимать мокрую от растаявшего снега шубу. — Не злись, пожалуйста, просто я не хотела тебе говорить пока, чтобы не расстраивать, а потом я бы тебе все обязательно рассказала.

Мать сокрушенно покачала головой.

— Мне Сима вчера все рассказала про твои дела. Влюбилась, университет бросила, костюмершей устроилась в театр к любовнику. — Вырвав из рук дочери свою шубу, она гневно стряхнула с нее снег и повесила на вешалку. Затем оглядела комнату. — Неплохо устроилась.

— Я же просила Симу тебе нечего не рассказывать, — угрюмо пробормотала Надя. — Зря я ей написала.

— Ты не об этом беспокойся, — прикрикнула мать. — Не в Симе дело, а в тебе. Я думала, ты учишься, а ты дурака валяешь. Не ожидала от тебя такого, — вдруг всхлипнула она, и ее бледные губы жалко вздрогнули и беспомощно скривились. — Мы ли с отцом для тебя не старались? А ты вон что нам устроила!

Наденьке стало бесконечно жаль мать, и ее собственная боль куда-то отошла и притупилась, вместо нее нахлынула нежность и глубокая жалость к родителям. Она почувствовала себя виноватой.

Наденька обняла маму и горячо зашептала:

— Мама, прости, пожалуйста. Я больше никогда не буду делать так, никогда. Я все исправлю.

Когда мать и дочь, вдоволь наплакавшись, успокоились, мама решительно сказала:

— Первым делом ты должна уволиться из театра и восстановиться в университете.

Но Наденька заупрямилась.

— Я буду работать и перейду на вечерний факультет или заочный.

Мать расстроилась.

— Зачем тебе вечерний? Спокойно училась бы на дневном и стипендию получала.

— Мама, ну как ты не понимаешь! Стипендия маленькая, на нее не проживешь, а я уже взрослая девушка, мне и одеться надо, и выйти куда-нибудь.

— Мы же тебе деньжат все время подкидывали, — горестно вздохнула мать. — Почему бы не учиться, не отвлекаясь?

— Этих денег недостаточно, мама.

Беспомощно опустившись на стул, мать покачала головой.

— Дочка, дочка. Ты раньше мало интересовалась нарядами. Была серьезной и разумной. Что случилось?

Наденька упрямо поджала губы.

— Знаешь, мама, я думаю, девушке не учеба нужна, а хороший надежный муж.

— Уж не этот ли артист, про которого Сима говорила, тебе голову задурил? — сердито прищурилась мать.

Стоя посреди комнаты, дочь вызывающе подбоченилась.

— А хоть бы и он, и что?

— А то! — окончательно рассердилась мама. — Не потому ли у тебя все лицо зареванное? Муж! Артисты на артистках женятся или на каких-нибудь знаменитостях, а ты провинциальная девчонка, ни профессии, ни образования, да и не красавица.

— Спасибо, мама, — обиделась Надежда. — Только если ты считаешь меня дурнушкой — это не значит, что я не нравлюсь другим.

Мать вздохнула и примирительно спросила:

— Что хоть за артист? Как зовут его?

— Тебе что, правда интересно? — неуверенно пробормотала Надя.

— Правда, ты же моя дочь, мне все важно знать о тебе.

Помолчав, Надя смущенно назвала имя своего возлюбленного.

— Знакомая фамилия, только лицо не могу вспомнить, — сконфузилась мать. — А в каких фильмах он снимался?

Моментально оживившись, Надя начала рассказывать о ролях Барятьева. Теперь она знала все его фильмы почти наизусть.

— Так он же старый для тебя! — невольно вырвалось у матери.

У Наденьки гневно затрепетали ноздри, и она выкрикнула:

— Никакой он не старый! Что ты придумываешь?!

— Что ты кричишь? Посчитай, на сколько лет он тебя старше.

— Да мне плевать, сколько ему лет! — продолжала кричать Надя. Ее лицо покраснело, жилы на шее натянулись от крика. Она стала совсем некрасивой.

Мать увидела, что Наденька не в себе, не контролирует эмоции, и решила больше не испытывать судьбу. Порывисто обняла дочь.

— Ну любишь и люби, — тихонько шепнула она. — Только я вижу, не очень-то ты счастлива.

От участливого голоса матери у Наденьки все перевернулось в душе, и слезы хлынули из глаз. Она уткнулась в теплую материнскую грудь и, вдохнув знакомый с детства запах, сбивчиво и торопливо поведала свою короткую и горькую историю любви.

Глава 14
Неприятности Марфы Байзюк

Наши дни, Москва

Приструнив мужа, довольная Марфа праздновала победу.

Для начала она потребовала от неверного супруга давно приглянувшиеся ей в модном ювелирном магазине колье и сережки из белого золота с изумительными сапфирами.

По кислому выражению лица благоверного Марфа поняла, что эта покупка не слишком порадовала его, но, получив желанный подарок, она не остановилась и на следующее утро потребовала новую машину. Но неожиданно нарвалась на жесткое сопротивление.

Лицо супруга приняло каменное, непроницаемое выражение.

— Нет. К сожалению, дорогая, сейчас кризис в стране, и мой бизнес трещит по швам. Завтра вам с Антоном есть будет нечего.

Марфа пришла в бешенство и начала упрекать мужа в измене. Вопреки ее ожиданиям, что он начнет извиняться, супруг молча ушел в ванную и захлопнул за собой дверь.

Марфа растерялась. Скомкав попавшийся под руки пеньюар, она со злостью кинула его вслед ушедшему мужу. Но тут же опомнилась, подобрала пеньюар, накинула его и подергала дверную ручку. Дверь ванной была заперта изнутри.

— У тебя всегда кризис! — запоздало крикнула она.

Но ответа не последовало, только звук льющейся из душа воды.

Разъяренная Марфа направилась в свою ванную. Нужно было успокоиться и подумать. Бросив в воду ароматическую соль с косметическим маслом и лепестками роз, она забралась в ванну и блаженно вытянулась. Но в ушах до сих пор звучал непреклонный голос мужа. Его слова приводили в бешенство, и руки невольно сжимались в кулаки.

— Жмот проклятый! — бормотала она с ненавистью. — Скряга! Ну, я тебе устрою!

Марфа понимала, что расслабилась и простила мужа раньше времени и упустила шанс что-то изменить в их отношениях. Самое ужасное было то, что она не знала, что делать. В течение десяти лет ей с легкостью удавалось управлять им, он выполнял любые ее прихоти и стелился перед ней, словно джинн из лампы, и вдруг в один момент резко изменился, стал колючим и равнодушным. Вначале у Марфы возникло подозрение, что виной всему увлечение другой женщиной, но, уличив его в нескольких изменах и даже застав в объятиях некрасивой домработницы, она поняла, что дело не в конкретной сопернице, просто его любовь к жене исчерпала себя до дна. Его чувства растаяли как дым, а она прозевала тот момент, когда нужно было подогреть их ревностью или чем-нибудь другим, и вот наступил финал.

«Самое скверное, — думала Марфа, — что этот мерзавец в свое время, несмотря на страстную любовь ко мне, себе соломку подстелил и все обштопал таким образом, что я ни на что из его имущества не имею права. Даже ребенка он меня может лишить. Нужно было мне, дуре, не орать как ненормальной, когда увидела его в объятиях домработницы, а тихонько заснять их на мобильник, а потом найти хорошего адвоката и разводиться».

Распахнулась дверь, и на пороге ванной комнаты появился муж.

— Ты, случайно, не видела мой мобильник?

— Мобильник? — нахмурилась Марфа. — Нет, не видела.

Он хотел что-то еще сказать, но замешкался и, бросив на супругу сердитый взгляд, вышел.

Раздосадованная Марфа поспешно выбралась из ванны. Натянула махровый халат и, оставляя клочья пены и мокрые следы, босиком побежала за мужем.

— Петя! — истерично крикнула она. — Подожди!

Но в прихожей уже хлопнула дверь, а на шум, словно черт из табакерки, появилась новая горничная. Увидев ее, Марфа заскрипела зубами от злости. Молоденькая брюнетка в ослепительно белой блузке и коротенькой черной юбке была настолько хороша, что Марфе стало плохо.

— Доброе утро, — проворковала девица. — Меня зовут Яна, я ваша горничная. А Петр Антонович уже ушел.

— Я поняла, — холодно процедила Марфа и промаршировала мимо девушки в спальню.

Дрожащими от ярости руками она набрала номер мобильного мужа, но он не брал трубку. Марфа вспомнила, что он потерял телефон где-то дома. Натянув джинсы и свитер, она взялась за поиски. Обыскав спальню, бросилась в гостиную и столкнулась с Яной.

— Милочка, вам, случайно, не встречался мобильный телефон? — поинтересовалась она.

— Встречался, — любезно улыбнулась Яна и вытащила мобильник Петра из нагрудного карманчика блузки. — Этот?

— Этот. — Марфа грубо вырвала телефон из ее рук. — А почему вы его в кармане носите?

Девушка прощебетала:

— Телефон валялся под обеденным столом, я подумала, что его Петр Антонович потерял, хотела вечером ему отдать.

— Если вы не в курсе, у Петра Антоновича жена имеется, — угрожающе прошипела Марфа.

Горничная с готовностью кивнула и, вежливо улыбаясь, сверкнула белоснежными зубками.

— Конечно, Марфа Васильевна.

— То-то же! — бросила Марфа и побежала звонить своему психологу.

Александра с сочувствием выслушала ее и предложила приехать, благо у нее образовалось свободное окно.

— Меня как сглазили! Сплошные несчастья! — жаловалась Марфа. — Этот мерзавец новенькую горничную нанял, а мне и словом не обмолвился, не посоветовался со мной, — захлебывалась она от злости. — Я сейчас приеду к вам.

Марфе было невмоготу оставаться в одном доме с красоткой Яной. Схватив ключи от машины, она натянула куртку и выскочила на улицу.

Особенных пробок не было, и она быстро добралась до особняка Барятьевых.

Взглянув на расстроенную клиентку, Александра предложила ей выпить чая или кофе.

— Я от чего-нибудь покрепче не отказалась бы, — ответила Марфа. — Да я за рулем.

— Вы слишком взволнованы. Как вы управляли в таком состоянии автомобилем? Лучше бы взяли такси, — вздохнула Александра.

Скинув куртку, Марфа уселась на кушетку.

— Плевать. Впрочем, я могу машину у вас во дворе оставить и поехать домой на такси. Так что рюмочку коньяка я бы с удовольствием пропустила.

— Тогда прошу в столовую.

Глава 15
Исповедь Марфы

Чаепитие с коньяком затянулось чуть ли не до полуночи. Александре даже пришлось позвонить и отменить два сеанса, что были назначены на сегодня. Она не могла бросить Марфу в таком состоянии.

Байзюк с наслаждением освобождалась от накопившейся ненависти к мужу.

— Всю молодость ему отдала! — шипела она. — Я могла бы такую выгодную партию сделать. Какие мужики за мной бегали! Даже один миллиардер из Америки, а я, дура, этого козла предпочла. И что в нем хорошего? Маленький, толстый, лысый...

Александра молча слушала ее. Сбоку стола прилепилась Зинаида и, подперев щеку, жалостливо внимала откровениям Марфы.

— И туда же! Ни одной юбки мимо не пропустит! Он что думает — такой неотразимый? Да это кошелек его неотразимый, его бабки. Сам-то он ничего из себя не представляет.

— Меня одно удивляет, — вздохнула Александра. — Как вы, Марфа, могли подумать, что я с ним в коалиции против вас?

Разгоряченная коньяком, Марфа изумленно уставилась на психолога, но, вспомнив свой недавний выпад против нее, нервно хихикнула.

— Ах, вы про тот случай. Я тогда была на взводе, ну и сорвалась, накинулась на вас, извините.

Взглянув в окно, где в голубоватом свете фонарей тревожно и загадочно метались снежинки, Александра многозначительно улыбнулась.

— Конечно, понимаю. И теперь мне кое-что понятно и о Надежде Барятьевой.

— О Наде? — встрепенулась Марфа. — Что это вдруг вы о ней вспомнили?

— Разве ваши ситуации не похожи?

Густо покраснев, Марфа пробормотала:

— При чем здесь Надя?

— Ну как же, — не унималась Александра. — Вы же сами говорили, что над Надеждой муж издевался.

Марфа вдруг всхлипнула.

— В отличие от моего урода, Надин муж ее любил. Альберт мужик был — глыба, не то что мой — сморчок гнилой.

— Любил? — удивилась Александра.

— Да, любил, — опустила голову Марфа и глухо продолжила: — Это была трагедия великой любви, такой любви, о которой мы только в книжках читаем.

— Так, значит, Надежда действительно сама повесилась? — вырвалось у Александры. — От великой любви?

— А вот это не факт, — горько усмехнулась Марфа. — Очень много странного во всей этой истории. Жаль, что Надя в последнее время отдалилась от меня. Да и я, к сожалению, была слишком занята собой.

— Значит, вы все-таки думаете, что Надежду убили? Почему?

Марфа саркастически хмыкнула:

— Думаю, кому-то она сильно мешала.

— Чем она могла мешать? — удивилась Александра.

— Понятия не имею. Может, кому-нибудь дорогу перешла, я же не знаю, чем она в последнее время занималась, — замялась Марфа.

— А как же все эти разговоры про дом, который убивает?

Марфа мгновенно протрезвела и взглянула на наручные часы.

— Ой, что-то я припозднилась, пора домой. — Она вскочила. — Спасибо за гостеприимство.

— Давайте вызовем такси, — вскочила Александра.

Гостья отчаянно замотала головой:

— Нет, нет, не стоит, поймаю машину на улице. Заодно прогуляюсь немного.

Александра вызвалась ее проводить.

Нина Дитинич

На улице шел робкий снег и тут же таял в темных лужах. Стояла промозглая осенняя погода.

Александра зябко поежилась.

— Как время летит. Казалось бы, недавно палила жара, было лето, и вот уже зима подкралась.

— Действительно, — откликнулась Марфа. — Время летит мгновенно. А раньше тянулось, словно резина.

— Просто раньше было много свободного времени, — засмеялась Александра. — А сейчас каждая минута забита под завязку.

Марфа рассеянно кивнула.

— Наверное.

Она о чем-то глубоко задумалась.

После недолгого молчания Александра спросила:

— А у Надежды Барятьевой были близкие родственники, сестры или братья?

— Это мне неизвестно, — скривилась Марфа. — Думаю, что нет, если бы родня имелась, на похороны бы приехали, а никого не было.

— Может, вы просто их не узнали?

— Да Надежду в последний путь маленькая кучка народу провожала, и все мне знакомы. Так что никого из ее родных на похоронах не было.

Александра сокрушенно вздохнула:

— Надо же! И кто же проводил ее в последний путь?

— Прислуга, Луиза Загоруйко, я и несколько ее знакомых.

— И все?!

— Все, — мрачно произнесла Марфа. — Со мной даже муж не поехал. Ну это, конечно, не считая журналистов, этих пройдох было немало.

Мимо проехало свободное такси. Марфа запоздало замахала руками и побежала за машиной. Но таксист не заметил женщину и выехал из переулка.

72

— Здесь мы машину не поймаем, — с досадой выпалила Марфа.

— Так пойдемте к метро, — предложила Александра. — Там стоянка такси есть.

Снег закончился, его сменил колючий, мелкий, противный дождь. Марфа зябко куталась в куртку.

— А что это вы так Надеждой интересуетесь? — спросила она.

— Сама не могу объяснить, — вздохнула Александра. — Наверное, из любопытства.

— Нет, — мрачно произнесла Марфа. — Вы не из любопытства это делаете, вы самым настоящим расследованием занимаетесь. Только я бы на вашем месте бросила эту затею.

— Почему? — изумилась Александра.

— Потому, — уклонилась от ответа Марфа.

Александра хотела возразить, но удержалась и лишь благодушно улыбнулась.

— Да мне, собственно говоря, и некогда заниматься расследованием. Живу в доме Барятьевых, поэтому заинтересовалась. А ваша реакция меня, честно говоря, удивила. Вас что-то пугает?

Марфа неестественно рассмеялась.

— Что меня может пугать? История смерти Надежды действительно темная, вот я и подумала — зачем вам в этом копаться, ведь это может быть кому-то невыгодно. И если Надю убили, то что им стоит убить кого-то еще? Опасно это.

Они вышли к метро. Вокруг было многолюдно. Разноцветными огнями зазывно сверкала реклама. По проспекту летали машины.

— Опасно? — остановилась Александра. — Почему? Что мне может угрожать?

Марфа не ответила, а увидев свободное такси, ринулась к нему.

— Свою машину завтра заберу, — крикнула она, садясь в такси.

Глава 16
Крах семьи Марфы Байзюк

В доме было темно и тихо. Марфа бесшумно скинула куртку в прихожей и на цыпочках пробралась в свою спальню. Зашла в ванную, приняла душ, надела халат и поспешила в комнату сына.

Сын уже сладко спал. Осторожно поцеловав ребенка, Марфа с нежностью вдохнула его запах и, подоткнув одеяло, бесшумно удалилась.

Утром ее разбудил грубый окрик мужа:

— Дрыхнешь! Перегаром на весь дом несет! Шлялась где-то всю ночь, бросив ребенка! Мать еще называется!

Марфа с трудом оторвала голову от подушки и увидела перекошенное злобой лицо мужа. Голова раскалывалась от боли, в горле першило.

— С ума сошел? — прохрипела она. — Чего орешь?! Антошу разбудишь.

— Антон давно в школе, — издевательски бросил муж. — Скоро обед, а ты дрыхнешь без задних ног. Меня абсолютно не волнует, где ты таскаешься, мне уже надоело считать твоих качков. Опять какой-нибудь очередной фитнес-тренер. Но меня волнует мой сын, своим поведением ты травмируешь ребенка.

Сначала Марфе показалось, что это ей снится, потому что прежде Петр ничего подобного себе не позволял, а сейчас его точно подменили. Изумленно глядя на налитые ненавистью глаза мужа, она приподнялась в постели и тут же сползла на подушку от сильного приступа кашля.

Одетый с иголочки и уже готовый к выходу, Петр крикнул:

— Алкоголичка! Еще и заразу где-то подцепила! — Он обернулся и крикнул: — Яна, идите сюда!

Горничная мгновенно появилась на пороге и с готовностью уставилась на хозяина.

— Слушаю.

Брезгливо кивнув на жену, Байзюк произнес:

— Приглядите за хозяйкой, Яна, и ни в коем случае не давайте ей спиртного. Человек болен алкоголизмом.

Марфа гневно взглянула на мужа.

— Петя, ты точно мозгами съехал! Когда это я пила?

Не прореагировав на ее слова, Байзюк обратился к домработнице:

— В случае чего будете свидетелем ее неадекватного поведения.

Оскорбленная Марфа открыла рот и попыталась возразить, но из больного горла вырвалось лишь сердитое шипение.

— Не беспокойтесь, все сделаю, как вы сказали, — послушно пискнула Яна.

Петр кивнул и стремительно покинул спальню жены.

Яна метнулась за хозяином, и из прихожей донесся ее звонкий смех, а Байзюк ей что-то говорил.

Ошеломленная Марфа даже в кошмарном сне не могла себе представить, что так скоро наступит конец ее отношений с мужем, и тем более таким образом.

«Можно прожить с человеком всю жизнь и так и не узнать, что он из себя представляет на самом деле. А вот станешь от него зависимой и сразу увидишь — кто перед тобой», — горько подумала она.

Качаясь от слабости, Марфа поплелась на кухню. Просить о чем-то нахальную горничную не хотелось.

Она сама включила чайник и полезла в холодильник за лимоном. В дверях тут же нарисовалась Яна. Встав за спиной Марфы, она стальным голоском спросила:

— Надеюсь, вы не водку ищете?

Марфа смерила горничную испепеляющим взглядом.

— Вы что, не видите, я заболела! Мне не до водки. Тем более что водку я вообще не пью.

Тем не менее Яна, недоверчиво покрутив носиком, сунулась в холодильник и, вытащив початую бутылку водки, унесла ее с собой.

Марфа только покачала головой и, сделав себе чая с медом и лимоном, вернулась в постель.

Не дождавшись звонка от клиентки, Александра сама позвонила ей.

— Я заболела, — с отчаянием пробормотала Марфа. — Как только мне станет лучше, перезвоню.

Горячий чай не помог, ей стало еще хуже, и она попросила Яну вызвать врача, но девица отказалась.

— Петр Антонович мне указаний на этот счет не давал.

Марфе пришлось самой вызывать доктора.

Осмотрев пациентку, врач определил, что у нее сильная простуда. Выписав лекарство, он отдал рецепт домработнице и велел немедленно идти в аптеку.

Яна не осмелилась ослушаться врача и покорно отправилась за лекарством.

К вечеру температура спала, и Марфе полегчало. Услышав, что муж вернулся, она вылезла из постели, чтобы объясниться с ним.

Завидев супругу, Петр позеленел от злости.

— Ты чего по квартире шляешься, заразу разносишь?

Марфа попыталась усовестить мужа. Но Петр мгновенно пришел в ярость.

— Нечего мне морали читать, лицемерка! Ты у меня вылетишь отсюда. И родительских прав тебя лишу, сына тебе не видать как своих ушей.

У Марфы затряслись губы.

— Ну ты и сволочь! Запомни, если ты у меня Антошу отберешь, я тебя убью!

Байзюк завопил:

— Яна! Яна, иди сюда! Подтверди, что ты слышала, как эта психопатка угрожала убить меня. Ты должна подтвердить это в суде.

— Конечно, Петр Антонович, — отчеканила мгновенно появившаяся горничная.

Глава 17
Любопытная незнакомка

Встревоженная разговором с Марфой Байзюк, Александра поделилась с Зинаидой:

— Похоже, у Марфы совсем дела плохи, и голос простуженный.

— Да с мужем, небось, разругалась, — отозвалась домработница. — Вот придет и будет вам жаловаться опять.

— Хорошо, сегодня пятница и нет приема, — с наслаждением потянулась Александра.

Зинаида молча кивнула, соглашаясь.

— Пойду с Альмой погуляю, — сказала Александра, направляясь к двери. — А ты пока обедом займись.

На дворе было зябко, вокруг лежал редкий сухой снег. Он запорошил и машину Марфы. Альма подбежала к автомобилю и нырнула под него.

Александра позвала собаку и не спеша зашагала вокруг дома.

Небольшой дворик некогда был засеян газонной травой, которая безобразно разрослась и, подобно ржавым болотным кочкам, топорщилась повсюду вплоть до высокого металлического забора с воротами и калиткой.

Дом имел два входа — парадный с фасада и запасной позади. После революции запасной ход был наглухо закрыт, но когда Альберт Барятьев получил дом в аренду, он восстановил его в первозданном виде.

Александра подошла к маленькому крылечку, ведущему к двери. По пыльному дерматину она поняла, что дверью давно не пользовались.

«До запасного хода мы с Зинаидой не добрались, — подумала она. — А ведь вполне возможно, что именно где-то здесь Барятьевы могли спрятать старинные бумаги, которые видела Марфа. Нужно будет сегодня поискать в этой части дома. Заодно и подвал осмотреть».

Внезапно Александра почувствовала чей-то взгляд и обернулась.

Вцепившись в тонкие прутья ограды, по ту сторону забора стояла женщина средних лет в черной кожанке, клетчатой толстой шерстяной юбке и рыжих ботинках. Наряд завершала претенциозная шляпка с вуалью. Женщина пристально рассматривала Александру.

— Давно здесь живете? — раздался ее слегка хрипловатый голос.

— Нет, а что?

Женщина усмехнулась.

— Да я просто так спросила. Дом долго стоял пустой, а тут вдруг свет в окнах. Вот мне и интересно стало.

— Вы наша соседка? — оживилась Александра.

— Нет, я здесь работаю неподалеку.

— И где, если не секрет?

— Да тут, в одном офисе, — неопределенно махнула рукой незнакомка. — И дорого за проживание платите?

В голосе женщины Александра уловила неприязнь, хотя выражение ее лица было вполне дружелюбным. К тому же Александре не понравилась ее бесцеремонность.

— Зачем вам это знать?

Незнакомка язвительно усмехнулась.

— Небось, не меньше десяти тысяч евро или зеленых в месяц.

— Слушайте, какое ваше дело? — рассердилась Александра. — Кто вы такая?

Ухмыльнувшись, дамочка отлипла от забора и резво понеслась по переулку к метро.

— Странная... — пробормотала Александра и, подхватив Альму, вернулась в дом.

Судя по запаху, Зинаида готовила на обед что-то невообразимо вкусное.

— Вам Марфа Байзюк звонила, — сообщила она.

— Что же ты меня не позвала? — упрекнула Александра.

— Так она сказала, что позвонит позже. А с кем вы во дворе разговаривали? Я в окно видела.

— Да какая-то странная тетка ко мне привязалась, интересовалась, сколько я за наем дома плачу.

— Ходят тут всякие! — возмутилась Зина.

Александра покосилась на булькающие кастрюльки.

— Ой, как есть хочу!

— Надо вас скорее накормить, а то, вижу, любопытная тетка вам настроение испортила, — улыбнулась Зина.

— Действительно, давай пообедаем, а потом подвал и запасной выход осмотрим. Может, там найдем что-нибудь интересное.

Зинаида только вздохнула, заниматься поисками неведомо чего ей не хотелось, но возражать хозяйке она не стала.

«Чем бы дитя ни тешилось, лишь бы не плакало».

В кабинете зазвонил телефон.

Александра поспешила туда и взяла трубку. Звонила Марфа. Она уже хрипела не так сильно, как утром.

— У меня тут такое! — простонала она и рассказала о конфликте с мужем. — За машиной приеду, как только встану на ноги. Конечно, если супруг со служанкой меня не уморят, — закончила она.

— Зная ваш боевой характер, уверена, это им придется бегством спасаться. Все будет хорошо, Марфа, — подбодрила ее Александра.

— Если бы, — уныло протянула Марфа.

Александра положила трубку и пошла обедать.

После обеда они с домработницей спустились в подвал. Дверь в подвал была закрыта на амбарный увесистый замок. Но Зинаида нашла коробку с ключами и открыла замок.

Основная часть подвала была заложена старинной кладкой, которая рдела местами из-за отвалившейся штукатурки. Остальное место занимал различный хлам.

Закрыв подвал, женщины отправились к запасному выходу.

Пройдя короткий коридор в задней части дома, они оказались на небольшой площадке перед дверью, обитой дерматином. Скудный свет проникал сквозь грязное окно.

Зинаида разволновалась:

— Ой, пылищи-то сколько! Пойду за ведром с тряпкой сбегаю.

— Погоди, — остановила ее Александра. — Потом помоешь, давай сначала посмотрим, что здесь есть.

Небольшой отсек перед дверью, как и подвал, оказался захламлен старыми сломанными вещами, которые прежним хозяевам было жаль выбросить, а отремонтировать руки не доходили.

Зина отодвинула старый сломанный стул и стала разбирать угол, забитый поломанной бытовой техникой.

— Надо выкинуть это старье, — загорелась Александра.

— А вдруг хозяева заругаются? — забеспокоилась домработница.

— Ерунда! — беспечно отмахнулась Александра. — Хозяева боятся этого дома как чумы, вряд ли они знают, какие вещи здесь есть. Ты бы видела, как отсюда рванул нынешний владелец, когда я попросила его показать дом!

— Да ну! — удивилась Зинаида. — Чудной какой.

— Не то слово — чудной, — задумчиво пробормотала Александра, остановив взгляд на лестнице, ведущей наверх. Она взялась за старые, гладкие, покрытые лаком перила и ступила на лестницу.

— Вы куда? — крикнула Зинаида.

Не ответив, Александра поднялась по скрипучим ступенькам винтовой лестницы и оказалась на чердаке.

Просторное чердачное помещение оказалось полупустым.

Посредине валялся табурет, поблизости от него на полу белел очерченный мелом силуэт. Затаив дыхание, Александра подошла ближе.

Она поняла, что это то самое место, где погибла Надежда Барятьева. Убраться здесь и стереть меловой контур никто не удосужился, а они с Зиной дошли до задней части дома только сейчас. Неприятное чувство охватило Александру, она невольно похолодела.

Сзади послышался шум, нервы Александры не выдержали, и она громко взвизгнула.

— Не пугайтесь, это я. — В дверях показалась рыжая макушка Зины. — А мы здесь с вами еще не были.

Глава 18
Белла Леонидовна на смертном одре

1980-е, Москва

На фестивале театрального искусства Ева Михайловская блистала. Длинное бархатное темно-синее платье ладно облегало ее стройную фигуру и подчеркивало белизну и атласную нежность кожи. Белокурые волосы как бы небрежно, но очень искусно были забраны вверх и придавали ей томность и пикантность.

Окружающие восторженно перешептывались: «Наконец Барятьев нашел свою вторую половину» — и ждали дня, когда он объявит о помолвке.

Правда, наряду с этими слухами ходили и другие, что у красавицы актрисы имеется высокопоставленный покровитель, но донести этот слушок до Барятьева, даже анонимно, желающих не нашлось.

Стоя рядом с возлюбленной и упиваясь восхищенными взглядами толпы, обращенными на Еву, Альберт окончательно решил сделать ей предложение.

Но каким-то непостижимым образом его намерение угадала маменька. Ее вдруг ни с того ни с сего охватило чудовищное предчувствие, что сыну грозит женитьба. Белла Леонидовна срочно прикинулась смертельно больной и призвала Альберта к себе.

Это случилось как раз в тот день, когда Альберт решил вручить Еве кольцо и готовил торжественную речь, чтобы предложить девушке руку и сердце. Он забронировал на вечер столик в дорогом ресторане и послал Еве приглашение. Но тут позвонил Казимир Иванович и сообщил, что Белла Леонидовна слегла и просит сына немедленно приехать.

В спальне больной шторы были опущены, в комнате сильно пахло лекарствами.

Бледное, без кровинки лицо матери своей безжизненностью испугало Альберта. Открыв глаза, Белла Леонидовна трагически прошептала:

— Сыночек, врачи хотели госпитализировать меня, но я отказалась, уж лучше дома умереть.

Альберт кинулся к телефону вызывать «Скорую», но мать его остановила:

— Я знаю, доктора не помогут. Не мучай меня!

Альберт сел у изголовья ее кровати и задумался.

Надо же, мать заболела в тот момент, когда он наметил сделать предложение Еве, — это плохой знак. И отменить встречу с Евой он не может, как раз сейчас у нее закончилась репетиция, и Ева поехала к парикмахерше, телефон которой Альберту неизвестен. И поехать в ресторан он не может, не бросать же умирающую мать. Нужно уговорить ее пригласить врача. Узнать, насколько серьезна ситуация.

Альберт осторожно положил ладонь на тоненькую, высохшую, безжизненную руку матери.

— Мама, ты зря раскисла. Я позвоню друзьям, у тебя будут самые лучшие врачи. Где Казимир Иванович? Нет, я не позвоню, я съезжу и привезу тебе самого лучшего доктора!

Белла Леонидовна закрыла глаза. Ее веки в голубоватых прожилках затрепетали. Она остро почувствовала, что сын хочет сбежать.

— Сынок, ты хочешь бросить меня? А вдруг я умру? — жалобно простонала она.

Альберт задергался, время встречи с Евой неумолимо приближалось. Судорожно кусая губы, он переводил расстроенный взгляд с матери на часы.

— Казимир ушел за лекарствами, — прошептала мать слабым голосом. — Не оставляй меня одну…

— Но он скоро будет, — воскликнул Альберт, но уйти от матери не посмел.

Время от времени он хватался за телефонную трубку в стремлении дозвониться в ресторан и предупредить Еву, что не придет. Нервно набирал номер, вслушивался в продолжительные гудки. Альберт понимал, что тщетно ждет, взять трубку некому, потому что в это время ресторан забит под завязку и все метрдотели заняты, но с каким-то тупым остервенением снова и снова набирал номер.

Белла Леонидовна догадывалась, что сорвала сыну какую-то важную встречу, и наделась, что это встреча с Евой.

Взглянув на часы в очередной раз, Альберт понял, что окончательно опоздал. Он перестал нервно слоняться по комнате и уселся в кресло рядом с матерью.

— Как себя чувствуешь, мама? — уныло спросил он.

— Немного лучше.

— Замечательно! — обрадовался он. — Так, может, я побегу тогда?

Мать укоризненно взглянула на него, ее губы беспомощно дрогнули.

— Хочешь бросить меня?

— Нет, что ты! — смутился Альберт. — Просто я хотел…

— У тебя дела, я понимаю, — вздохнула Белла Леонидовна. — Но ты же можешь перенести все на завтра?

Если я не попрощаюсь с тобой перед смертью, ты будешь переживать, и мне на том свете будет плохо.

Альберт понял, что мать его не отпустит, и покорился. В конце концов, он попытается завтра объяснить все Еве, и она наверняка поймет его и простит, ведь она его так сильно любит.

На следующий день, когда матери стало значительно лучше, Альберт приехал к Еве. Девушка встретила его холодно. Презрительно изогнув губы, она процедила:

— Хорошо погулял вчера? Тебя и ночью дома не было! Одного не понимаю, зачем ты это представление устроил? Я как дура просидела два часа одна за столиком, ко мне всякие идиоты клеились, а ты где-то забавлялся! — Выпалив все это на одном духу, Ева уставилась на Альберта.

Альберт почувствовал себя необычайно глупо и стал рассказывать, что заболела его мать. Но по мере того как он говорил, прекрасные глаза Евы наполнялись глубоким презрением. Она не поверила ни единому его слову.

— Вешай лапшу на уши какой-нибудь другой дуре! Со мной такие номера не пройдут! — возмущенно фыркнула красавица и захлопнула дверь.

Злой Альберт вернулся в театр. И у входа неожиданно столкнулся с Наденькой.

— Привет, — обрадовался он. — Где ты пропадала?

— Сессию сдавала, — ответила девушка, стараясь на него не смотреть.

— Так ты учишься?

Только сейчас Наденька поняла, насколько Барятьеву безразлична ее жизнь и она сама, Альберт забыл, что она ему рассказывала, как восстановилась в институте.

— Учусь, — сухо ответила Надя.

Вспомнив свое унижение перед Евой, ее последние слова, Альберт с мстительным удовольствием подумал, что должен ей отомстить, а лучше способа и не представить.

— Ты сегодня вечером свободна? — ласково спросил он Наденьку.

Девушка опешила, ее глаза заблестели, но она неожиданно даже для самой себя ответила:

— Нет, я занята.

Отказ лишь подстегнул Альберта. Он обнял Наденьку и стал жарко шептать ей на ухо о том, как скучал по ней.

Наденька растерялась, земля уходила у нее из-под ног, ведь Альберт ей по-прежнему безумно нравился. Довольный произведенным эффектом, Барятьев коварно улыбнулся.

— После репетиции встретимся на этом же месте, до вечера.

Глава 19
Слух о кладе

Наши дни, Москва

Утром Зинаида заметила, что батареи в особняке почему-то остыли, и вызвала слесаря из местной жилищной конторы. А пока тот осматривал батареи, вкрадчиво выпытывала сведения о прежних владельцах.

Хмурый немногословный мужичок с густыми черными бровями, в помятом синем комбинезоне нехотя бубнил:

— Чудные были господа, сколько я у них ни бывал, все время ругались.

— Ругались? Из-за чего?

Почесывая затылок, мужичок пробормотал:

— Да ни из-за чего, просто так. Хозяйка говорила: вот так делай, а хозяин вмешивался постоянно, кричал: нет, вот так.

— И кто прав был?

— Да, пожалуй, хозяйка. Молоденькая была, но в хозяйстве понимала лучше.

Покрутив вентили, слесарь потрогал батареи в комнатах и заявил:

— Все, работа выполнена, принимайте. С вас полторы тысячи рублей.

— Чего так дорого? — встрепенулась Зина.

Слесарь насупился.

— Ничего не дорого, вон у вас какой домище. За такую работу я с вас, почитай, ничего и не взял.

Домработница не стала спорить и протянула деньги. А затем, беспомощно улыбаясь, попросила:

— А дырку в заборе не почините?

Небрежно засунув купюры в нагрудный карман комбинезона, мужичок сердито сдвинул брови.

— В заборе, говорите?

— В заборе, — закивала Зинаида.

— Что, опять?

— Почему опять?

— Так в заборе, почитай, уже третий раз прутья выпиливают, руки бы за это оборвал! — решительным шагом направляясь во двор, проговорил слесарь.

Домработница засеменила за ним.

— А вы сделайте так, чтобы больше не смогли выпилить, я вам заплачу сколько скажете.

Потоптавшись вокруг выломанного прута, слесарь вытащил из пачки сигарету и закурил.

— Тысячи три с вас возьму, — не глядя на Зинаиду, заявил он.

— Три так три, — вздохнула она. — Только не пойму, кому в голову взбрело забор ломать?

— Так известно кому! — Слесарь сплюнул в сторону и, швырнув окурок, притоптал его. — Ихняя прислуга, — неопределенно мотнул он головой в сторону особняка, — сказывала, что клад в доме имеется, поэтому, желая золотишко найти, кладоискатели забор ломали, чтобы в дом попасть.

— И давно это было? — с остановившимися от ужаса глазами спросила Зина.

— Так месяца за два, за три до того, как хозяйка повесилась.

У домработницы аж скулы свело от этой новости, и она вдруг заторопилась.

— Ладно, вы забор чините, как сделаете, позовете, а я побегу, у меня работы полно.

Слесарь недовольно проводил ее взглядом и начал куда-то звонить по мобильнику.

А Зинаида стремглав влетела в кабинет Александры и, несмотря на то что та была не одна, а на кушетке возлежала клиентка, заголосила:

— Вы не представляете, Александра, какой ужас! Этот забор уже два раза ломали, и буквально перед смертью жены артиста. Слесарь говорит — из-за клада.

Смерив помощницу по хозяйству гневным взглядом, Александра сердито прошипела:

— Вы что, не видите, я занята?

Опомнившись, Зинаида извинилась и выскочила за дверь. Но было поздно, клиентка — Павлина Кузьмина, владелица сети бутиков, живо заинтересовалась словами Зины. Желто-зеленые хищные глаза впились в психолога.

— О чем это она?

— Да так, о ерунде всякой, — отмахнулась Александра.

— Как же о ерунде? — Павлина приподнялась с кушетки. — Ваша домработница про забор говорила, про то, как его сломали, когда клад искали. А про владелицу этого дома я много слышала. И про этот особняк много разного болтают... Как интересно! Я люблю всякие страсти! Можно я у вас тут переночую? — Ее глаза заблестели, морщины разгладились, и Павлина даже помолодела. — Я вам заплачу, конечно. Мне так не хватает адреналина. Ну пожалуйста!

— Хорошо, — вздохнула Александра. — Я подумаю.

Но клиентка не унималась.

— На вашем месте я бы комнаты на ночь сдавала. Любителям мистики, — загорелась она идеей. — Такие бы деньжищи загребали! Что вы теряетесь?

Выдавив вежливую улыбку, Александра произнесла:

— Я подумаю на эту тему. А пока давайте продолжим сеанс.

Павлина вздохнула, приняла прежнюю позу, демонстративно вытянулась и забубнила:

— Не умеют у нас бизнес делать, вот за границей такие деньжищи бы слупили, а вы...

— Так мы продолжаем сеанс или хотите поговорить?

— Не хочу трещать о всякой чуши, хочу испытать самый настоящий ужас. Только страх может вылечить мою меланхолию. Ну пожалуйста, разрешите мне переночевать здесь хотя бы раз, — вновь заныла она.

— Я же сказала, подумаю.

— Что здесь думать? — возмутилась Павлина. — Вот увидите, одна ночевка принесет пользы больше, чем ваши десять сеансов.

Психолог оскорбилась.

— Вы что, хотите сказать, что от моих сеансов вам нет никакой пользы?

— Да нет, я очень довольна, — заюлила владелица бутиков. — Просто я давно мечтала увидеть призраков.

— Павлина, призраков не существует. По крайней мере, в этом доме, — вздохнула Александра. — Но если вам так хочется, я разрешу вам здесь переночевать.

— Спасибо! — просияла Павлина и вскочила с кушетки. — Тогда я вернусь вечером. А сейчас мне пора на работу.

После ухода Павлины Кузьминой Александра отчитала Зинаиду и категорически запретила ей говорить что-либо при посторонних.

Зинаида лишь виновато кивала.

— Да, пока не забыла, подготовь комнату, что напротив моей, — приказала Александра. — У нас сегодня переночует гостья. И не смотри на меня так, сама виновата, что эта дама к нам на ночлег напросилась.

Глава 20
Новый обитатель дома-убийцы

Александра и Зина тщательно исследовали каждый уголок в доме и остались разочарованы. Никаких дневников и документов или чего-то другого, вызывающего интерес, они не обнаружили.

— Откуда слесарь взял, что в доме клад? — злилась Александра. — Все это сказки, дешевая мистификация, пиар. Ведь Барятьев был артистом и этими слухами подогревал к себе интерес публики.

Но прагматичная Зинаида, услышав про клад, поверила в его существование безоговорочно и во что бы то ни стало решила его разыскать.

— Про клад слесарю прислуга Барятьевых сказала, — мрачно вздохнула она.

— Прислуга? — встрепенулась Александра. — Хорошо бы эту прислугу разыскать да пообщаться с ней.

Зинаида с сомнением хмыкнула.

— Вы думаете, они вам так все просто и выложат на тарелочке? Как бы не так! Видела я этих прохвосток, это вам не я — голубиная душа.

Александра расхохоталась.

— Это ты-то голубиная душа?

Мгновенно надувшись, Зинаида обиженно засопела.

— А что, не голубиная? Я хоть раз вас обманула? Стащила у вас что-нибудь? Наоборот, вон сколько вам вещей навязала.

Но Александра ее не слушала, она смотрела в окно, ей показалось, что вдали мелькнуло знакомое черное полупальто и шляпка с вуалью, она сосредоточенно уставилась на удаляющийся силуэт и, рассеянно кивнув, промычала что-то неопределенное.

Домработница тоже подскочила к окну.

— Что вы там увидели?

Нахмурившись, Александра пробормотала:

— Да так, показалось.

— Что показалось? — не унималась любопытная Зинаида.

— Показалось, что вчерашняя дамочка прошмыгнула.

— Та, что у забора к вам привязалась?

Александра кивнула.

— И чего эта бабенка здесь трется? — проворчала Зинаида. — Что ей надо? Неспроста это. Точно кладом интересуется.

С тех пор как Зина узнала про клад, она во всех окружающих подозревала конкурентов. Только хозяйку исключила из числа соперников и даже решила поделиться с ней в случае обнаружения клада.

— И все-таки мне кажется, нужно заняться поисками бывшей прислуги Барятьевых, — проговорила Александра.

Зинаиде не понравились планы хозяйки.

«Как же! Нужны здесь эти пройдохи!» — недовольно думала она.

Зина была уверена, что бывшие слуги Барятьевых, хитрые бестии, с которыми она частенько сталкивалась на рынке, в магазинах и на близлежащих улицах, гуляя с собакой, непременно очаруют Александру и непременно вытеснят ее, Зину, и займут теплое местечко. А таких хозяев, как Александра, еще поискать!

Зинаида покосилась на хозяйку и тихонько вздохнула. Александра все еще задумчиво пялилась на пустынный двор и ту часть забора, которую недавно починил слесарь.

— Зачем вам их искать? — поджала Зинаида губы. — Дурные они люди. Это как же надо ухаживать за хозяевами, чтобы хозяин помер, а хозяйка на себя руки наложила? Преступные, я вам скажу, особы, попадете с ними в нехорошую историю.

Внизу заверещал домофон.

— Наверняка Павлина Кузьмина пришла, — вздохнула Александра. — Между прочим, она у нас сегодня ночует благодаря твоему невоздержанному языку, — уколола она домработницу.

— Могли бы и отказать ей, — буркнула Зинаида и пошла открывать гостье.

У калитки действительно была Павлина Кузьмина. Она нетерпеливо расхаживала вдоль своего бледно-розового «Лексуса».

Завидев вышедшую во двор домработницу, Павлина раздраженно потребовала:

— Открывай ворота! Долго я должна ждать? — И села в машину.

Зинаида нарочито медленно поплелась к воротам, специально действуя назойливой гостье на нервы.

ОСОБНЯК САМОУБИЙЦ

Едва ворота распахнулись, как Павлина газанула, пронеслась мимо ошеломленной Зинаиды и остановилась рядом с «Ягуаром» Марфы Байзюк.

— Не двор, а автостоянка, — ворчала Зинаида, закрывая ворота. — Пора плату брать.

— Давно бы ворота починили и пультом открывали, — презрительно скривилась Павлина. — А то ходите, как Агафья-ключница в старину, с ключами.

— Нам и так нормально, — огрызнулась Зинаида. — У нас машины нет.

— А это что? — кивнула Павлина на «Ягуар».

— Это не наша, — нахмурилась домработница. — Проходите уже в дом.

Злобно запыхтев, Павлина подбоченилась.

— Я такую грубиянку, как ты, давно бы выгнала. Как только Александра тебя терпит!

— Вас забыли спросить, — огрызнулась Зинаида. — А вот я бы на месте хозяйки не стала бы вас привечать, — съязвила она.

Женщины наговорили друг дружке немало «приятного», пока зашли в дом, но при виде Александры мгновенно замолчали, будто в рот воды набрали.

Зинаида проводила гостью в приготовленную спальню на второй этаж. Увидев скудную обстановку, Павлина презрительно фыркнула:

— Надо же, какое убожество! Будто в свою хрущевку в восьмидесятые вернулась.

Зинаида злорадно хихикнула.

— У вас еще есть возможность отказаться, если не нравится.

Но Павлина, одарив ее презрительным взглядом, подошла к окну. И, пристально уставившись на улицу, задумчиво спросила:

— Ты мне лучше скажи, есть здесь привидения или нет?

Пожав плечами, Зинаида неохотно пробурчала:

— Я не видала. А хозяйка говорит, нет здесь никаких привидений.

— Да ладно! — недоверчиво усмехнулась Павлина. — Вы ведь ночами дрыхнете без задних ног, вам не до привидений.

Зинаида не успела ей ответить, дверь скрипнула, и на пороге появилась Александра.

— Как устроились? Нравится?

Павлина неопределенно хмыкнула.

— Да ничего, вроде как в прошлый век вернулась. Обстановочка как во времена моего тяжелого детства, и так же нафталином воняет. Я себе представляла этот особняк несколько иначе. Может быть, есть другие комнаты для гостей?

Александра усмехнулась.

— А что вам не нравится?

Вспыхнув, Павлина завелась:

— В этой комнатке все такое обыденное, убогое. Сюда если привидение и забредет, то сдохнет от скуки. Есть, конечно, сентиментальные дамочки, любящие вспомнить голоногое детство, но я не из их числа, я люблю настоящую старину и понимаю в этом толк, не то что некоторые, — пренебрежительно выпятила она губы. — Так что мне этот дешевый развод ни к чему.

Александра улыбнулась.

— К сожалению, ничего другого я вам предложить не могу. Если вы хотите переночевать в этом доме, то я могу предложить только эту комнату.

— Неужели нет ничего лучшего? — скривилась Павлина. — Где экстрим? Где адреналин? Я хочу переночевать там, где повесилась жена артиста.

— Не думаю, что там вам понравится больше, — хмыкнула Александра.

— Это почему? — вызывающе подбоченилась Павлина, выставляя напоказ пряжку лакированного ремня, усыпанную огромными стразами.

— Потому что на захламленном чердаке спать негде, разве только на полу. И предупреждаю, там очень холодно.

Фыркнув, Павлина сердито подхватила с пола спортивную сумку и, швырнув ее на стул, рванула молнию. Выложив вещи на кровать, она с укором уставилась на Александру.

Как ни странно, Александра почему-то почувствовала себя виноватой.

— Не переживайте, Павлина, может быть, какой-нибудь призрак и появится. И будет вам экстрим и адреналин.

Павлина вдруг рассмеялась.

— Пропадать так пропадать, один раз живем! Зато будет что вспомнить. Кстати, чтобы здесь не было так страшно, я вам завтра, если вы не возражаете, своего охранника Костю привезу. Все-таки две одинокие женщины в доме без охраны...

Глава 21
Предложение руки и сердца

1990-е, Москва

Настали девяностые, произошли огромные изменения в стране.

Даже в воздухе носилось что-то новое, тревожное, будоражащее. По центральным улицам ходили разношерстные колонны возбужденно галдящих людей с транспарантами разного толка. Одни желали вернуть царя, другие просили свободу, третьим нужна была демократия, четвертым — бесплатное пиво, пятым — легализация проституции... Объединяло всех одно — требование отставки действующего правительства.

Все это напоминало Наденьке дешевый опереточный карнавал.

В ее память врезался лозунг толпы разбитных пенсионерок, написанный на длинном ватмане зеленым фломастером: «Берегитесь, коммунисты, — идут бабки-экстремистки». Возбужденно-радостные старушки с бесшабашной удалью пели под гармошку озорные частушки про коммунистов. За ними шагали колоритные бородачи в кубанках и алых шальварах. Следом во фраках, с хоругвями в руках, с песнопением «Боже, царя храни...» вышагивали монархисты. В толпах сновали хорошо узнаваемые публичные люди: писатели, артисты, политики.

На телевидении замелькали репортажи с дворянских собраний и балов. Из уст в уста обыватели передавали друг другу прейскуранты на стоимость должностей, чинов и дворянских грамот. По сходной цене можно было пристроиться на работу в солидную организацию или купить приличную родословную княжеского рода. В депутатах появились маргиналы, попы-расстриги и лица с уголовным прошлым. Драки и скандальные заседания депутатов шли бесконечным сериалом на голубых экранах.

Казалось, советское время, так долго сдерживающее человеческие страсти единой идеологией, раскрыло ящик Пандоры, и оттуда повалила всякая всячина. Бывшие граждане Советского Союза словно освободились от связывающих их пут и вели себя вольготно, как безрассудные малые дети в отсутствие взрослых. Что делать с этой свободой, никто не знал.

Вскоре в магазинах пропали продукты, прилавки приобрели девственную чистоту, исчезли даже спички и соль. И от этого стало жутко, особенно в городах, в селах у колхозников кое-какой провиант все-таки имелся. За продуктами занимали очередь чуть ли не в полночь и дежурили сутки напролет, и когда завозился товар, он тут же мгновенно раскупался.

В театре тоже чувствовались тревога и брожение. Артисты ходили взбудораженные и взволнованные. Многие с радостью приняли новые веяния.

Альберт Барятьев примкнул к мятежникам одним из первых. Он вечно где-то пропадал и в театре теперь появлялся редко.

Наденька, влюбленная в Альберта без памяти, сразу же приняла его сторону. С подругами она посещала всевозможные митинги и сходки. Провела в палатках у костров пару ночей у Белого дома. Ей страшно понравилось участвовать в этом действе, она думала о важности исторического момента.

«Исторический» момент оказался необыкновенно приятным, так как бесплатно угощали растворимым кофе и бутербродами с импортной колбасой. Было весело, присутствовали многие знаменитости, и Наденьке по ощущению это напомнило любимый новогодний праздник. Альберт стоял на трибуне в кучке именитых людей, окружавших кандидата в президенты, и она чувствовала огромную гордость за своего любимого.

Настроение испортила неизвестно откуда взявшаяся Верочка, бывшая соседка по университетскому общежитию. Ей происходящее категорически не нравилось.

— И ты здесь? Что творится?! Кошмар! — заявила она, а потом спросила: — Хочешь, анекдот расскажу? — И, не дождавшись ответа от изумленной Нади, протараторила: — Знаешь, как переводится «Горбачев»? «Граждане, обождите радоваться, Брежнева, Андропова, Черненко еще вспомните».

Возмущенная Наденька открыла было рот, чтобы ответить, но Вера уже растворилась в толпе.

Барятьев основательно увлекся политикой и абсолютно перестал обращать внимание на женщин. Ко всему прочему, его неожиданно выбрали депутатом, и он окончательно забросил театр. Чтобы не потерять Альберта, Наденька привычно повсюду следовала за своим кумиром. Она стала писать ему речи и незаметно оказалась незаменимой помощницей. Теперь даже Белла Леонидовна не могла ничего поделать с новой привязанностью сына. Он совершенно перестал слушаться мать и почти не расставался с Наденькой.

Наденька же преобразилась, стала носить элегантные вещи и туфельки на каблучках. Выглядела модной и ухоженной. Однажды, вернувшись с дебатов домой и взглянув на нее, Альберт вдруг осознал, что любит Надю без памяти. Он растрогался, в глазах защипало. В порыве чувств он подошел и обнял ее.

— Ты такая красивая, — шепнул он, вдыхая запах ее волос. — Господи, как же я сильно люблю тебя!

Его слова подняли сильнейшую бурю в душе Наденьки. Как же долго она ждала его признания! Ей почему-то вспомнилась Ева Михайловская. Вот бы эта красотка актриса увидела сейчас Альберта рядом с ней! Но радости Надя не почувствовала.

— Ты не шутишь? — только и спросила она.

Альберт ожидал бурной реакции: слез, ответного страстного признания, благодарности за любовь, всего, чего угодно, но только не этой усталой усмешки, это оскорбило его.

— Ты не рада?

— Почему же, очень рада, — печально произнесла Надя. — Просто я слишком долго ждала этих слов.

— Так вот я их и сказал. — Альберт отвел глаза.

В комнату вошла домработница Антонина.

— Ужинать будете?

— Чай поставь, — зло буркнул Альберт, отступая от Нади.

— Устала, пойду к себе. — Наденька закрылась в своей комнате, которую выделил ей Барятьев в «родовом гнезде».

У нее вдруг хлынули слезы, она бросилась на кровать.

Раздосадованный Альберт поднялся в свой кабинет и налил рюмку коньяка. Чудесный момент объяснения в любви был испорчен, и он злился. Что Наденька кочевряжится? Любая баба с ума бы сошла от радости на ее месте!

Альберт решил еще раз попытать счастья, поговорить с Наденькой, объясниться, попросить у нее прощения за все прежние обиды и пошел к ней. Он дернул ручку, но дверь комнаты оказалась заперта, стучаться Альберт не стал, спустился в столовую.

Антонина поставила перед хозяином чашку дымящегося крепкого чая и тоненько нарезанный лимон на тарелочке. Подвинула розетку с вареньем и проговорила:

— Вам брат звонил, просил передать…

Альберт немедленно вышел из себя и крикнул:

— Зачем ты вообще с ним разговаривала?! Слышать о нем не хочу! Усвоила?

— Усвоила, — испуганно заморгала Антонина.

Тем временем Наденька умылась и тоже спустилась в столовую.

— И мне чая сделай, — попросила она Антонину.

Сердито прищурившись, Альберт пожаловался Наде:

— Братец двоюродный названивает, надоел хуже горькой редьки.

— Чем он провинился?

Антонина поставила перед Наденькой чашку с блюдцем и стеклянный чайник с зеленым чаем с мятой.

— Вам варенье или печенье? — спросила она.

— Ничего, — отмахнулась Надя и вновь обернулась к Альберту. — Так чем тебе родственник не угодил?

У Альберта испортилось настроение.

— Обманул меня Ленька, взял у меня крупную сумму денег, обещал канадскую дубленку достать, и ни дубленки, ни денег, а когда я ему про долг напомнил, то он мне нахально заявил, что моя мать у них в Одессе бесплатно жила и это маленькая толика того, что мы им должны. Так что никогда не напоминай мне об этом прохвосте и его поганой семейке!

Глава 22
Привидение

Наши дни, Москва

Размеренно и спокойно прошла неделя. Казалось, что охранник, которого привезла Павлина, своим появлением принес в мрачный, зловещий дом покой и безмятежность.

К несказанному удивлению Зинаиды, Павлина легко убедила Александру пустить Костю пожить в доме.

Правда, Александре не нравилось, что Костя всюду совал свой нос, но это она относила к издержкам его профессии. И смирилась, что теперь, чтобы посекретничать с Зинаидой, пришлось отправляться на прогулку с собакой.

— Константин вчера на чердак лазил, точно клад искал, — проворчала Зина.

— Что ты к этому кладу прицепилась! — рассердилась Александра. — Наверняка Костя осматривал помещение на предмет безопасности.

Снег вперемежку с грязью чавкал под ногами. На заплатанных дорогах чернели бездонные лужи. Дул пронзительный ледяной ветер, серое, стальное небо опустилось еще ниже, казалось, воздух сгустился от холода. Люди, прячась от безжалостного ветра, отчаянно кутались в куртки и пальто. Болонка замерзла и тоненько заскулила. Расстегнув куртку, Александра спрятала Альму на груди.

— Выставили бы его, да и дело с концом! — недовольно продолжала Зинаида.

— Выставить-то я его в любой момент смогу, надо только найти ему замену. Павлина права, не стоит жить в таком большом доме без охранника.

Зина быстро семенила следом, с трудом поспевала за хозяйкой. На углу улицы она остановилась отдышаться.

— Ой, погодите, в себя приду. Что за напасть? Почему нам с вами приходится прятаться от вахтера?

— Не от вахтера, а от охранника, — усмехнулась Александра. — И чем он тебе так не нравится? Ладно, я позвоню своему знакомому, он раньше где-то в органах работал, а сейчас, кажется, у него свое детективное агентство. Спрошу, может, кого посоветует.

— Вот это правильно! — оживилась Зинаида. — Нам с вами спокойнее будет.

— Давай зайдем в квартиру, посмотрим, как ремонт движется, — предложила Александра, когда они были неподалеку от ее дома.

Вид квартиры Александру не порадовал. Развороченные полы и стены, ободранные обои.

— Ого! — вырвалось у нее. — Надеюсь, это не навсегда.

Нина Дитинич

Перепачканные известкой и краской рабочие смущённо замялись. Один из них, видимо, бригадир, глядя на потолок, философским тоном изрёк:

— По-хорошему делать, так полгода.

Зинаида горестно всплеснула руками.

— Так долго?

Пообщавшись с мастерами, женщины отправились в особняк.

Подходя к дому, они увидели машину Павлины, въезжавшую в ворота, у которых стоял Костя.

Александра схватила Зинаиду за рукав.

— Погоди, не торопись, пусть они в дом зайдут.

Павлина вышла из машины и вытащила из багажника две больших сумки. Константин тут же забрал их у хозяйки, и они, оживлённо переговариваясь, поспешили в дом.

— Интересно, — недовольно протянула Александра. — Она что, решила к нам насовсем переехать?

Зинаида хихикнула.

— У нас как в сказке про теремок, сначала Павлину пустили, потом Костю, а потом ещё кто-нибудь попросится.

— Чем ты недовольна? Сама говорила — вдвоём страшно.

Поселившись в доме, Александра уже сожалела об этом. Особняк уже не казался загадочным и мистическим, да и работе скорее мешал, чем помогал.

— Смотря какие люди, — забормотала Зинаида. — Мне этот Костик кажется подозрительным, да и Павлина тоже.

Когда женщины вошли в дом, внизу уже никого не было.

Комната Костика находилась рядом с комнатой Павлины.

Зинаида на цыпочках подошла к двери гостевой комнаты и прислушалась.

— Кажется, Костик в гостях у Павлины, — хихикнула она. — Я его голос слышала.

Александра отмахнулась.

— Ну и что? Почему он не может зайти к хозяйке? — и, зевнув, пробормотала:— Что-то мне спать захотелось.

Зинаида потянулась.

— А я замерзла, тоже пойду прилягу, согреюсь.

Но едва Александра с наслаждением вытянулась в постели, как дверь раскрылась и в комнату просочилась встревоженная Зина.

— Мне кажется, что кто-то в мой комод лазил, — сообщила она.

— Может, показалось?

Зинаида присела на краешек кровати и зашептала:

— Нет, не показалось. В комоде все вещи перевернуты. Может, это Павлина с Костиком? Давайте у них спросим, зачем они это сделали.

— Ты видела, как они это делали?

— Нет.

— Как же ты можешь предъявлять им свои претензии? Не пойман — не вор.

Зинаида растерянно взглянула на хозяйку:

— Но кто же, кроме них? И что мне теперь делать?

— Закрывай дверь на ключ.

Зинаида хотела что-то возразить, но вдруг в коридоре раздался отчаянный вопль, женщины переглянулись и выбежали из комнаты.

Посреди коридора, перед парящим в воздухе светлым облачком, смутно напоминающим силуэт женщины, с искаженным от ужаса лицом стояла Павлина. За ее спиной возвышался глубоко изумленный безмолвный Костя.

Александра и Зинаида окаменели, провожая взглядом облачко, которое взвилось к потолку и исчезло.

Глава 23
Паника и бегство

Утром все обитатели дома собрались за завтраком в столовой, обсуждая ночное происшествие.

Прихлебывая обжигающий крепкий кофе, Павлина возбужденно восклицала:

— Это был самый настоящий призрак!

— Ерунда! Это какое-то природное явление. Может, дом стоит на энергетическом разломе, я читал, такое бывает, — растерянно бормотал Костя. — Нужно дать научное объяснение этому феномену, хотя... — Он почесал затылок. — Возможно, действительно привидение.

Александра в потусторонние силы по-прежнему не верила и не поддавалась панике, сохраняя спокойствие.

— Почему вы думаете, что это было привидение?

— А что же еще? — воскликнула Павлина.

— Может быть, это коллективная галлюцинация, массовый психоз, — предположила психолог.

— Массовый психоз, — неуверенно повторила за хозяйкой Зинаида.

— Да какой, к черту, психоз?! — вскипела Павлина и нервно полезла за сигаретами.

Александра недовольно поморщилась.

— Павлина, у меня в доме не курят. Но если вам так требуется порция никотина, вы можете выйти во двор.

Возмущенно фыркнув, Павлина сунула сигареты в карман.

— Подумаешь, нельзя! Мне, между прочим, за вредность полагается, я ночью пережила огромный стресс.

Александра усмехнулась:

— Разве вы не к этому стремились?

— Шутки шутками, но слухи о доме подтверждаются, — перешла на серьезный тон Павлина. — Вам не кажется, что здесь находиться опасно?

— Лично у меня это страха не вызывает, я уверена, что этому явлению есть разумное, научное объяснение, бояться нужно живых, а не призраков, — вздохнула Александра. — К тому же в моей квартире полным ходом идет ремонт, а здесь у меня и офис, и жилье, да и деньги я за аренду заплатила немалые.

— Вы материалистка, вам все нипочем, — нахмурилась Павлина. — А я пас, сегодня съезжаю. — Она решительно встала. — Ты как, Костик, со мной или останешься?

Промычав нечто нечленораздельное, Костик замотал головой.

Павлина направилась к двери, Костя последовал за ней.

— Вот мы и остаемся одни, — улыбнулась Александра домработнице.

— Плохо, — мрачно ответила Зинаида.

— Плохо? — удивилась Александра. — Ты же мечтала, чтобы они отсюда убрались.

Боязливо поежившись, Зинаида протянула:

— Так это до привидения было, а теперь мне страшно. Сегодня я ночью глаз не сомкнула, боялась. Вы ведь тоже, небось, не спали?

Александра не ответила, она подошла к окну и смотрела на Павлину и Костю. Они о чем-то ожесточенно спорили.

— Интересно бы узнать, о чем они говорят, — задумчиво произнесла Александра.

Зинаида тоже уставилась в окно.

— Так я могу пойти подслушать, — предложила она. — У дверей постою, там все слышно.

Но Павлина уже закончила курить и возвращалась в дом.

— Поздно, — отпрянула от окна Александра.

С тоской взглянув на хозяйку, Зинаида пробурчала:

— Вы хотели какому-то знакомому позвонить, охранника попросить...

— Позвоню, — кивнула Александра. — А сейчас пойдем гостей проводим.

Павлину и Костю с сумками они встретили уже на лестнице.

— Спасибо за приют, Александра! — проговорила Павлина. — Извините, не рассчитала свои силы, адреналинчик лишним оказался. Мне бы сейчас нервы привести в порядок, но сюда на сеансы я приезжать не смогу. — Она отвела глаза в сторону. — Лучше вы ко мне приезжайте.

— Посмотрим, — ответила Александра. — А вам сейчас стоит съездить куда-нибудь на море. Это будет лучшей психотерапией.

Павлина кисло улыбнулась.

— Не получится, у меня слишком много дел. А на вашем месте я бы сняла какую-нибудь квартирку, опасно здесь находиться, поверьте мне.

— Что-то мне действительно не нравится этот дом, — угрюмо буркнула Зинаида, закрыв за гостями дверь. — Идешь по лестнице, и эхо раздается, страшно здесь все-таки вдвоем.

Но едва розовый «Лексус» уехал, домофон вновь ожил, Александра даже не успела дойти до своей комнаты.

— Зина! — крикнула она. — Кажется, наши гости вернулись, иди открой.

Внизу хлопнула дверь, но вошла не Павлина, а Марфа Байзюк.

Бледность и тревожный, потерянный взгляд Марфы не укрылись от зорких глаз Александры. Но Марфа, в свою очередь, обратила внимание на растерянный вид психолога.

— У вас все в порядке? — осведомилась она.

— Да, более-менее, — вздохнула Александра. — Как у вас дела?

— Врать не стану, — снимая куртку, вздохнула Марфа. — Мои дела настолько плохи, что я вам даже не звонила.

— Ваша машина во дворе, мы ее брезентом накрыли, чтобы не запачкалась, — влезла в разговор Зинаида, пытаясь таким образом выказать Марфе свое расположение и сочувствие.

Но Марфа только кивнула и, бросив на Александру отчаянный взгляд, проговорила:

— Вы не поверите, Александра, но мне даже жить негде. Муж меня просто выгнал из дома. Без денег и вещей.

— Можете у нас пожить, — предложила Александра. — Вы нас не стесните. Только вот в доме вчера привидение объявилось.

— Привидение! — горько усмехнулась Марфа. — Вот видите, я же вам говорила, а вы не верили. Но мне сейчас привидения не так страшны, как мой муж, поэтому я с удовольствием воспользуюсь вашим приглашением. Только вот, — помрачнела она, — у меня нет ни копейки.

— Не беспокойтесь, — мягко произнесла Александра. — У всех бывают трудности. Все обязательно разрешится.

Александра предложила Марфе выбрать комнату, и она почему-то остановилась на комнате, которую освободила Павлина.

За чаем Марфа рассказала о своих злоключениях. Рассказала, как тяжело болела простудой, а муж издевался над ней, а сегодня без всяких объяснений выгнал ее из дома, не позволив взять с собой ничего.

— Он сказал, что подал на развод, — расстроенно произнесла Марфа. — А у меня денег на адвоката нет.

Глава 24
Возвращение Павлины

Ночь прошла спокойно. Призрак не появлялся, Марфа Байзюк расположилась в выделенной ей комнате с комфортом. А вечером на следующий день вновь приехала Павлина Кузьмина.

Услышав домофон, Зинаида выглянула в окно и узнала бледно-розовый «Лексус».

— Александра! — отчаянно завопила она. — Это Павлина!

— И чего переполох устраивать? — возмутилась хозяйка. — Приехала так приехала, открывай ворота.

Недовольно ворча, Зинаида поплелась во двор. Раздался шум перебранки. Гостья визгливо что-то доказывала Зине, а домработница сердито огрызалась.

Павлина ворвалась в особняк, принеся в спокойный мирок сумбур. Расстегнув куртку, она с порога заявила:

— Я все-таки решила еще немного пожить у вас.

Смерив ее удивленным взглядом, Александра возмутилась:

— Кажется, совсем недавно я слышала от вас другое, или это мне показалось?

— Я передумала, — невозмутимо бросила Павлина.

Зинаида не выдержала и ядовито пропела:

— А ваша комната занята, так что вам придется выбирать другую.

Павлина вопрошающе и недовольно посмотрела на Александру.

— Да, к сожалению, эта комната уже занята, — невозмутимо проговорила хозяйка.

— Как это занята?! Кем?! — возмущенно завопила Павлина.

— У меня новая гостья. Марфа Байзюк, — сообщила Александра.

— Хорошо, я в другой комнате поживу, в той, где Костик жил, — надменно заявила Павлина.

— А Костик не приедет? — влезла неугомонная Зинаида.

Недовольно скривившись, Павлина вздохнула:

— Костик завтра появится. Но что, мы ему спальню не найдем? Здесь места навалом, на первый этаж его можно поселить.

Александре не понравилась бесцеремонность клиентки, и она решила поставить Павлину на место.

— Может быть, со мной сначала согласовать надо, кого и куда мы будем заселять? Все-таки это я снимаю этот дом и оплачиваю аренду.

— Так я могу хозяину больше предложить, — нагло прищурилась Павлина. — Думаю, он не откажется?

От такого бесстыдства Зинаида даже покраснела и готова была ринуться в бой за хозяйку, но Александра опередила ее и бесстрастным голосом произнесла:

— В этом мире все возможно, поэтому, когда я заключала договор о найме, подобный момент предусмотрела, владельцу дома очень невыгодно досрочное расторжение контракта со мной.

— Да ладно, я пошутила, — улыбнулась Павлина. — Нужен мне этот дом!

Не сводя пристального взгляда с гостьи, Александра усмехнулась:

— Теперь я понимаю корень ваших проблем, Павлина. У вас очень конфликтный характер.

— Ерунда! — отмахнулась Павлина. — Сейчас такая собачья жизнь, если не ты загрызешь, тебя загрызут. Так что меня мой характер устраивает. Вы тоже, я смотрю, не дурочка, такие деньжищи за свои услуги гребете, а помощи-то от ваших тренингов — ноль.

— Да вы! — Зинаида была вне себя от гнева и бросилась заступаться за хозяйку: — Чего же вы тогда сюда ходите?!

— Погоди, Зина, — отодвинула ее в сторону Александра. — Я сама со своими делами разберусь. — И повернулась к Павлине. — Я, между прочим, вас не приглашала, вы сами обратились ко мне. И сейчас приехали, когда я вас не приглашала.

Натянуто улыбаясь, Павлина пробормотала:

— Да ладно, не сердитесь, это я так ляпнула, по глупости. Сами говорите — конфликтный характер, вот и помогите мне измениться.

Обстановку разрядила своим появлением Марфа Байзюк.

— Добрый вечер, — растерянно пролепетала она, увидела новую визитершу и слабо улыбнулась: — Привет, Павлина. И ты здесь. Какими судьбами?

— Привет, — недовольно буркнула Павлина. — Такими, как и ты, подруга. Экстримчика хочу заловить.

Марфа отвела глаза и нарочито бодрым тоном попросила у Зинаиды чая.

— Я бы тоже чайку выпила, — вздохнула Александра.

— А я сегодня такое вкусное печенье напекла

утром, — сообщила домработница и отправилась на кухню готовить чай.

Вскоре все сидели за столом и пили чай с печеньем. Чаепитие умиротворило женщин, они тихо беседовали.

— Мы частенько собирались здесь в гостиной с Надей и проводили спиритические сеансы, — рассказывала Марфа. — Чьих мы только духов не вызывали. Альберт бесконечно общался со своей матерью, а Надя — со своей.

— Я тоже несколько раз у Нади на сеансах была, — важно заявила Павлина.

— И вы верите во всю эту чепуху? — возмутилась Александра. — В двадцать первом веке живем, а вы...

— Даже после того, как мы увидели привидение, вы не верите? — возмущенно воскликнула Павлина.

Возведя глаза к потолку, Александра пробормотала:

— Думаю, всему этому есть научное объяснение.

— Ну да, массовый психоз! — насмешливо пропела Павлина. — Мы все видели то, чего не было. А спиритизм — это мракобесие и пещерное заблуждение.

— А я верю в спиритизм, — тихо проговорила Марфа. — Я с духом своей матери разговаривала, и дух мне сказал то, что никто, кроме меня и мамы, знать не мог.

— И как вы это делали? — боязливо поинтересовалась Зинаида.

— Кстати, это очень интересный процесс. Я умею вызывать духов. Рассказать об этом сложно, это нужно видеть и чувствовать, — произнесла Марфа.

— Давайте проведем спиритический сеанс, — предложила Александра.

Все изумленно уставились на нее.

— Так вы же не верите, — усмехнулась Павлина.

— Ну и что? Может, я изменю свои представления об оккультизме, — улыбнулась психолог.

Марфа горячо поддержала ее идею.

— Я согласна, давайте проведем сеанс.

Женщины загалдели, предлагая время и место для общения с загробным миром.

— Мне кажется, можно на кухне, — предложила Зинаида. — Здесь уютно.

— При чем здесь уют? — сердилась Павлина. — Раз бывшие хозяева занимались спиритизмом в гостиной, значит, там надо и делать.

— Итак, в субботу вечером в гостиной, — подвела итог Александра. — Марфа с Павлиной подготовят все как полагается, и часиков в семь...

— В полночь, — перебила Марфа. — Сеанс будем проводить в полночь.

— В полночь так в полночь, — вздохнула Александра. — А сейчас давайте ложиться спать.

Взглянув на наручные часы, Павлина нахмурилась.

— Точно, пора спать укладываться, у меня завтра день тяжелый, а то с этим кладом... — она сконфуженно осеклась, поймав удивленные взгляды обитателей дома, и быстро проговорила: — то есть со спиритизмом... — и, покраснев, поспешила выскользнуть за дверь.

— Ничего себе! — опомнилась Марфа. — О каком она кладе говорит?

— Спросите у Зинаиды, — насмешливо кивнула на домработницу Александра. — Она у нас специалист по таинственным кладам.

Зина тоскливо буркнула:

— При чем здесь я? Это слесарь сказал, я просто повторила при Павлине, и она теперь здесь прописалась.

Марфа выглядела заинтересованной.

— В этом доме много чего интересного имеется, и про клад, я сейчас припоминаю, от Надежды слышала.

Зинаида оживилась:

— И что она вам говорила?

— Говорила, что время от времени дом посещают некие таинственные личности и ищут в доме какой-то клад.

Александра с Зинаидой переглянулись.

— Надежда в клад не верила, смеялась над этим, а вот Альберт однажды проговорился, что кто-то из его предков какие-то необыкновенно ценные исторические документы спрятал и награды из драгоценных камней, вот их-то и искали.

Глава 25
Спиритический сеанс

В день проведения спиритического сеанса погода словно взбесилась. С утра выглянуло миролюбивое солнце, а спустя час резкий, порывистый ветер нагнал тяжелые свинцовые тучи. Небо потемнело, словно ночью. Пошел густой, липкий снег вперемежку с дождем, под ногами зачавкало отвратительное черное месиво. Ветер был настолько сильный, что деревья сгибало почти пополам. Тревожно скрипели столбы. В безумном сальто-мортале вертелись полотна рекламы, натянутые вдоль улиц. Несколько сорванных транспарантов, словно камикадзе, устремились на автомагистраль под колеса машин.

Павлина нежилась в постели, как сообщила хозяйке Зинаида, Костик составлял ей компанию. Но Александре было не до сплетен, она закрылась в кабинете релаксации, изучая новые материалы по психологии. И Зинаида ушла помогать Марфе, которая готовила комнату к проведению спиритического сеанса.

Вдвоем с Зиной они сдвинули стол на середину гостиной. Марфа накрыла его длинной шелковой, желтоватой от времени скатертью с кистями. С чердака принесли старинные канделябры и вставили в них длинные свечи. Там же обнаружили хрустальный шар, спиритическую доску в запыленном футляре, фарфоровое блюдце.

Зинаида с любопытством наблюдала за приготовлениями.

— Вы все тут знаете не хуже бывших хозяев, — подольстилась она.

Протирая доску с загадочными надписями, Марфа бросила на домработницу задумчивый взгляд.

— Да, я хорошо знаю этот дом, одно время я частенько бывала здесь. А спиритизмом мы с Надей регулярно занимались, да и Альберт это дело любил. Я же говорила, он общался со своей умершей матерью.

Зинаида испуганно заморгала.

— А мамаша его где померла? Тут же?

— Да, — печально кивнула Марфа и отложила в сторону доску. — Именно в этой гостиной и умерла.

— Так вы поэтому здесь с духами общаться хотите! — ахнула Зина.

— Нет, — мрачно покачала головой Марфа. — Потому что здесь есть камин.

Подойдя бочком к камину, Зина с опаской стала разглядывать его.

— А при чем здесь камин?

Марфа усмехнулась.

— Честно говоря, я сама толком не знаю, зачем он нужен, но так Надя говорила.

Боязливо проведя пальцем по мраморной ледяной поверхности камина, Зинаида заглянула внутрь.

— Может, там духи прячутся?

— Может, и прячутся, — вздохнула Марфа. — Мне это неведомо.

Около полуночи обитатели дома собрались в гостиной.

Марфа зажгла свечи и выключила свет. Все расселись вокруг стола, посреди которого лежала доска с начертанными на ней буквами алфавита, цифрами и отдельными словами. На доске лежала широкая деревянная стрелка-опросник с круглым отверстием в середине.

По очереди оглядев участников ритуала, Марфа остановила взгляд на Александре, сидевшей напротив.

— Нас пять человек — необходимое количество для вызова духа. Сейчас мы возьмемся за руки, создадим магический круг и мысленно направим внутрь круга нашу энергию, для того чтобы вызванный нами дух смог с нами общаться. Для этого предлагаю записать вопросы, которые мы зададим ему.

Павлина, словно школьница, потянула вверх руку.

— Можно я писать буду?

— Можно, — кивнула Марфа и протянула ей заранее приготовленный блокнот.

— А чей дух будем вызывать? — пискнула Зинаида.

— Хороший вопрос, — усмехнулась Марфа. — Предлагаю вызвать дух Надежды Барятьевой, бывшей хозяйки этого дома.

— Лучше дух Екатерины Второй, — язвительно хихикнула Павлина.

— Мне не нравится твое настроение, Павлина, — сердито заметила Марфа. — Это не шуточки, мы должны быть единодушны в своем желании и четко представлять того, чей дух вызываем, потому что наше послание в астрал поможет прийти к нам именно тому духу, которого мы вызываем.

— А что, может прийти кто-то другой? — недовольно скривилась Павлина.

— Может. Какой-нибудь представитель нечистой силы, и мало нам не покажется... И если тебе что-то не нравится, лучше выйди из круга, иначе у нас ничего не получится. — Пытливо окинув каждого взглядом, Марфа спросила: — Все готовы?

Прозвучало нестройное «Все».

Марфа встала и под удивленные взгляды участников сеанса подошла к окну, чтобы открыть форточку.

— Это для того, чтобы дух мог пролететь в гостиную.

— А я думал, что для духов препятствий не бывает, — усмехнулся Костик.

— Я тоже так когда-то думала, но, оказывается, для того, чтобы дух появился, нужно открыть для него либо дверь, либо форточку, — объяснила Марфа.

— Форточку проще, — одобрила Зинаида. — А то, если входную дверь оставить открытой, кто-нибудь поопасней духа может припереться.

Все невольно рассмеялись, и в этот момент большие старинные часы, стоявшие в гостиной, начали отбивать полночь.

От каждого удара у Александры мурашки бежали по коже, настолько впечатляюще и зловеще звучал бой часов. По тревожным выражениям лиц она поняла, что остальные испытывали не менее волнующие чувства.

— Пора, — многозначительно произнесла Марфа. — Беремся за руки.

Участники сеанса взялись за руки.

В полумраке колеблющегося пламени свечей они напоминали заговорщиков или членов тайного древнего ордена.

Подняв глаза к потолку, Марфа с завыванием произнесла:

— Дух Надежды Барятьевой, пожалуйста, приди к нам.

Трижды произнеся это, она разомкнула руки и прикоснулась к деревянной стрелке.

Вдруг, видимо, из форточки потянуло ледяным холодом, и у всех возникло чувство постороннего присутствия.

Участники действа поежились и с затаенным страхом наблюдали за манипуляциями Марфы.

Внезапно стрелка под ее пальцами дернулась и остановилась.

— Дух Надежды Барятьевой, ты здесь? Если ты здесь, дай знать.

Стрелка задергалась, сделала круг и остановилась. Все испуганно затаили дыхание.

— Мне это записывать? — вдруг спросила Павлина.

Неохотно вернувшись из состояния транса, Марфа с недоумением взглянула на нее и, отмахнувшись, вновь мысленно ушла в астрал.

— Дух Надежды, ты будешь говорить с нами?

Покрутившись, стрелка четко указала «да».

На вопрос, не хочет ли дух Надежды что-либо сказать, стрелка начала бешено крутиться, перескакивая с буквы на букву, и вдруг резко остановилась напротив слова «да».

— Надя нам что-то хочет сказать, — обрадовалась Александра. Она вдруг поверила в потусторонний мир и на полном серьезе включилась в процесс.

— Тихо, — шикнула на нее Марфа. — Духи не любят шума, с ними нужно очень деликатно общаться, а то они могут обидеться и уйти.

— Хорошо, — едва дыша, шепнула Александра.

— Давайте посмотрим, что нам дух Нади хочет сказать, — озабоченно произнесла Марфа.

— Похоже, ее дух замолчал навеки, — хмыкнул Костик. — Стрелка замерла.

— Не мешай! — цыкнула на него Павлина.

Сердито глянув на Костика, Марфа снова начала вызывать дух Надежды.

Дух, видимо, обиделся и долго не отвечал, только с пятого или шестого раза стрелка задвигалась.

— А можно духу задать вопрос? — осмелилась Александра.

— Лучше не надо, — нахмурилась Марфа. — Дух ведь сам хотел что-то сказать, давайте подождем.

Но тут Павлина потеряла терпение и напала на Марфу:

— Ты же сама сказала — подготовить вопросы, а теперь, оказывается, надо ждать, пока дух сам соизволит говорить.

— Кто из нас медиум, я или ты? — разозлилась Марфа.

— Не знаю, кто медиум, а ты сначала одно говорила, а сейчас все поменяла, — уперлась Павлина. — Я вот, например, хочу спросить, выйду я второй раз замуж или нет.

— У меня посерьезнее вопрос, — вмешалась Александра. — Я бы хотела спросить...

Договорить она не успела, стрелка вдруг вздрогнула и стала двигаться, останавливаясь на некоторых буквах. Александра не успела прочесть, но Марфа произнесла вслух:

— Меня убили.

Все за столом оцепенели, но стрелка опять завертелась и повторила: «Меня убили...»

Внезапно над столом послышался легкий вздох, порыв ветра хлопнул форточкой, мигнули свечи, и в гостиной наступила мертвая тишина.

Бледная Марфа неподвижно сидела, глядя перед собой. Стрелка замерла.

— Дух Надежды, ты здесь? — через силу произнесла она.

Глава 26
Обитатели дома сомневаются в появлении духа Наденьки

После проведения спиритического сеанса в доме поселилось напряжение и тревожное ожидание неведомых событий.

Павлина передумала уезжать и, казалось, решила поселиться в особняке основательно и надолго. Об этом говорило увеличивающееся с каждым днем количество вещей, которые она привозила.

Марфа часто пропадала вечерами, уходя куда-то на несколько часов, и каждый раз возвращалась поздно мрачная и неразговорчивая.

Зинаиду все это страшно сердило, и она жаловалась на гостей Александре. Но Александра задумчиво отмалчивалась.

Один Костик был беспечен и весел и с утра до вечера болтался по дому.

Как Александра и рассчитывала, количество клиентов у нее после переезда в дом увеличилось, и она так уставала, что было не до загадок и тревог.

Пролетела неделя, наступила очередная суббота. Обитатели дома, как обычно, собрались в столовой за ужином.

Вяло ковыряясь в тарелке с салатом, Павлина проронила:

— Все-таки у меня из головы не выходит: если во время сеанса действительно дух Барятьевой приходил, почему не сказал, кто ее убил?

Марфа недовольно подняла глаза.

— Потому что вы своим поведением спугнули духа, вот и не сказал.

— Странно, — вздохнула Павлина. — А я в Интернете прочитала, что духи не любят говорить об обстоятельствах своей смерти, а тут вдруг дух Нади сам заговорил... Может, это не дух, а ты сама, Марфа, стрелочкой водила?

Марфа возмущенно фыркнула.

— Скажешь же! Как только такое может в голову прийти?!

— Может, еще погадаем? — подала голос простодушная Зинаида. — Спросим Надежду еще раз.

— Не Надежда это, а ее дух, — сердито поправила Марфа. — И спиритический сеанс — не гадание, а общение с духами.

— Ну еще раз спиритический сеанс проведем, — не унималась Зина.

— Надо подумать, — сухо ответила Марфа. — К сомневающимся людям дух не придет, так что не стоит стараться.

— А мы будем хорошо себя вести, — ехидно пропела Павлина. — Если прошлый раз дух пришел, значит, мы все правильно делали.

— Может, вначале и правильно, а потом все испортили, — огрызнулась Марфа. — Нет, такие дела требуют тонкого восприятия мира и сильной веры в оккультизм, если этого нет, ничего не получится. Ведь вы своим усилием воли помогаете духу прийти с того света, даете ему энергию для того, чтобы он мог общаться.

— Я одного не понимаю, — внезапно вмешался Костик. — Зачем трогать дух умершего человека?

— Затем, что этот дух хочет нам сообщить что-то очень важное, что гнетет его, — возмутилась Марфа. — Что не дает ему спокойно уйти в другой мир.

— Откуда вам это известно? — не унимался Костик. — Вы что, экстрасенс?

Марфа вдруг вспылила.

— Тебе-то какое дело? Охраняешь дом — и охраняй и в наши дела не лезь.

Неодобрительно взглянув на Марфу, Александра, однако, промолчала. Вспышка Марфы не удивила ее, психолог знала, что ее подопечная вся на нервах последнее время.

А Павлине не понравилось, как Марфа разговаривает с Костиком.

— Ты что себе позволяешь, дорогуша? — возмутилась она. — Ты уже больше не жена Байзюка, ты, деточка, больше никто, у тебя за душой ни копейки. Муженек выкинул тебя из дома как шелудивую кошку. Вы зря ее приютили, — пренебрежительно бросила она Александре. — Эта безмозглая бабенка вам еще покажет.

Александра смерила нахалку спокойным холодным взглядом:

— Павлина, вы здесь и сами гостья, поэтому ведите себя прилично, — и, сделав паузу, добавила: — Впредь прошу подобных скандалов не устраивать, это всех касается.

На некоторое время за столом воцарилась тишина, все ели молча.

А после ужина Марфа внезапно произнесла:

— Если не раздумали, можем провести спиритический сеанс. — И, не дожидаясь ответа, выскользнула из-за стола.

— Нужен нам твой сеанс, как рыбе зонтик, — пробурчала Павлина, зло сверкнув глазами.

Костик преданно взглянул на хозяйку и торопливо закивал.

— Придумывает тут ерунду.

Зинаида на всякий случай глубокомысленно вздохнула. Александра опять промолчала. Она вообще в этот вечер была задумчива, немногословна и мрачно взирала на гостей.

Когда Павлина с Костиком вышли на улицу покурить и в столовой остались лишь Александра с домработницей, Зинаида проворчала, убирая со стола:

— Не нравятся мне Павлина с Костиком, да и Марфа ваша хороша.

— Почему ты решила, что она моя? Мне просто женщину жалко, ей деться некуда.

— Ну вы даете! — хохотнула Зинаида. — И сколько она у нас жить будет?

— Сколько надо, столько и будет, — хмуро ответила хозяйка. — Все равно дом пустой стоит, и нам с тобой не так страшно.

— Это-то да, — хмыкнула Зина. — Только вот сколько света лишнего нагорает с этими гостями.

— Ты ничего странного в наших гостях не находишь? — вдруг спросила Александра.

Складывая вымытую посуду в сушку, Зина живо повернулась к хозяйке.

— Нахожу, чудные они какие-то.

— Чем?

— Духов вызывают, ругаются между собой.

Александра засмеялась.

— Тогда ты тоже чудная. Вон как упрашивала Марфу сеанс провести, о кладе бредишь.

— Ничего я не упрашивала, — обиделась Зинаида. — Просто так сказала, а вы уж…

— Ладно, все мы чудные, — улыбнулась Александра. — Ты как хочешь, а я пойду спать.

На втором этаже в холле горел тусклый свет, все двери были закрыты.

Александра хотела зайти в ванную, но там кто-то плескался под душем, и она, раздраженная, вернулась в спальню.

В ожидании, когда освободится ванная комната, Александра в халате прилегла на кровать поверх покрывала.

Внезапно за дверью послышались голоса. Александра прислушалась.

— Тебе что от меня надо? — тихо произнесла Марфа.

— Не строй из себя дуру! А то я не понимаю, что ты тут делаешь, — злобно прошипела Павлина.

— Неужели и ты на клад подсела? — издевательски хохотнула Марфа.

— Если подскажешь, где его искать, о процентах договоримся, — бросила Павлина.

— Нет здесь никакого клада.

Хлопнула дверь, и зазвучал голос Костика:

— Это вы? А я думаю, кто тут орет. Вас на улице слышно.

— Иди отсюда, дай поговорить! — зашикала на него Павлина.

Но тут раздался голос Зинаиды:

— Что вы здесь? Опять призрак появился?

Глава 27
Несчастный случай

Обитатели дома, или, как их прозвала Зинаида, «жильцы теремка», к ее великой радости, после больших препирательств все-таки решили еще раз вызвать дух Надежды Барятьевой и определили день для проведения спиритического сеанса — следующую субботу.

Тем временем Александра нашла в Интернете статью с интервью одной из домработниц семьи Барятьевых, узнала ее имя — Сушкина Мария Дмитриевна, и даже место проживания. Александра тут же разыскала Сушкину в социальной сети. На страничке в «Одноклассниках» на фото красовалась белокурая смазливая девица с простоватым личиком.

— Нашла! — радостно воскликнула Александра. — Вот она, голубушка.

Зинаида заинтересовалась:

— Что вы там нашли?

— Иди посмотри, — позвала Александра. — Она или нет?

Зина уставилась на монитор.

— Вы имеете в виду домработницу из этого дома? Она это, Мария зовут. Зачем вам эта непутевая девица нужна? — заворчала она. — Еще неизвестно что Машка своей хозяйке сделала, раз бедная даже повесилась.

— Позволь мне самой решить, с кем мне общаться, а с кем нет, — прервала ее Александра.

— Как хотите, я вас предупредила. — Обиженная Зинаида подхватила корзинку с вязаньем и зевнула. — Уже поздно, спать пойду.

— Иди, а я еще посижу. Кстати, ты не в курсе, Марфа вернулась или нет?

— Не в курсе, — сердито процедила Зинаида. — Спросите у Павлины, может, она ей открывала. Спокойной ночи.

— Спокойной, — пробормотала Александра, обдумывая текст письма к Марии Сушкиной. Но ей вдруг захотелось спать, и она захлопнула крышку ноутбука.

В стекло царапался сухой, мелкий, словно манная крупа, снег, ему в унисон подвывал порывистый студеный ветер. Александра плотно заштторила окно и, выключив свет, легла в постель. Но не успела закрыть глаза, как внизу раздался звонок домофона. Открывать никто не спешил. Домофон звонил, надрываясь.

— Зина! — крикнула Александра. — Иди открой! Наверняка Марфа пришла.

В коридоре послышался ворчливый голос Зинаиды:

— Ни днем, ни ночью покоя нет.

Вдруг раздался собачий визг, звук падения и отчаянный вопль домработницы.

Накинув халат, Александра кинулась на крик.

Встрепанная Зинаида, держась за ногу, выла у подножья лестницы. Рядом с ней сидела виноватая Альма. А в холле надрывался домофон.

Александра не знала, куда в первую очередь броситься: к Зине или открыть дверь.

— Что случилось? — возмущенно спросила Павлина, тоже спускаясь.

Костик шел следом за хозяйкой. Как бывший спортсмен и специалист по всевозможным травмам, он со знанием дела принялся ощупывать кости и суставы пострадавшей, а Александра наконец нажала на кнопку орущего домофона. Вскоре к бестолково галдевшим вокруг восседавшей на полу страдалицы Зины обитателям «теремка» прибавилась еще и Марфа.

Закончив осмотр, Костик определил, что у Зины вывих, соорудил лангетку и зафиксировал травмированную ногу.

Александра напоила Зину валерьянкой, и Костик помог стонущей домработнице добраться в спальню.

— И все-таки ее нужно свозить в травмпункт, — беспокоилась хозяйка.

— Не переживайте, все будет хорошо, — заверил Костик. — Вывих — это пустяки. Дней через десять бегать будет.

Александра обработала йодом синяки и шишки Зинаиде.

— Плохо, что я ступить на ногу не могу, — вздыхала домработница. — Кто теперь будет вам еду готовить? Кто будет хозяйством заниматься?

— Да лежи ты! — сердито велела Александра. — Без тебя пока обойдемся. Здесь другая проблема, за тобой уход нужен, придется нанимать сиделку.

— Не нужно мне сиделку! Уж поесть-то мне вы принесете, а до туалета я как-нибудь сама доберусь.

— Ладно, утро вечера мудренее, — ответила Александра. — Если что, крикни, я прибегу. Дверь оставлю открытой.

Глава 28
Заманчивое предложение

Наши дни, Подмосковье

Мария Сушкина обитала в небольшом подмосковном поселке, где главной достопримечательностью был заводик войлочных изделий, а главным развлечением — обшарпанный дом культуры, в котором по выходным до утра гремела дискотека.

Родители Марии до старости проработали на местном заводе и, родив троих детей, ничего хорошего в жизни не видели. Да и Марии в этой забытой богом дыре блестящее будущее не грозило. Имея довольно посредственные способности к учебе, она с трудом окончила школу и пошла работать на тот же завод кладовщицей. Но, несмотря на суровую прозу жизни, мнения девушка о себе была высокого и мечтала удачно выйти замуж, и не где-нибудь, а в самой столице.

А тут и случай подвернулся. Как-то Мария поехала в Москву за покупками и, пробродив по городу весь день, решила остановиться на ночь у дальней родственницы по линии матери.

Увидев племянницу, тетка изумленно всплеснула руками, мол, какая красавица стала, и тут же предложила устроить ее на работу горничной в знакомую семью.

— Такую красоту прячешь, — качала головой тетка. — Чем в вашей глуши гнить, лучше в Москву перебирайся. Уж здесь-то ты свою судьбу так устроишь, все от зависти с ума сойдут, любому голову вскружишь. А я тебе помогу.

Не раздумывая, Мария согласилась и вскоре оказалась в большом, мрачном двухэтажном доме Барятьевых.

Теперь ее мечты в какой-то степени исполнились, после смерти хозяев Мария стала известной личностью, к ней приезжают журналисты, телевизионщики, ее узнают на улицах столицы, а уж о ее городке и говорить нечего — она там первая и единственная звезда. Только вот толку от такой славы никакого. Лишь ленивый не шептался за ее спиной, что Мария причастна к гибели хозяев.

Плохо еще то, что, пока она обитала в Москве, завод закрылся, работы не стало. А желающих пригласить Марию к себе на работу в качестве домработницы в столице после того, что произошло, не находится.

Девушка сначала кинулась за помощью в трудоустройстве к своей родственнице, но та ее даже на порог не пустила.

И вдруг в Интернете на своей страничке в «Одноклассниках» Мария обнаружила сообщение с приглашением на работу. Она замерла от неожиданности и тут же лихорадочно набрала указанный в приглашении номер телефона.

— Мария Сушкина вас беспокоит, — дрожащим от волнения голосом произнесла она. — Вы просили позвонить по поводу работы.

— Да, Мария, — услышала она интеллигентный мужской голос. — Нам с женой нужна горничная, мы живем в загородном доме. Когда можете приступить к работе?

— Но вы же со мной еще не знакомы, вдруг я вам не подойду.

В трубке что-то зашуршало, собеседник замолчал.

— Алло! Алло, вас не слышно! — испуганно позвала Мария.

— Извините, мы тут с женой посовещались и решили, что мы о вас достаточно знаем из средств массовой информации. Вы нам подходите, так что берите с собой вещи, и я вас встречу в Москве на вокзале. Только скажите, когда и во сколько прибудете?

Не веря собственным ушам, Мария пролепетала:

— Да я, собственно говоря, могу завтра утром часов в десять приехать на Ленинградский вокзал. Если вам удобно, встретимся у касс предварительной продажи билетов у входа, в половине одиннадцатого.

Удовлетворено причмокнув, мужчина с готовностью согласился.

— Как я вас узнаю? — забеспокоилась Мария.

— Я к вам сам подойду, — пообещал мужчина. — Не переживайте, я вас узнаю. Да и номер ваш у меня есть, в случае чего созвонимся.

Но вместо того чтобы радоваться, что так легко нашлась работа, Мария почему-то чувствовала смутную тревогу. Она даже решила перезвонить и отказаться, как за стеной надрывно заплакал ребенок младшей сестры, и тут же закашлял отец. Теснота и бедность показались ей невыносимыми, это остановило ее. Вздохнув, она принялась собирать вещи, чтобы утром первой электричкой отправиться в Москву.

В десять часов утра Мария с большой дорожной сумкой, которую она прихватила в доме погибшей хозяйки, стояла под большими часами у входа в здание кассы.

Через полчаса к ней подошел крепкий мужчина лет сорока в черной куртке с капюшоном и в темно-серых джинсах.

— Мария?

Девушка радостно вскинулась.

— Да, это я. А вы?..

— Я Георгий, — кивнул мужчина. — Давайте сумку. — И, забрав багаж, он быстрым шагом направился к автомобильной стоянке. Мария едва поспевала за ним.

Закинув сумку на заднее сиденье старенького темно-синего «Опеля», Георгий любезно распахнул дверцу.

— Далеко ехать? — спросила Мария, усаживаясь.

Накинув на нее ремень безопасности и пристегнувшись сам, будущий работодатель не спеша вывел машину на дорогу.

— Да не очень, — поглядывая в зеркало заднего вида, произнес он. — Не переживайте, Маша, все хорошо будет, — нараспев протянул Георгий и, взглянув на навигатор, присвистнул. — Вот это пробка! Виолетта нас заждется.

Действительно, они ехали очень медленно и только часа через два попали на МКАД. Но вскоре въехали в дачный поселок и остановились перед воротами у глухого высокого забора.

Георгий пультом открыл ворота, и они оказались в узком крохотном дворе перед двухэтажным домом с гаражом.

— Вот мы и дома, — хмыкнул он.

Нина Дитинич

Вытащив сумку Марии, Георгий поднялся на высокое крыльцо и позвонил в дверь.

Им открыла высокая худая женщина с красивым печальным лицом. Марии показалось, что это совсем девушка, не старше двадцати пяти, но позже при ярком свете она разглядела тонкую сеть морщин под глазами, слегка морщинистую шею и увядшую кожу на руках. Освещение безжалостно выдало возраст женщины, она была ничуть не моложе хозяина дома.

— Моя жена — Виолетта, — представил женщину Георгий. И скомандовал: — Виолетта, покажи девушке комнату.

Хозяйка привела Марию в небольшую квадратную комнатку с зарешеченными окнами на втором этаже. У стены стояли односпальная кровать, тумбочка, шкаф и стол.

— Вот ваша комната, Мария, — сказал Виолетта. — Душ и санузел у лестницы. Столовая внизу. Наши с мужем комнаты тоже на первом этаже.

Смущаясь, Мария робко улыбнулась.

— Мы с вашим мужем не обговорили зарплату, поэтому я хотела бы узнать — сколько вы мне будете платить?

— Пятьсот долларов и стол наш, — ответила Виолетта. — И жилье.

Вздохнув, Мария кивнула.

— Маловато, конечно, раньше я получала восемьсот долларов. — Но, увидев кислое выражение лица хозяйки, торопливо залепетала: — Ну раз я уже приехала, да и питание за ваш счет, я согласна.

— Вот и хорошо, — процедила сквозь зубы Виолетта. — Значит, вы довольны?

— Довольна...

В дверях с сумкой появился Георгий.

— Разобрались? Все в порядке?

— Все хорошо, — натянуто улыбнулась Мария.

Глава 29

Исчезновение домработницы Барятьевых

Утро началось с грохота на кухне — это Павлина искала заварку, чтобы сделать чай, и обрушила полку. Полка упала на Костика, и он получил здоровенную шишку на лбу. Чтобы синяк не слишком увеличился, парень приложил к ушибу медный ковшик и с тоскливым видом пялился на Марфу.

Марфа уронила коробку с яйцами и, разбив их все, совочком и тряпкой собирала останки неродившихся птенцов в мусорное ведро.

Когда Александра появилась на завтрак, она застала печальную и в то же время комичную картину. И невольно рассмеялась.

— Ну вы даете! Подрались, что ли?

— При чем здесь это? — возмутилась вспыльчивая Павлина. — Просто это полка на Костю упала, а Марфа яйца нечаянно разбила. Между прочим, мы не знаем, где и что у Зины хранится, а голод не тетка. Может, кухарку наймем?

В этот момент Александре в голову пришла занятная мысль, и она тут же ее озвучила:

— А почему бы не нанять в качестве прислуги Марию Сушкину?

Оказалось, обе гостьи ее знают.

Марфа с отвращением передернулась.

— Фу, мерзкая девица! Я против. Лучше обратитесь в какую-нибудь фирму по подбору персонала, они вам тут же домработницу пришлют.

Павлина равнодушно пожала плечами.

— Мне все равно, берите хоть крокодила, лишь бы готовить умел. А что касается этой девки, держала же ее Надя.

— Нет, только не Сушкина! — воскликнула Марфа. — Это худший вариант.

— Будешь сама готовить? — съязвила Павлина. — Хотя вряд ли ты умеешь.

Обиженно фыркнув, Марфа промолчала.

— Давайте приглашайте эту Марию, — потребовала Павлина.

— Конечно, можно из фирмы домработницу пригласить, но она пока здесь освоится, уже Зина выздоровеет, да и денег фирма запросит немало, Мария гораздо дешевле обойдется, — вздохнула Александра, промывая в кастрюльке гречку. Налив воду, она поставила кастрюлю на плиту.

— Сварите на мою долю тоже, — облизнулась Павлина.

— И на мою, — попросил Костик.

— Я тоже хочу есть, — вздохнула Марфа.

— Не переживайте, всем хватит, — улыбнулась Александра.

В кухне вскоре запахло гречневой кашей, Александра достала из холодильника сосиски и принялась очищать их от целлофана. Марфа присоединилась к ней.

— А как вы собираетесь искать Сушкину? — вкрадчиво поинтересовалась она, обдирая сосиску.

— И чего тебе эта девица покоя не дает? — вмешалась Павлина, покачивая узким носком туфли. — Ты чего боишься? Боишься, что Мария тебя повесит? — ехидно засмеялась она.

— Очень смешно! — недобро прищурилась Марфа. — У меня просто есть серьезные основания не любить эту девку. Конечно, может, у тебя есть причины ее обожать...

— Давайте не будем спорить, — вмешалась Александра. — А что касается Марии, я могу отправить ей сообщение в «Одноклассники», чтобы она со мной связалась. Лучше бы, конечно, позвонить ей, но у меня нет ее телефона.

— Я могу найти вам ее телефон, — предложил Костик. — У меня приятель на телевидении работает, он как раз интервью у Машки брал, когда ее хозяйка погибла.

— Молодец, Костя, — благодарно улыбнулась Александра. — Можно это сделать поскорее?

— Да, я прямо сейчас ему позвоню, — полез в карман за мобильником Костя.

Тем временем Марфа отварила сосиски и стала раскладывать их на тарелки с гречкой.

После завтрака Александра унесла тарелку каши и стакан чая Зине, покормив домработницу, она отправилась писать письмо Марии Сушкиной.

Зайдя на ее страничку, Александра обратила внимание, что последний раз Мария посещала соцсеть около недели назад. Это показалось Александре странным. Тем не менее она отправила ей приглашение на работу. Оставалось надеяться, что Мария скоро объявится и прочтет ее послание. Правда, был еще один вариант — позвонить ей, когда Костя раздобудет телефон девушки.

Глава 30
Смерть Казимира Ивановича

1990-е, Москва

Внезапно Белла Леонидовна всерьез заболела. А Казимир Иванович, ухаживая за ней и исполняя все капризы жены, надорвался и с сердечным приступом попал в больницу.

Навестив его, Альберт сердито выговаривал:

— Казимир Иванович, ну зачем вы все на себя берете? Я же вам Антонину дал, пусть бы она за мамой ухаживала.

Казимир Иванович смотрел на пасынка печальными глазами и оправдывался:

— Беллочке приятно, если это делаю я.

Альберт сердито вздыхал.

— Не слушаете меня, вот и результат. Мало того, что мама болеет, так вот теперь и вы.

Казимир Иванович виновато жевал сухими старческими губами и беспомощно улыбался.

— Ничего, я скоро встану.

В дурном предчувствии у Альберта больно сжалось сердце.

— Не торопитесь, отдыхайте, выздоравливайте. Если что нужно, я привезу.

— Ничего не надо, — махнул старик слабой рукой. — Скорее бы домой, по Беллочке соскучился.

Возвращаясь домой, Альберт грустно размышлял о смысле жизни и печально вздыхал: «Все мгновенно, все пройдет…» В памяти возникали образы еще молодой матери и бравого отчима. Вспомнилось, как Казимир Иванович пришел к ним жить, веселый, влюбленный. Вспомнились шумные застолья, веселые праздники.

— Приехали, — вырвал Альберта из размышлений голос водителя.

Альберт при виде своего дома поморщился. Почему-то ему не хотелось видеть Наденьку. Ему было неприятно, что Наденька так и не смогла найти с его матерью общий язык.

Сухо кивнув попавшейся на пути кухарке, Альберт поднялся в свой кабинет и закрылся.

Вытащил из бара бутылку с коньяком и лимон. Отрезал пару ломтиков и налил приличную порцию коньяка. Выпил и задумчиво зажевал коньяк лимоном.

Затем достал из стола толстую большую тетрадь и еще одну старинную, в красивом переплете с золотым обрезом, в кожаной обложке с металлическими застежками. Он сначала раскрыл старинную тетрадь и долго читал, шевеля губами. Затем взял ручку и стал писать.

В дверь постучали, и послышался голос Нади.

Альберт поморщился и открыл.

— Я проснулась сегодня, а тебя нет. Где ты был?

— Казимира Ивановича в больнице навещал. Плохой он совсем, да и мать очень болеет.

Наденька обиженно протянула:

— А меня почему с собой не взял?

Альберт вдруг почувствовал к Наденьке глубокое отвращение. Все пространство в его жизни она заполнила собой, не оставив места для матери.

А теперь мать тяжело заболела, и это результат того, что он мало интересовался ей. И все из-за Нади! И у него вдруг вырвалось:

— Слушай, может, ты на время переедешь в свою коммуналку, а я возьму к себе мать?

Наденька нахмурилась и сердито пробормотала:

— К маменьке своей съездил, сразу видно! Я знала, что она спит и видит, как бы разлучить нас с тобой. Ведьма старая!

От гнева Альберт побелел. Подскочив к Наде, встряхнул за плечи. Его губы тряслись от злости.

— Слушай, ты, рыба-прилипала! Не смей имени моей матери произносить! Ты ногтя ее не стоишь! — Он толкнул Надю. — Убирайся отсюда, чтобы я тебя больше не видел!

Ошеломленная Надя выскочила в коридор и оттуда крикнула:

— Идиот! Я-то уйду, а кто твои дела будет вести?

Альберт запустил в нее бокалом.

— Плевал я на дела! Мне на жизнь хватит, ты мне больше не нужна. Убирайся, чтобы духа твоего здесь не было!

Увернувшись от просвистевшего мимо головы бокала, Наденька со всех ног бросилась в свою комнату.

Ее душили слезы злости и обиды, и, рыдая, она стала собирать вещи. Она еще надеялась, что Альберт передумает, придет извиняться.

Но ее ожидания оказались напрасны, Альберт, попивая коньяк, забыл обо всем на свете и сосредоточенно писал в большой тетради.

На ужин в столовую он не спустился, и Надя ужинала одна. Уезжать она передумала. Никаких угрызений совести или смущения не испытывала, потому что считала, что вложила в этот дом немало. И имеет право здесь жить полновластной хозяйкой.

После ужина она вернулась в свою комнату и включила телевизор. На экране очаровательная блондиночка Марфа Байзюк под звуки забойной мелодии миленьким голоском старательно выводила песенку о любви, море и далеких островах. Наденька встречалась с ее мужем, олигархом Петром Байзюком, и планировала привлечь его в качестве спонсора или инвестора для создания киностудии Альберта.

«Может, подружиться с Марфой? — подумала она, с невольной завистью вспомнив, с какой легкостью молодая женщина вертит своим супругом. — На нее легче повлиять, чем на ее борова. Кстати, это будет прекрасным поводом помириться с Альбертом... Тогда посмотрим, кто победит, я или его маменька».

Но ее планам не суждено было сбыться, на следующее утро позвонили из больницы с печальным известием, что Казимир Иванович Загоруйко скончался.

Несмотря на то что в последнее время между Альбертом и Наденькой как кошка черная пробежала, неожиданное горе скрепило их почти разрушенные отношения. В эти трудные дни Наденька неотлучно находилась рядом с Альбертом и поддерживала его как могла.

Альберт с удивлением узнал, что у Казимира Ивановича имеется дочь Луиза, которая очень сожалела, что ей не сообщили о болезни отца и что она не смогла сказать ему последнее «прости».

Луиза была очень похожа на своего отца, с такими же печальными глазами и немного виноватой улыбкой. Но новоявленная родственница почему-то с первого взгляда не понравилась Альберту, и он не мог удержаться от язвительности по отношению к ней. Наденька пыталась смягчать резкость Альберта и защищать Луизу, но это мало помогало.

Перед похоронами встала большая проблема: как сказать о смерти мужа Белле Леонидовне, которая все еще плохо себя чувствовала и постоянно спрашивала о супруге, с нетерпением ожидая его возвращения из больницы.

Глава 31
Новые подробности о жизни Наденьки

Наши дни, Москва

Проснувшись утром на следующий день, Александра вдруг почувствовала забытый аромат омлета. Манящий запах горячей еды проник с первого этажа в ее спальню и оказался мощным стимулом для пробуждения. Она соскочила с кровати и живо помчалась в ванную.

Когда она вошла в столовую, за столом уже сидели Павлина и Костик, они с аппетитом поглощали омлет с сыром и помидорами. На кухне царила идеальная чистота. Вымытая до блеска посуда сверкала в сушке.

Марфа в фартуке смиренно хлопотала у кофеварки.

— Садитесь завтракать, Зину я уже покормила, — прощебетала она.

Ошеломленно Александра воскликнула:

— Да вы прекрасная хозяйка, как я погляжу!

Покосившись на Павлину, Марфа едва заметно покраснела.

— Да ладно, чего уж тут сложного. Должна же я как-то отблагодарить вас за гостеприимство.

Попробовав омлета, Александра похвалила:

— Более нежного омлета я не пробовала, даже Зина не способна сотворить подобное чудо!

Павлина вызывающе прищурилась:

— Обычный омлет, ничего особенного. Вот у меня кухарка действительно готовит так, что пальчики оближешь, даже лучше вашей Зинаиды.

— Что же ты на время болезни Зины сюда свою кухарку не пригласила? — фыркнула Марфа.

Павлина сердито прищурилась.

— Тебе не кажется, что ты себе слишком много позволяешь?

Марфа вспылила:

— Как, оказывается, некоторые люди меняются на глазах. Буквально пару месяцев назад ты передо мной на задних лапках ходила. «Марфочка, новые кремы прибыли, супер! Новые духи... Купи это, купи то...» — передразнила она. — Три шкуры с меня драла.

— Так и надо с вас, олигархов! — нагло заявила Павлина. — Это я... — стукнула она себя в грудь тощим кулачком, — я — труженица! Мне каждая копейка потом и кровью достается. Я — человек честный.

— Это ты-то честная? — язвительно осведомилась Марфа. — Да вся твоя дорогущая элитная косметика изготовлена таджиками в сараях ближнего Подмосковья. Честная она!

У Павлины даже руки от злости задрожали.

— Александра, я не понимаю, что здесь делает эта побирушка? Гоните ее в шею, а то еще украдет у вас что-нибудь!

Александра стукнула по столу кулаком и прикрикнула:

— Прекратите немедленно, устроили здесь черт знает что! Вы здесь обе гостьи и на одинаковых условиях. Если что-то не нравится, вас никто не держит. Кстати, — обратилась она к Павлине, — действительно, а почему вы не предложили мне вашу кухарку?

Павлина, выбираясь из-за стола, злобно отмахнулась:

— Она у меня больше не работает. Тем более эта побирушка, — сердито взглянула она на Марфу, — живет здесь бесплатно, пусть отрабатывает. Пошли, Костя, покурим.

Виновато улыбнувшись, Костя встал из-за стола, буркнул:

— Спасибо, — и поспешил за хозяйкой.

Поставив перед Александрой чашку кофе, Марфа расстроенно вздохнула:

— Извините, Александра, что так получилось... Павлина ведь отчасти права. К сожалению, я сейчас не в лучшем положении и вынуждена жить у вас, но я...

Александра перебила ее:

— Марфа, вы меня не стесняете, живите, сколько потребуется, а Павлину я попрошу больше сцен не устраивать, мне это не нравится.

— Спасибо, — проникновенно произнесла Марфа. — Я ваша должница.

— Да ладно, — усмехнулась Александра. — Сочтемся. Кстати, я Сушкиной написала в «Одноклассниках», но она почему-то в сеть не выходит, и телефон ее не отвечает. Может, тогда пригласить на работу вторую домработницу Барятьевых?

Марфа заметно вздрогнула и отвела глаза.

— Серафиму? Не советую вам этого делать.

— Почему?

— Нехорошая она женщина, да и вряд ли пойдет к вам работать, слишком высокого мнения о себе.

Александра усмехнулась.

— У меня создалось впечатление, что вам неприятно говорить о прислуге Барятьевых. И еще мне кажется, что вы знаете гораздо больше о трагедии в этом доме, чем говорите. Я права?

В коридоре послышались голоса Павлины и Кости, и Марфа с облегчением взглянула на дверь. Александра поняла, что для Марфы тема о Барятьевых — больная, но она не собиралась оставлять своих попыток выяснить правду и повторила:

— Я права?

Павлина с Костиком прошли мимо кухни и направились на второй этаж. Марфа с тоской втянула в себя воздух и обреченно произнесла:

— Да, вы правы, мне не хочется вспоминать о том времени и тем более видеть двух этих спевшихся стерв-домработниц. Я бы на месте Надьки выгнала их вон, а она их жалела. Эти гадины в последнее время специально подпаивали Надю и одновременно давали ей психотропное лекарство. Представляете, что с бедняжкой творилось?

— А зачем они это делали? — удивилась Александра.

У Марфы еще больше испортилось настроение.

— Могу только догадываться.

— Ну и...

— Думаю, одна из зависти и ненависти, вторая из глупости.

— А подробнее расскажете?

Кивнув, Марфа прищурилась, вспоминая.

— У Альберта были две помощницы по хозяйству, Надя выгнала сначала одну, потом другую. А тут ей Марию кто-то порекомендовал, а вскоре к ней на работу попросилась подруга детства — Сима. Пожаловалась на материальные трудности, Надежда пожалела ее и взяла на работу.

— А кто ей Марию порекомендовал?

— Да я особенно не интересовалась, — пожала плечами Марфа.

— Но если вы видели, что женщины вредят вашей подруге, почему не просветили ее? — спросила Александра.

— Я сто раз Наде говорила об этом, но она меня слушать не желала. Верила им. Последний раз я увидела ее в жутком состоянии с этими ведьмами, и буквально через десять дней она погибла.

— Грустно, — вздохнула Александра.

На пороге появилась неуемная Павлина.

— Все сидите? Кстати, Марфа, ты забыла, что обещала спиритический сеанс? Мне все-таки очень хочется узнать, когда я выйду замуж и кто убил хозяйку дома.

— Можем провести послезавтра, — с неприязнью процедила Марфа.

Нина Дитинич

Глава 32
Странные хозяева Марии Сушкиной
Наши дни, Подмосковье

Вот уже неделю Мария жила у новых хозяев. И мнение о них у девушки сложилось очень плохое.

Во-первых, ей показалось, что парочка не так уж состоятельна, чтобы позволить себе прислугу, во-вторых — в небольшом доме работы было немного и с уборкой легко могла бы справиться сама хозяйка, прислуга для этого не нужна. Но, как говорится, у каждого психа своя программа, и Мария по этому поводу не тревожилась, ее беспокоило лишь одно: сколько ей заплатят?

Каждый день хозяин с утра куда-то уезжал, и они с хозяйкой оставались вдвоем.

Хозяйка спала до двенадцати, потому что ложилась далеко за полночь, и Мария, словно запоздалая осенняя сонная муха, слонялась по дому без дела.

Скудный набор продуктов в холодильнике приводил ее в уныние, и она готовила скромные обеды. Но была уверена, что хозяева довольны ее стряпней, по крайней мере, пару раз они ее похвалили. Это Марию в какой-то степени утешало и давало надежду на то, что ее труд будет оплачен. И все-таки она ломала голову, зачем Георгий и Виолетта наняли помощницу по хозяйству, если сами экономят даже на еде.

Смутные подозрения, терзавшие ее, что в этом семействе не все в порядке, усилились, когда Мария, проснувшись ночью, пошла в туалет и натолкнулась на хозяйку. Неподвижный, остановившийся взгляд бездонных черных зрачков напугал ее. Мария попыталась заговорить с женщиной, но Виолетта, словно зомби, молча прошла мимо нее и скрылась в комнате. У Марии мороз по коже пробежал. На следующий день хозяйка вела себя как ни в чем не бывало, а Мария не посмела ей напомнить о ночной встрече.

Всем этим Марию неудержимо потянуло поделиться с родней, и она решила позвонить домой. Но, к великому удивлению, телефона в своей сумочке не обнаружила. Она перетряхнула сумочку, перерыла все в комнате, но мобильник как сквозь землю провалился. Теперь она испугалась по-настоящему. Липкий страх пробежал по телу и застрял где-то в груди плотным комком.

Утром, дождавшись, когда хозяин уедет, Мария спустилась вниз и, удостоверившись, что хозяйка спит, шмыгнула к кабинету Георгия, но дверь оказалась заперта на ключ. Надо сказать, что почти все комнаты в доме с самого начала были закрыты на замок, и Мария в них никогда не была даже с уборкой, это настораживало. Спрашивается, что там прячут хозяева? А в спальнях хозяина и хозяйки она прибиралась только в их присутствии.

Вдруг Марию осенило: а что, если мобильник прихватила хозяйка и спрятала в той комнате, куда заходила ночью? Она молнией пронеслась на второй этаж и рванула на себя дверь. К счастью, оказалось не заперто, по-видимому, Виолетта забыла закрыть, а Георгий не проверил.

Восточное убранство комнаты поразило Марию. Небольшая квадратная комнатка была с потолка до пола завешана коврами. На полу, так же устланном ковром, валялись шелковые подушки, расшитые райскими птицами. Мебели почти не было. Лишь низкий столик, на котором стояло плоское металлическое, покрытое эмалью блюдо, наполненное грецкими орехами и изюмом. У окна среди разбросанных подушек красовался кальян.

«Так вот почему у хозяйки был такой безумный вид. Накурилась черт-те чего, — подумала Мария. — Наверное, поэтому хозяин и нанял помощницу, чтобы я присматривала за его женой. А я-то, дура, накрутила себя! Правильно говорят, что у страха глаза велики, — с облегчением вздохнула она, но тут же вспомнила про исчезнувший мобильник и недовольно скривилась. — Только непонятно, зачем у меня стащили мобильник. Хотя, может, это сделала в беспамятстве хозяйка? Или, может, она вообще больной человек? Например, клептоманка».

Ее размышления прервало осторожное покашливание за спиной, Мария испуганно вздрогнула и обернулась.

— Не помешала? — насмешливо поинтересовалась хозяйка. — Что ты делаешь здесь?

Мария испуганно заморгала. Она настолько растерялась, что не сразу нашлась что ответить. А после небольшого замешательства выпалила:

— Мобильник свой искала.

— Мобильник? — ехидно протянула Виолетта. — Почему ты решила, что он здесь, если ты тут не бывала? Или бывала? — язвительно спросила она.

— Как я могла сюда заходить, если комната все время закрыта? — смутилась Мария.

Виолетта презрительно прищурилась.

— Я смотрю, ты лучше меня знаешь, где и что у меня в доме происходит.

— Нет, я... — не выдержала Мария.

— Не перебивай, когда с тобой разговаривают! — нервно дернулась Виолетта. — Ты грубиянка! Я скажу Жоре, чтобы он тебя на сто долларов за грубость наказал.

Мария покраснела.

144

— Да вы что, с ума сошли! — заныла она. — Какие сто долларов? Вы мне и так копейки платите! Зря я согласилась у вас работать. — Она всхлипнула.

Виолетта усмехнулась:

— Так ты ничего не делаешь, за что тебе платить?

Мария была оскорблена. Почему хозяйка позволяет себе насмехаться над ней? Уж этого она никому не позволит, тем более такой законченной наркоманке, как эта Виолетта. И она сердито воскликнула:

— Да как вы смеете! Я согласилась у вас работать, хотя могла выбрать любую работу. Меня олигархи приглашали! Да меня журналисты осаждают. Меня вся страна знает!

Виолетта явно издевалась над ней.

— Да ты никак звезда экрана? Что-то я тебя не знаю, Мерлин Монро.

— Неудивительно! — оскорбилась еще больше Мария. — У вас ведь даже телевизора нет!

Хозяйка расхохоталась.

— Чем же ты так прославилась, что тебя все знать должны? Может, в рубрике «их разыскивает полиция» разок показали?

У Марии даже дыхание от злости перехватило и задрожали руки.

— Я у артиста Барятьева работала! — гордо заявила она. — Вам не чета человек. Между прочим, в меня влюблен был! Так он мне такие деньжищи платил!

Виолетта оперлась о косяк двери и задумчиво скрестила руки на груди.

— Насколько мне известно, у Альберта Барятьева была любимая жена.

Марию словно плетью огрели. От негодования она покраснела еще больше. И презрительно проговорила:

— Да терпеть он не мог Надьку! Альберт меня полюбил и ребенка от меня хотел. Эта овца ему даже родить не могла!

Виолетта насмешливо сузила глаза.

— Не знала, что ты чужих мужей уводишь. Может, моему Жорке тоже родишь?

Мария попыталась справиться с бешенством, охватившим ее, но не смогла:

— Твоему Жорке рожай сама! У него столько денег нет, сколько я стою!

— Я ему передам, — рассмеялась Виолетта и исчезла за дверью.

На Марию внезапно нахлынуло беспокойство. Зря она, конечно, позволила себе расслабиться. Наговорила лишнего, а этих людей она не знает. Тем более эти люди с такими странностями, еще сделают ей какую-нибудь гадость. Например, выгонят и не заплатят. И, решив исправить оплошность, она бросилась за Виолеттой.

На кухне хозяйки не оказалось, Мария кинулась к ее спальне. Но и там Виолетты не было, в растерянности девушка заметалась по нижнему этажу и столкнулась с хозяйкой, выходящей из ванной.

— Ой, простите меня, Виолетта! Я вам наговорила черт-те чего, — виновато начала она. — Просто я мобильник потеряла, расстроилась.

Виолетта уставилась на нее неподвижным взглядом и вдруг хрипло рассмеялась.

— Испугалась? Правильно. Жорку надо бояться, он знаешь какой! — Легонько, по-свойски, хозяйка толкнула Марию в бок и скомандовала: — Ладно, пойдем, кофе мне сваришь и расскажешь про Барятьевых. Мне жуть как интересно, а то в доме такая скукотища.

Глава 33
Дух Наденьки предостерегает

В субботу все обитатели дома вновь в полночь собрались в гостиной. Первой, несмотря на больную ногу, приковыляла Зина и сразу уселась за стол. Вскоре подтянулись и остальные домочадцы.

Глухая, ненастная осенняя ночь с дикими завываниями ветра атмосферой зловещей таинственности очень подходила для общения с потусторонним миром.

Марфа зажгла свечи и, дождавшись боя часов, после последнего удара подошла к окну и открыла форточку. По комнате пронесся сильный порыв ледяного ветра и, взметнув вверх темно-зеленую бархатную портьеру, мгновенно задул свечи.

Все в ужасе оцепенели. Первой опомнилась Марфа, нащупав в кромешной тьме спички, она опять зажгла канделябры.

Пламя высветило сосредоточенные и встревоженные лица участников спиритического сеанса. Марфа протянула руки Зине и Александре, все остальные тоже взялись за руки и образовали круг в центре стола.

Подняв вверх глаза, Марфа отрешенным взглядом уставилась в потолок и замогильным, протяжным голосом произнесла:

— Мы устремляем всю свою энергию для того, чтобы вызвать дух Надежды Барятьевой. Все свои мысли мы устремляем к духу Надежды и просим прийти его к нам. Дух Надежды, приди к нам!

Все устремили взгляды в центр стола на деревянную стрелку.

— Дух Надежды, приди к нам, — повторила несколько раз Марфа. — Если ты здесь, дай нам знать.

Все, кроме Марфы, напряглись и с некоторым испугом глядели перед собой в пустоту. Рука Зинаиды занемела, и она разжала пальцы.

В этот момент стрелка в круге дернулась и завертелась.

Марфа разомкнула круг и дотронулась до деревянной стрелки. Та сразу остановилась.

— Ты дух Надежды Барятьевой?

Стрелка под пальцами Марфы бешено закрутилась и остановилась напротив слова «да».

Зинаида возбужденно заерзала.

— Можно я спрошу?

— Нет, — резко оборвала ее Марфа. — Когда можно будет, я скажу. Дух Надежды, ты хочешь нам что-то сказать?

Стрелка немедленно показала слово «нет». Тут опять вмешалась Зинаида:

— Видите, она, то есть он, дух, не хочет ничего говорить, ну можно тогда я задам свой вопрос?

— Почему ты? — влезла Павлина. — У меня тоже важный вопрос, первая я!

— Прекратите! — шикнула на них Марфа. — Так нельзя, дух Нади может обидеться, уйти и никогда не вернуться.

— Тогда вы сами у нее спросите, где клад находится, — шепнула ей на ухо Зинаида.

Сердито покосившись на нее, Марфа прошипела:

— Не мешайте! — и, сдвинув брови, продолжила: — Дух Надежды, в прошлый раз ты хотел что-то сообщить нам?

— Да ты просто спроси, кто ее убил, — подсказала Павлина.

В этот момент стрелка опять завертелась, время от времени останавливаясь на разных буквах. Марфа еле успевала произносить их вслух, а Павлина, записывая в блокнот, складывала из букв слова.

Получалась какая-то белиберда. Вначале дух выдал: «Попляше...»

— Что такое? — возмутилась Павлина. — Что она говорит? Бред какой-то!

— Тихо! — окончательно рассердилась Марфа. — Иначе я прерву сеанс.

Все зашикали на Павлину, и она с недовольным лицом замолчала.

Стрелка же, не останавливаясь, мелькала, кружась по кругу.

— Попляшете, — прочитала вслух Марфа. — В доме живет зло. Уходите!

Окаменевшее лицо Павлины побелело и в пламени свечей напомнило средневековую театральную маску. Она больно ущипнула за руку Костика, и тот, мучительно поморщившись, мужественно терпел.

— Придумываешь ты, Марфа! Никакого духа здесь нет! Морочишь людям голову. Сама от имени Надьки говоришь, — злобно выдохнула Павлина.

Марфа ответить не успела, откуда-то, кажется, со стороны камина, потянуло холодом, вдруг захлопнулась форточка, и опять погасли свечи. Прямо над столом возникло слабое свечение в виде шара с неровным контуром и медленно стало подниматься к потолку.

Пораженные участники сеанса, все, включая медиума Марфу, остолбенели и с немым ужасом следили за загадочным свечением.

Только когда шар растворился в воздухе, все очнулись.

Павлина с искаженным от только что пережитого страха лицом завизжала:

— Этот чертов дом действительно кого хочешь с ума сведет! Все, вы как хотите, а я отсюда сваливаю! Давай, Костик, вещи собирай. Мы уезжаем!

— Погодите, — опомнилась Марфа. — Нам нужно обязательно закончить сеанс, иначе дух Нади останется здесь, и тогда...

— Что тогда?! — опять завизжала Павлина.

— Тогда может случиться нечто ужасное, последствия могут быть чудовищные... Вплоть до...

— Так заканчивай скорее! — прорычала Павлина.

Устремив взгляд вверх, Марфа опять начала звать дух Надежды, но на этот раз дух не откликнулся, ничего вокруг не подтвердило его присутствия, а деревянная стрелка застыла намертво.

В подавленном состоянии участники спиритического сеанса покидали гостиную.

Погасив свечи и прикрыв двери, последней ушла Марфа.

Зинаида дождалась медиума у лестницы и, вцепившись в ее руку, зашептала:

— Не расстраивайтесь, Марфа, все будет нормально.

— Да я не волнуюсь, — вздохнула она и возмущенно произнесла: — Вы видели, к чему ведет неверие, Павлина не понимает, с чем играет. Ведь этот светящийся шар был дух Надежды.

— Так мы уже видели здесь похожее привидение, и Павлина видела, — со страхом выдохнула Зина. — Не верите, спросите у Александры. Может, Надежда здесь давно уже, с тех пор как она умерла, — испуганно перекрестилась Зинаида. — А я вот только об одном жалею, что не успела спросить про клад.

— При чем здесь клад? — рассердилась Марфа. — Я же уже сто раз говорила: нет в этом доме никакого клада!

— Нет? — недоверчиво переспросила Зина. — А что же люди сюда ломятся, прутья в заборе выламывают?

Марфа усмехнулась.

— Выкиньте весь этот бред из головы. Красивую легенду о кладе придумал Альберт Барятьев, он хотел сделать в этом доме музей, и чтобы привлечь народ, начал распространять всякие небылицы.

Зинаида растерялась, она не знала, поверить Марфе и отказаться от поисков клада или не поверить и тайно продолжать поиски. Пока она мучительно соображала, Марфа покровительственно похлопала ее по плечу и взбежала по ступенькам вверх. Зина не выдержала и крикнула ей вслед:

— А как же дух Надежды? А призраки тоже выдумки?

Но Марфа уже исчезла за дверью своей комнаты.

— Врет она все! — мстительно пробормотала себе под нос Зина, карабкаясь по лестнице. Лангетка на ноге мешала, и она шла медленно, продолжая сердито ворчать: — Все равно буду искать клад. Врушка несчастная эта Марфа, то дух вызывает и всех пугает, то говорит — все враки. Небось, сама клад ищет, поэтому так говорит.

Добравшись, наконец, до площадки второго этажа, Зинаида отдышалась и поковыляла дальше.

В коридоре было пусто, все двери плотно закрыты. Лишь из-под двери спальни Павлины пробивался свет. Проходя мимо, Зина остановилась и напрягла слух. В комнате разговаривали на повышенных тонах. Она узнала голоса Павлины и Марфы, женщины о чем-то ожесточенно спорили. Домработница прижала ухо к двери, но сзади послышался легкий шум, и она быстро отпрянула. Оглянулась и увидела Костика.

— Подслушиваешь? — язвительно хохотнул он.

Глава 34
Наденька мирится с матерью Альберта

1990-е, Москва

Как Альберт ни скрывал от матери смерть Казимира Ивановича, она все же узнала об этом: во время очередного визита случайно проговорилась участковая врачиха, посочувствовала вдове. Известие настолько поразило Беллу Леонидовну, что она мгновенно слегла. Несколько дней она отказывалась от еды и бесконечно лила слезы.

Тревожась за мать, Альберт перевез ее в особняк и поселил в лучшую из комнат, рядом со своей спальней.

Наденьку это не обрадовало, Альберт даже не сказал ей о своих планах. И мало того, Альберт категорически запретил ей заходить в комнату матери и тревожить ее. Надя молча выслушала его предупреждение и с обиженным видом закрылась в своей комнате.

Но вечером после ужина она поднялась вслед за ним на второй этаж и проникновенно произнесла:

— Альберт, если понадобится, то я с радостью буду ухаживать за Беллой Леонидовной, она же мне не чужой человек.

— Спасибо, я подумаю, — сухо бросил он, закрывая за собой дверь в спальню матери.

Конечно, Наденьку оскорбляло такое недоверие со стороны возлюбленного, в то время как домработницам он поручил уход за Беллой Леонидовной и даже не контролировал их. А домработницы, видя такое отношение хозяина к хозяйке, тоже стали позволять себе неуважительно общаться с Надей.

Однажды, услышав внизу шум, Наденька спустилась на первый этаж и увидела, что Антонина уронила поднос и разбила посуду.

— Что вы такая неуклюжая, Антонина? Пол паркетный поцарапали, — сделала ей замечание Надя. — И вообще в последнее время вы что-то очень рассеянны.

Антонина в ответ нагрубила хозяйке.

Наденька сдержалась, не стала отчитывать прислугу, а отправилась в свою комнату, уговаривая себя:

«Главное сейчас — выдержка! Я расправлюсь со своими врагами. Выгоню Антонину и ее напарницу и во что бы то ни стало найду общий язык с Беллой Леонидовной. Ведь она же мать Альберта, и я обязана поддерживать с ней хорошие отношения».

Вскоре судьба сделала Наденьке подарок. Альберт уехал куда-то по делам, а Антонина с напарницей закрылись на кухне. Услышав слабое звяканье колокольчика, который дал Белле Леонидовне Альберт, и сообразив, что на кухне его не слышно, Наденька отправилась на второй этаж. Она с волнением открыла дверь спальни свекрови.

Белла Леонидовна изо всех сил трясла колокольчиком, пытаясь дотянуться до стакана с водой.

Наденька изобразила лучшую из своих улыбок и нежным голоском произнесла:

— Белла Леонидовна, вам что-то нужно?

Пересохшими губами Белла Леонидовна прошептала:

— Пить хочу, Антонина далеко стакан поставила.

Наденька напоила ее, поправила постель, удобно подложила подушку под спину и собралась уйти, но Белла Леонидовна прошептала:

— Не уходи, посиди со мной. Почитай мне что-нибудь.

Наденька растаяла.

— Я с удовольствием.

Возвратившийся Альберт застал мирную картину в спальне матери.

Белла Леонидовна, сидя в кровати, слушала рассказы Зощенко и смеялась. А Наденька в лицах забавно изображала литературных героев автора.

Изумленный Альберт, увидев повеселевшую мать, растрогался. И тут же поинтересовался, где Антонина.

Белла Леонидовна рассказала, как безуспешно звонила в колокольчик.

— Если бы не Надя, я бы умерла, — прослезилась она.

Наденька подлила масла в огонь, сообщив Альберту, что домработницы закрылись на кухне и, видимо, чаевничают.

Взбешенный Альберт ворвался в кухню и немедленно уволил и Антонину, и ее напарницу.

Глава 35
Поездка к Серафиме

Наши дни, Москва

Недаром говорил Шекспир, что клятвы, данные в бурю, забываются в тихую погоду. Несмотря на страх и заверения, данные во время проведения спиритического сеанса, и самое главное — грозное предупреждение духа, ни один из жильцов особняк не покинул. Даже Павлина.

Костик через своего знакомого журналиста достал адрес Серафимы Поликарповой, бывшей одноклассницы и домработницы Надежды Барятьевой, а вот ее телефона в телестудии почему-то не было. Павлина вызвалась свозить Александру к Серафиме.

И вот вскоре бледно-розовый «Лексус» трясся по ухабам неровной дороги.

Старинный русский городок с возвышающимися башенками церквей появился неожиданно из-за высоких сосен. Проехав вдоль небольшой речушки, Павлина, следуя навигатору, свернула на тихую улочку и остановилась у нового кирпичного двухэтажного дома за высоким забором.

Александра с усмешкой кивнула на дом:

— Хорошо живет подруга Надежды Барятьевой, клад, что ли, нашла?

Павлина сверкнула недобрым взглядом.

— Да уж, хоромы отгрохала знатные.

Серафима оказалась крепкой женщиной лет пятидесяти с непримечательной внешностью и цепким, осторожным взглядом.

Проведя незваных гостей по выложенной гравием дорожке в дом, Серафима пригласила их в зал, обставленный дорогой по местным меркам мебелью.

— Журналисты, что ли? — фыркнула она.

— Нет, — ответила Александра. — Мы живем в доме Барятьевых, где вы раньше работали. И нам срочно нужна домработница, вот мы и хотели вас пригласить.

На лице Серафимы мелькнул испуг, затем появилось недоумение.

— С какой это стати?! — выдала она. — И потом, я была у Нади не прислугой, а ее компаньонкой, так сказать, по-дружески помогала ей.

Гостьи быстро переглянулись.

— Но деньги-то вы за работу получали, вот и мы вам заплатим, — улыбнулась Александра. — Столько, сколько скажете.

Серафима подозрительно прищурилась.

— А что, других, что ли, нет? Что это вы ко мне в такую даль приехали?

— Просто вы все в доме знаете, — протянула Александра. — И Надежда была вами довольна.

Серафима вдруг разозлилась.

— Я сказала — нет, значит, нет! Даже и не уговаривайте!

Уходя, Александра все-таки всучила ей свою визитку.

— Вдруг передумаете, тогда позвоните.

Домой приехали уже под вечер. Павлина вышла из машины и, взглянув на грязный капот, сердито фыркнула:

— Завтра за мойку придется денег отвалить.

Из кухни выглянула Марфа:

— Ну как Серафима, согласилась?

Павлина только фыркнула и, скинув куртку, пошла в свою комнату.

— Отказалась, — со вздохом ответила Александра.

— Ужинать будете? — спросила Марфа.

— Позже, — пробормотала Александра и, поднявшись на второй этаж, заглянула к Зине.

Сидя в кровати, Зина печально пробормотала, увидев хозяйку:

— Зря мы в этот дом переехали.

Александра рассердилась:

— Чего ты все придумываешь? Успокойся, наверняка всему есть разумное объяснение. А спиритизмом больше заниматься не будем.

— Когда вы сегодня уехали, Марфа с Костиком тоже куда-то ускакали, а по дому кто-то ходил!

— Может, тебе показалось?

Зина испуганно заморгала.

— Нет, не показалось! Я слышала шаги, крикнула: кто там? Молчок. И Альма лаяла как безумная. Слава богу, ко мне не сунулись.

— Ты никому об этом не говорила?

— Нет.

— Молодец, и не говори. Не надо нам паники. А в какое время шаги слышала?

— После обеда. Марфа предупредила, что уходит по делам на пару часов. Костик тоже сказал, что должен отлучиться.

— Не нравится мне все это, — задумалась Александра. — Придется обратиться к знакомому детективу.

Зинаида горячо зашептала:

— Позвоните скорее, а то вы только обещаете! Да и дух бывшей хозяйки предупредил, что в доме зло. Как бы не случилось чего…

Глава 36
Шантаж

Наши дни, Подмосковье

Хозяева все больше и больше внушали Марии подозрение. Она никак не могла понять, что они за люди. Впрочем, Виолетта ее пугала не так сильно, как Георгий. Один его взгляд вселял в Марию такую тревогу, что у нее темнело в глазах и начинало сосать под ложечкой.

Виолетта целыми днями курила кальян и валялась на мягких подушках. Иногда она дико хохотала, а в основном находилась в прострации и, бессмысленно щурясь, улыбалась.

Мужу не нравилось такое времяпрепровождение жены, и он пробовал остановить ее. Мария слышала, как он кричал на Виолетту. Виолетта хитрила и курила кальян только в его отсутствие. А так как его не было дома целыми днями, она проводила все время в комнате с коврами.

Мария хотела воспользоваться этим, чтобы побывать в других комнатах, но ей это не удалось, Виолетта держала все комнаты закрытыми. Лишь один раз, когда она забыла закрыть свою комнату и, накурившись, блуждала в призрачных фантазиях, Мария по ее мобильнику позвонила сестре.

Сестра ей тут же рассказала, что к Марии приезжали две тетки и предлагали работу, номер телефона оставили. Поговорить как следует не удалось, телефон разрядился, а зарядку Виолетты девушка найти не смогла. Как и возможностей позвонить больше не представлялось, так как телефон Виолетты исчез. Видимо, Георгий забрал и его. Мария была уверена, что ее телефон у хозяина, но спрашивать боялась.

К тому же после того случая Георгий рассвирепел, долго кричал на жену и на следующий день, уезжая, закрыл комнату с коврами на ключ и больше не открывал.

С тех пор жизнь Марии превратилась в сущий ад. Виолетта из сонной мухи превратилась в редкостную стерву. Она издевалась над домработницей по любому поводу. И Мария не выдержала, вечером пришла к Георгию и попросила расчет.

Он удивленно поднял брови.

— С чего это вдруг ты решила уволиться?

Комкая в руках носовой платок, Мария вдруг разрыдалась.

— Я больше так не могу!

Георгий мигом сообразил.

— Что, Виолетта достала?

Давясь слезами, Мария кивнула.

Вздохнув, он пробормотал:

— Так я и думал. Ты вот что, не обращай на нее внимания, а я ее приструню.

Но Мария уже твердо решила уйти.

— Нет, дайте мне, пожалуйста, расчет.

Хозяин встал, обнял ее за плечи.

— Не торопись, уйти ты всегда успеешь, а что дальше? Дома — нищета, безденежье, работы нет.

— Откуда вы знаете, что нищета? Да меня на работу зовут!

— Я про тебя все знаю, — недобро усмехнулся Георгий. — На работу тебя никто не зовет, не ври.

Мария не стала спорить, побоялась.

— Хорошо, я подумаю, — сдалась она.

Но на следующий день она только укрепилась в решении уволиться.

Утро началось со скандала. Услышав шум внизу, Мария всем сердцем почувствовала беду и не ошиблась.

— Мария! — раздался гневный голос Георгия. — Спустись вниз!

Посреди холла стоял сердитый хозяин, рядом с ним его злющая супруга.

— Это ты взяла деньги? — спросил Георгий.

— Какие деньги? — заикаясь, жалобно пискнула Мария.

— Триста тысяч долларов, в комнате у Виолетты лежали, а теперь их нет...

— Триста тысяч? — с ужасом пролепетала Мария. — Что вы! Никаких денег я не видала!

— Ты мне не финти! — прикрикнул Георгий. — Ты заходила в комнату Виолетты, звонила по ее мобильнику, я вычислил номер, куда звонили. Мне что, в полицию обращаться?!

— Не надо в полицию, — взмолилась несчастная домработница. — Я, честное слово, не брала...

— Не дорого твое честное слово стоит, — съязвила Виолетта.

— А куда же тогда делись деньги? — грозно поинтересовался Георгий. — Виолетта не могла украсть деньги у себя самой.

— Не брала я! — дрожащим голосом произнесла Мария. — Можете обыскать меня.

Виолетта без слов отправилась в комнату домработницы и начала обыск. Георгий встал на пороге и молча наблюдал. Мария испуганно смотрела, как хозяйка вывернула наизнанку ее сумку и швырнула на пол. Вскоре рядом с сумкой были брошены все ее вещи. Виолетта облазила всю комнату, перевернула постель, но денег не нашла.

Вспотевшая и злая, она раздраженно крикнула:

— Хитрая! Спрятала где-нибудь в доме. С нее станется!

Георгий повернулся к Марии.

— Ты знаешь, я верю жене. Так что долг на тебе — триста тысяч. Давай пойдем в столовую, на эту тему потолкуем. Заодно ты нам и завтрак приготовишь.

Как только Мария ни клялась, что она не брала деньги, Георгий ей не поверил. А Виолетта молчала и лишь мерзко улыбалась.

Только сейчас Мария оценила степень коварства хозяйки и содрогнулась от того, что вела себя с ней глупо и беспечно и даже дерзко, но, увы, сожалеть было поздно.

Позавтракав, супруги собрались и куда-то уехали вдвоем. А Мария дала волю своим чувствам: немножко поплакала, немножко покричала, проклиная Виолетту. И тут ей в голову пришла мысль: не поискать ли деньги, пока хозяев нет? Но все комнаты оказались закрыты, ей осталось лишь одно — идти на кухню, готовить скудный обед и клясть тот день, когда она согласилась на эту работу.

Приготовив суп из куриных крылышек, из остатков курицы она хотела сделать жаркое, но в холодильнике не нашла ни томатной пасты, ни помидоров. Захлопнув дверцу холодильника, Мария в изнеможении сползла на стул и застыла.

«Пустой холодильник! У них на жратву-то денег нет, а они — триста тысяч! Мошенники! Ну что, спрашивается, за жизнь, деньги у хозяев пропали, это что, на них я сколько лет должна бесплатно пахать?! Нашли дурочку!»

Мария вскочила и побежала к входной двери.

— Пока их нет, нужно бежать отсюда, а потом пусть доказывают что хотят. Тоже мне, нашли рабыню Изауру!

Но входная дверь оказалась закрыта.

Мария удрученно вернулась на кухню и начала ожесточенно рубить ножом мясо курицы на крохотные кусочки.

«Не хотят по-хорошему, будет по-плохому! — вздохнула она. — Ночью убегу, когда спать будут».

Глава 37
Семейная идиллия

1990-е, Москва

В семье Барятьевых наступил долгожданный покой. Белла Леонидовна неожиданно для самой себя увидела в Наденьке неплохого человека. Нельзя сказать, что она почувствовала к новой пассии сына любовь и большое расположение, но в ее присутствии оживала и начинала улыбаться.

Альберт был рад, что в семье наступил мир. Он стал нежен с Наденькой, и она расцвела и засветилась от счастья.

Вскоре Белла Леонидовна начала вставать и потихоньку ходить по комнате. Наденька, как могла, скрашивала жизнь пожилой женщины. Частенько читала ей вслух. Альберт с удовольствием включился в этот процесс, и они с Надей читали по ролям.

Это были чудесные вечера, все были по-настоящему счастливы.

Забыв обо всех распрях, Белла Леонидовна радовалась, видя Надежду со своим сыном.

Наденька летала словно на крыльях и легко справлялась с хозяйством сама. Ее хватало на все, и после того как Альберт выгнал прислугу, она даже не заикалась о помощниках.

Экономный Альберт тоже помалкивал, и только когда Наденька простудилась и занемогла, предложил взять домработницу. Но Наденька категорически воспротивилась. Ей нравилось заниматься хозяйством, а посторонние люди ей всегда мешали. Но Альберт настаивал, приводил разумные доводы, и Наденька сдалась, объявив, что сама подберет помощницу по хозяйству.

И вдруг в один из дней позвонила жена двоюродного брата Альберта — Инна.

Встревоженная тем, что Белла Леонидовна не подходит к телефону в своей квартире, она поинтересовалась здоровьем тетушки и участливо предложила помощь.

— У меня есть очень хорошая сиделка, с медицинским образованием, — проворковала Инна. — Очень славная женщина, Беллочке она понравится.

Чтобы не расстраивать больную мать, которая общалась со своей родней, Альберт, забыв о распрях с Леонидом, спокойно воспринял звонок Инны.

— Молодая? — с интересом спросил он.

— Нет, — рассмеялась родственница. — Но прекрасный специалист.

Альберт согласился:

— Хорошо, приводи.

Инна приехала в тот же день в сопровождении добродушной женщины средних лет.

Сиделка Альбина Ивановна сразу развила бурную деятельность. Перестелила больной постель, протерла несуществующую пыль, заявив, что нужна стерильная чистота, и захлопотала вокруг Беллы Леонидовны, и все это с милой, славной улыбкой.

Несмотря на некоторую бесцеремонность в поведении, Альбина Ивановна сумела понравиться не только Альберту, но и Наденьке. А Белла Леонидовна и вовсе была очарована ей.

Инна зачастила в дом Барятьевых, и вскоре Наденька с беспокойством отметила, что не только Белла Леонидовна, но и сам Альберт попали под влияние родственницы и стали с холодком и даже с некоторым пренебрежением относиться к ней.

Заметив неладное, Наденька забила тревогу.

Как-то вечером после ухода Инны она за ужином завела разговор с Альбертом.

Положив ему порцию его любимой запеченной рыбы с овощами, она осторожно произнесла:

— Тебе не кажется, что Инна лезет не в свои дела?

— Что ты имеешь в виду? — удивился Альберт.

— Инна вас с матерью настраивает против меня, — решительно выпалила Наденька.

Не глядя на нее, Альберт буркнул:

— С чего ты взяла?

— Вижу. Она Белле Леонидовне всякую чушь нашептывает, что я хозяйка неважная, ничего делать не умею, и все в этом духе.

— Ну и что? — засмеялся Альберт. — Даже если и нашептывает, что из этого?

— Но ты же знаешь, что это не так! — заволновалась Надя.

— Конечно, не так. Но что я должен ей сказать, моя сожительница хорошая хозяйка?

— Сожительница! — в негодовании воскликнула Наденька. — Вот как ты обо мне! Спасибо, что поставил все на свои места. — Она вскочила из-за стола и срывающимся голосом крикнула: — Да пошел ты со своими родственниками!

Оскорбление показалось Наде настолько чудовищным, что больше она не захотела оставаться в этом доме. Она быстро собрала свои вещи, подхватила сумку, прошла мимо ошеломленного Альберта и с силой хлопнула входной дверью.

Альберт не остановил ее.

Надя вернулась в коммуналку, которую они с Альбертом в свое время выкупили у ее родственницы. И решила твердо начать жизнь с чистого листа, вычеркнув Альберта навсегда.

Сразу стало легче. С нее как будто спали оковы, и с глаз слетели шоры. Альберт больше не казался ей таким значительным, как раньше, Наде даже показалось, что она больше не любит Барятьева.

Разобрав сумку с вещами, она приняла душ и крепко уснула. В эту ночь ей не снилось ничего.

Утром Надя решила пересчитать свои сбережения. Достала сберегательную книжку и с удовлетворением отметила, что неплохо заработала, пока жила с Альбертом. Денег было много, она могла себе позволить даже покупку квартиры. На душе потеплело.

«Не пропаду! — ликовала Наденька. — А он пусть остается со своей родней».

Она сняла в банке немного денег и отправилась по магазинам. Купила кое-что из одежды, затем зашла в ресторанчик пообедать и в честь начала новой жизни заказала бокал вина.

Медленно смакую вино, Надя лениво разглядывала зал. Плотоядно алые скатерти явно были рассчитаны на то, чтобы возбуждать аппетит посетителей. Что здесь не имело смысла, поскольку готовили в этом ресторане отменно.

Посетителей было немного: несколько влюбленных парочек да компания партнеров по бизнесу, закрепляющих пиршеством удачную сделку.

Наде стало скучно, и она, прикрыв рот ладошкой, зевнула. Вдруг она почувствовала сзади легкое прикосновение и от неожиданности вздрогнула. Подняла голову и увидела сияющую Марфу Байзюк.

Оливковое платье с глубоким декольте обтягивало соблазнительную фигуру певицы. Огромные изумруды оттягивали аккуратные ушки и подчеркивали ее дивные зеленые глаза.

Оказалось, Марфа была не одна, а с молодым красавцем. Тот с любопытством скользнул взглядом по Наденьке и улыбнулся, обнажив белоснежные, ровные зубы.

— Наденька, я рада тебя видеть. Знакомься, это Влад, — кивнула на красавца Марфа.

Надя пригласила их за столик.

Усевшись, Марфа томно прищурилась.

— Я смотрю, ты без супруга. — И шепнула своему спутнику: — Это любовница Альберта Барятьева.

— Я понял, — сверкнул он глазами.

Наденьке стало неуютно. Она нагнулась к Марфе и шепнула:

— Вам, наверное, нужно остаться вдвоем, я, пожалуй, покину вас.

Но Марфа горячо дыхнула ей в ухо:

— Нет, не уходи. Я, наоборот, не хочу оставаться с ним наедине. Надоел.

Наденька поняла это по-своему:

— Если боишься, что я твоему мужу расскажу, не бойся, я вас не выдам.

Глава 38
Гибель мужа Марфы

Наши дни, Москва

Хмурое утро принесло плохие новости. Во время завтрака Марфе позвонили на мобильный телефон и сообщили, что с ее мужем Петром Антоновичем Байзюком произошло несчастье.

Марфа побледнела и уронила мобильник.

— Петр умер!

Павлина поперхнулась кофе.

— Вот тебе, бабушка, и Юрьев день! Что случилось-то?

— Петр умер, — повторила Марфа.

На лице Павлины расцвела двусмысленная улыбка.

— Надо же, как вовремя!

— Павлина, прекратите! — вмешалась Александра. — У человека трагедия, а вы со своими грязными домыслами!

Схватившись за виски, Марфа простонала:

— Мне срочно нужно домой, там ребенок... Боже, с кем он?..

Обняв ее за плечи, Александра шепнула:

— Конечно, езжайте. Сейчас вызовем такси...

— Я тебя отвезу, — неожиданно предложила Павлина.

Смахнув слезы, Марфа молча отправилась одеваться. Павлина последовала за ней.

Александра с Костиком вышли их провожать и у ворот встретили клиентку — фотомодель Алену Светозарову.

Девушка ошеломленно уставилась на выезжающих со двора Марфу с Павлиной.

— Ой! — возбужденно всплеснула она руками. — Это же Марфа Байзюк! Сейчас все только о ней и говорят!

— Да, Марфа, — вздохнула Александра. — Идемте на сеанс, хорошо, что вы пришли пораньше.

Алена не унималась.

— Вы что, не слышали последние новости?

— Нет, — насторожилась Александра. — А что за новости?

Укладываясь на кушетку, Алена изрекла:

— Горничная убила Петра Байзюка.

— Да что вы? — поразилась Александра. — И как это произошло?

— Не знаю, — нахмурила гладкий лобик Алена. — В машине услышала, в последних известиях по радио сообщили.

— Надо же! Бедная Марфа, — вздохнула Александра.

— Почему бедная? — с нескрываемой завистью, язвительно отозвалась Алена. — Она теперь очень богатая вдовушка. Небось, счастлива, муж ведь с ней разводиться собирался. Не успел, — хохотнула она.

— Не будьте такой жестокой, Алена, — укорила ее Александра. — Видели бы вы Марфу, когда она узнала о смерти мужа, на ней лица не было.

— Ой, да бросьте! Знаю я Марфу. Такая артистка — ей соврать, что плюнуть.

Александра нахмурилась.

— Давайте не будем отвлекаться и поговорим о вашей проблеме...

Павлина приехала к вечеру одна.

Все обитатели дома собрались на кухне. Даже Зинаида приковыляла. Александра сама приготовила спагетти с помидорами и тертым сыром. На середину стола она водрузила миску с жареными покупными котлетами.

— Рассказывайте, — потребовала она у Павлины.

— Прошу прощения, голодная как зверь. Давайте сначала поедим. А то Марфа даже чашку чая не предложила, ходила там как королева. — И лишь проглотив две котлеты, Павлина вновь заговорила: — Ну что, мы приехали, а в доме полно полиции, девицу эту, горничную, арестовали. В спальне кровищи, ужас! Девка ударила хозяина кухонным ножом и попала в артерию, он истек кровью. Всех допрашивали.

— А почему решили, что это горничная? — прервала ее Александра.

— Потому что девица с убитым в кровати заснула, а нож с ее отпечатками рядом валялся.

— Она что, ненормальная? — подала голос Зинаида. — Убила и там же легла спать?

— Глазищи у нее какие-то мутные были, страшные, — усмехнулась Павлина. — Какой-то дури они с Петром приняли, вот она его и зарезала, как курицу.

— Она созналась? — поинтересовался Костик.

— Какое там! — отмахнулась Павлина. — Твердит, что ничего не знает, ничего не делала. Но так все преступники говорят. В доме, кроме нее, посторонних не было. Полицейские все камеры видеонаблюдения проверили, охрану допросили.

— А что, охранники ничего не слышали? — с сомнением протянула Александра.

— Так я же говорю, горничная с Байзюком в спальне были, какой-то наркотической дряни приняли, ей, скорее всего, что-нибудь померещилась, она его и пырнула. Байзюк умер и даже не понял, что с ним произошло.

— Жутко! — поежилась Александра. — Единственное утешение, что ребенок при Марфе останется.

— И все деньги, — заметила Павлина. — Да, повезло ей сказочно. И, главное, как вовремя это случилось.

— Да, повезло. А нам надо срочно домработницу искать. А то Марфа уехала, а она брала на себя и готовку, и уборку, — вздохнула Александра.

— Через недельку я выздоровею и смогу снова работать. А пока вы же хотели пригласить одну из домработниц, которые при старых хозяевах работали, — напомнила Зинаида.

— Не получится. Одна из себя царицу корчит, вторая неизвестно куда делась, — раздраженно бросила Александра.

Павлина поела и обреченно потащилась к раковине. Вымыла свою тарелку и предложила:

— А давайте обеды в ресторане заказывать, а посуду мыть каждый по очереди.

После ужина все разбрелись по своим комнатам.

Александра открыла ноутбук и заглянула в почтовый ящик, там было пусто. Она зашла на страничку Марии Сушкиной, но девушка по-прежнему не появлялась в сети.

Интернет пестрел заголовками об убийстве бизнесмена Петра Байзюка. Александра позвонила Марфе, чтобы сказать какие-нибудь ободряющие слова.

Марфа ответила сразу, и Александра сначала даже не узнала ее голос, настолько он был уверенным и деловым. Александра растерялась.

— Я хотела выразить соболезнования…

— А, это! — нервно рассмеялась Марфа. — Убит своей любовницей, что тут скажешь?! Может, это плохо, но я чувствую облегчение. Так что не беспокойтесь, я в порядке. Как только будет свободное время, заберу свою машину, она вам не сильно мешает?

— Да нет, не мешает. Держитесь, у вас сейчас столько забот, — пробормотала Александра.

Закончив разговор, задумалась:

«О времена, о нравы! У женщины убили мужа, а она не скрывает своей радости. Из приличия хотя бы какую-нибудь скорбь изобразила. Нет, все открытым текстом. Человек погиб, ведь между ними наверняка было не только плохое, но и хорошее, да и состояние он ей какое оставил! Ни милосердия, ни страдания в голосе Марфы не слышно. Чудовище, а не женщина».

Внезапно завибрировал мобильник. На экране высветился незнакомый номер. Александра ответила.

— Вы мне карточку свою оставили, — сразу, без приветствий, начал женский голос. — Так вот, я подумала и решила согласиться работать у вас.

— Серафима, это вы?! — удивилась Александра.

— Я, — ответила женщина. — Так вам нужна еще домработница?

— Да, приезжайте завтра с утра, адрес же вы помните?

Глава 39
Кончина Беллы Леонидовны

1990-е, Москва

Барятьев появился на пороге Надиной коммуналки через две недели. В стельку пьяный, растрепанный, несчастный и весь в слезах. Он сообщил, что Белла Леонидовна умерла.

— Надя, почему ты от меня ушла? — рыдал он. — Бросила меня, и мама умерла!

У Наденьки тоже хлынули слезы.

— Как же так? Ведь она шла на поправку...

— Вот так, — беспомощно развел руками Альберт и всхлипнул. — Как ты ушла, она слегла, и вскоре ее не стало.

Наденька сняла с него мокрый от дождя плащ и повесила на вешалку. Усадив Альберта в кресло, она поставила чайник и с отчаянием проговорила:

— Мне не верится, что Беллы Леонидовны больше нет!

Обхватив голову, Альберт горестно зарыдал:

— Я тоже не верю, что мамы больше нет!

Наденька перекрестилась и прошептала:

— Царство ей небесное! Вечная память.

Горе Альберта было настолько глубоким, настолько беспредельным, что Наденьке стало не по себе. Она бросилась к нему, прижала его голову к своей груди и начала рыдать вместе с ним.

— Не бросай меня, Наденька, возвращайся домой, я умру без тебя, — бормотал он сквозь слезы.

Ее сердце сжималось от боли, она целовала его мокрое от слез лицо и шептала:

— Никогда не брошу тебя, всегда буду с тобой.

В тот же вечер она вернулась вместе с Альбертом в огромный опустевший дом.

Сейчас, когда Белла Леонидовна ушла в мир иной, Наденьке помнилось о ней только хорошее, и она искренне верила, что любила свекровь.

В первое время после смерти матери Альберт не отходил от Наденьки ни на шаг и был беспомощен, словно малый ребенок.

Горе окончательно и бесповоротно сблизило их и породнило.

Спустя год после похорон матери Альберт наконец-то сделал Наденьке предложение, и они поженились. Свадьба прошла скромно, в кругу близких друзей.

Жизнь потекла размеренно и спокойно. Альберт вернулся в театр, стал сниматься в кино, а Наденька занялась реализацией планов и проектов мужа, одним из которых был проект создания музея рода Барятьевых в их родовом гнезде. Были еще другие проекты. Один из них — создание киностудии. Но все требовало больших финансовых вложений, которых пока не было.

Помимо этого, Барятьевы принялись оборудовать и устраивать свое гнездышко в доме-музее.

Из комнаты, в которой жила Белла Леонидовна, Альберт сделал своего рода мемориальную комнату.

Как-то среди ночи Наденька проснулась от шума, доносящегося из коридора. Увидев слабый свет, льющийся из полуоткрытой двери бывшей спальни Беллы Леонидовны, она вошла туда.

Альберт стоял у кровати матери и разговаривал с ней. На полу, комоде, подоконнике стояли зажженные свечи.

Отсутствующий, устремленный в пустоту взгляд Альберта напугал Наденьку. Он даже не заметил появления жены и продолжал, отчаянно жестикулируя, рассказывать матери о своих проблемах.

Наденька настолько растерялась, что в первый момент не знала, что ей делать. Она осторожно коснулась его руки.

— Альберт, — едва слышно произнесла она.

В голосе Нади было столько нежности и любви, что он вздрогнул и застыл. Затем закрыл глаза и печально произнес:

— Ты думаешь, я сошел с ума? Нет, просто я не могу смириться с болью потери. У меня здесь, — коснулся он своей груди, — жжет, очень сильно жжет.

Надя крепко обняла мужа.

— Я ничего такого не думаю, я чувствую твою боль, как свою, но у тебя завтра съемка, поэтому сегодня ты должен выспаться.

— Ты не поверишь, я спал, и вдруг мама позвала меня. Я пришел и зажег свечи, ведь духи не любят электричества.

Задув свечи, Наденька отвела Альберта в спальню и уложила в кровать.

— Если хочешь, мы проведем спиритический сеанс, и ты пообщаешься с Беллой Леонидовной.

Уложив мужа спать, она долго ворочалась, размышляя о том, что Альберт сильно сдал в последнее время. Он стал сентиментальным и набожным.

Наденька тоже стала прихожанкой старинной небольшой церквушки неподалеку от дома и часто советовалась со своим духовником, священником отцом Пименом. Но как быть в этой ситуации, не знала, ждала, что Альберт сам поговорит о своей проблеме со священником.

Работа отвлекла Альберта, он стал реже заглядывать в комнату матери, и Наденька успокоилась.

Но вот съемки закончились, и он заговорил о клонировании матери или вызове ее духа.

Чтобы облегчить страдания Альберта, Наденька ударилась в оккультные науки и стала изучать процедуру проведения спиритического сеанса.

Как-то, включив телевизор, она с изумлением увидела своего мужа в шоу, где он трогательно рассказывал об общении с умершей матерью.

Не выдержав, она завела с ним об этом разговор во время ужина.

— Я не совсем понимаю, зачем ты рассказываешь прилюдно такие интимные подробности? Ведь это очень личное, тайное, духовное...

Альберт неожиданно пришел в ярость и, швырнув вилку, зарычал:

— Любишь ты испортить настроение! А почему я должен это скрывать?! Что в этом дурного?! Я человек публичный, и многим интересно знать про меня, про мой внутренний мир!

Наденька испугалась, попыталась его успокоить:

— Ты меня не понял, я хотела сказать другое.

Но было поздно, Альберт ушел в свой кабинет и закрылся.

Убрав со стола, Наденька отправилась в спальню.

Слабо освещенные лестница и коридор своей мрачностью вдруг навели на нее жуткую тоску, в памяти всплыли слова Беллы Леонидовны, которые она время от времени повторяла, — что в доме живет зло. И тут же у Нади родилась идея, о которой она решила рассказать Альберту.

Глава 40
Сушкина вырвалась на волю

Наши дни, Подмосковье

Никогда Мария Сушкина не думала, что попадет в такую скверную историю. Перспектива проработать в этом доме бесплатно два года ужасала ее. Входная дверь была всегда заперта. Добраться до телефона ей не удавалось, а наблюдая за хозяевами, девушка начала подозревать, что они нарочно придумали историю с деньгами. Наверняка мошенники. Только все равно она не понимала, зачем им нужна.

И только сегодня наступила ясность.

Утром за завтраком, когда Мария разливала Георгию и Виолетте дешевый растворимый кофе, хозяин коварно улыбнулся и спросил:

— А хочешь, мы тебе простим долг и дадим свободу?

Несчастная пленница от неожиданности даже кипяток себе на руки пролила. Поставив чайник на место, она воскликнула:

— Конечно, хочу!

— Ты с кипятком-то поосторожнее, — прикрикнул Георгий. — А то останешься здесь насовсем, во дворе тебя и зароем.

— Я нечаянно, — жалобно проговорила Мария.

— Ладно, садись, поговорим, — сменил Георгий гнев на милость.

Мария осторожно присела на краешек стула и с готовностью уставилась на него.

— Для начала расскажи, что тебе известно о семье Барятьевых?

— Барятьевых? — удивилась Мария. — А что о них рассказывать?

— Только вот не то, что Барятьев тебя любил и ребенка от тебя хотел. Мне эту туфту не гони. Правду давай.

Мария растерянно захлопала глазами.

— Расскажи, как попала туда? — продолжал допрос Георгий. — А лучше расскажи сразу про клад.

— Про клад? — испугалась Мария. — Да я про него ничего не знаю.

Хозяева переглянулись.

— Тогда останешься здесь, — ехидно бросил Георгий.

Марии стало страшно. Во рту пересохло, и она осипшим голосом выдавила:

— Могу только рассказать, что от Надежды слышала, только я не верю, что в доме есть клад.

— Не твое дело — верить или не верить. Рассказывай! — потребовал хозяин.

Боязливо заморгав, Мария рассказала, как слышала, что Надежда хвасталась своей подруге, будто в доме есть ценный клад, какие-то бумаги аж времен Ивана Грозного и драгоценности, только где все это спрятано, она не знала.

Георгий задумался, а его супруга воскликнула:

— Я же тебе говорила!

— Погоди, не мешай, дай поговорить. — Он вдруг ядовито усмехнулся, глядя на Марию. — А почему бы тебе, красавица, не устроиться на работу в тот дом к новым хозяевам?

Девушка округлила глаза от ужаса.

— А кто меня туда возьмет? Да там, наверное, никто и не живет.

— Живут, — нахмурился Георгий. — Надо только подумать, как тебя туда пристроить. У самой мысли есть на этот счет?

С перепуга Мария даже не поняла, что он обращается к ней.

Георгий раздраженно повторил вопрос. Мария вздрогнула и закрутила головой:

— Нет, у меня никаких мыслей нет.

— Оно и видно, — мрачно пробурчал хозяин. — Дура дурой. Боюсь, ничего у нее не получится.

Виолетта угрожающе прошипела:

— Не справится — один выход, во дворе закопаем.

Мария дернулась всем телом и заверещала:

— Почему не получится?! Получится! Зря вы так про меня думаете, я ловкая.

Супруги насмешливо переглянулись.

— Ну что, выпустим ее? — хохотнул Георгий.

— Выпустим, только пусть она сначала весь дом отдраит, все перестирает, перегладит и пусть катится.

— Как это катится? — сделал страшные глаза хозяин. — Помни, зараза, не дай бог, захочешь соскочить, под землей найду!

Дрожа всем телом, Мария торопливо закивала:

— Я все сделаю, как скажете. Честное слово, пречестное. Отпустите, я...

— Тогда не теряй времени, иди делом занимайся, — прикрикнул Георгий. — Как все сделаешь, отпущу.

Не чувствуя под собою ног от радости, Мария понеслась работать.

Пока Георгий с Виолеттой, понизив голоса, обсуждали свои тайные планы, Мария как заведенная чистила, драила, мыла, а потом принялась за стирку.

К вечеру она валилась с ног от усталости и спала как убитая.

А утром проснулась рано и принялась гладить непросохшее белье.

Когда Георгий вышел в коридор, потягиваясь и зевая, его изумлению не было предела. Мария, собранная в дорогу, сидела на стуле рядом со своей сумкой.

— Ты что, обалдела, в такую рань собралась? — буркнул Георгий.

— А я уже все сделала, — кротко улыбнулась девушка.

Георгий почесал бок.

— Все равно тебе придется обождать. Сначала Виолетта у тебя работу примет, а потом я тебя в город отвезу, а то отсюда ты сама не выберешься. А сейчас пойдем на кухню, расписку напишешь, что триста тысяч мне должна.

— Зачем? — взвизгнула Мария. — Мы же договорились!

— Затем! Чтобы ты фортеля не выкидывала. Обмануть нас вздумала, украла триста тысяч...

— Но вы можете проверить мои вещи, — жалобно заныла Мария.

— Хватит! — крикнул Георгий. — Пиши давай.

Он принес из своей комнаты лист бумаги и ручку. Под его диктовку Мария кое-как накорябала расписку. Георгий прочел, улыбнулся и спрятал документ.

— Я все сделала, когда поедем? — мрачно спросила Мария.

— Дай позавтракать, — огрызнулся он.

В дверях бесшумно появилась заспанная Виолетта.

— Вы чего орете, спать не даете!

— Вот, полюбуйся, девушка утверждает, что все сделала, прими у нее работу.

— Ты сумку у нее проверь, наверняка там мои деньги, — зевнула Виолетта.

— Проверю, а вы пока сходите вместе и посмотрите, что и как она сделала, а то ей на слово верить нельзя.

Мария молча проглотила обиду и поплелась за Виолеттой. Хозяйка долго рассматривала подоконники, пол, окна. Но Мария постаралась на славу, и как Виолетта ни источала яд, найти огрехов не смогла.

Они спустились вниз. Георгий уже был одет и ждал Марию.

Подхватив ее сумку, он хмуро процедил:

— Поехали.

Мария опрометью кинулась за ним.

— Может, «спасибо» и «до свиданья» все-таки скажешь? — насмешливо крикнула вслед Виолетта.

Испуганно запнувшись на ходу, Мария послушно сказала:

— Спасибо, до свиданья.

Глава 41
Встречи с духами умерших

1990-е, Москва

Альберт с воодушевлением принял идею Наденьки и загорелся созданием живого музея. Надежда нашла талантливого художника, который помогал осуществлять все их задумки. А фантазия у Альберта была богатейшая.

Помимо этого, Надя увлеклась спиритизмом и начала глубоко изучать его. Приобрела все необходимые атрибуты и наконец при помощи знакомых медиумов провела первый сеанс.

Об этом сразу пронюхали журналисты и налетели на Барятьевых, словно осы на варенье. В прессе появились интригующие статейки, и вокруг семьи возник ажиотаж. Наденька прослыла лучшим медиумом Москвы. Чтобы пообщаться с умершими близкими и родственниками, к ней выстроилась большая очередь желающих. Это даже стало приносить ощутимый доход, потому как богатые люди, когда их приглашали на сеансы, жертвовали немалые средства на создание музея.

И тем не менее светский образ жизни требовал больших трат, и Барятьевы стали сдавать в аренду часть комнат в особняке.

На почве спиритизма Марфа Байзюк сблизилась с Наденькой и стала ее усердной ученицей. Марфа даже уговорила мужа арендовать у Барятьевых несколько комнат, причем за приличные деньги.

Но для воплощения своих планов в жизнь Альберту и Наде пришлось жестко ограничивать себя в расходах. Пришлось даже продать некоторые драгоценности Беллы Леонидовны. Те деньги, которые Барятьевы успели заработать раньше, пропали в результате дефолта, поэтому они радовались, что успели по случаю хотя бы дачу прикупить.

А благополучная Марфа прилипла к Наденьке и день и ночь торчала в особняке. И многое узнала о жизни семейства: об Альберте, о Наде, об их отношениях. На самом деле для Марфы спиритические сеансы были лишь прикрытием, а основной причиной как можно чаще появляться в доме Барятьевых был Альберт. Он уже давно волновал воображение Марфы, и ей страстно хотелось завести с импозантным артистом интрижку. Но мешала Надя, она постоянно находилась рядом с мужем. Да и Альберт мало обращал на Марфу внимания, несмотря на ее головокружительные наряды.

В очередной раз в гостиной на сеанс собралось немало народа.

Светлая чудесная летняя ночь не очень способствовала общению с духами. Уж больно она была хороша. И даже метание пламени свечей не придавало таинственности, столь необходимой для мрачного, оккультного ритуала. Хотелось мечтать о чем-нибудь высоком, например, о любви.

Марфа специально села за стол рядом с Барятьевым и легонько, словно невзначай, касалась его своей коленкой. Но он завороженно смотрел на руки жены, парившие над фарфоровым бледно-молочным блюдцем, и поползновений Марфы не замечал.

Марфу это сердило, но одновременно и заводило, имея азартный характер, она во что бы то ни стало хотела добиться своей цели и завоевать Барятьева. Тем более что она была не очень высокого мнения о достоинствах Наденьки и считала ее серой мышкой. Марфу задевало, что Альберт не обращает внимания на нее, признанную красавицу.

— Дух Бориса, — словно сквозь вату доносился до Марфы Надин голос, — ты здесь?

Скосив глаза на Барятьева, Марфа легонько прижималась к нему. Но Альберт не реагировал. Марфа слышала его дыхание, чувствовала запах его парфюма, и это волновало ее, у нее даже закружилась голова.

Окружающие вдруг задвигались, возбужденно жестикулируя, загалдели, и Марфа вернулась в реальность.

— Феноменально! — верещала неизвестная Марфе худющая моложавая дама с высокой прической, сидевшая напротив. — Это Боря! Никто этого не мог знать! Только Боря. Вы волшебница, Наденька! — умильно сжимала она руки в кулачки, прижимая их к тщедушной груди. — Не ожидала, честное слово.

Сеанс закончился, Альберт погасил свечи и включил свет. По залу, словно сизый туман, поплыл легкий дым от свеч.

Разочарованно вздохнув, Марфа присоединилась к Наденьке, которая расставляла на заранее накрытом столе бокалы под шампанское для легкого фуршета, и стала ей помогать.

— Господа, — воскликнула Наденька. — А теперь я приглашаю вас к столу. Давайте расслабимся после столь сложного мероприятия и подкрепим силы, мы отдали духам слишком много энергии.

Гости потянулись к столу. В зале было человек двадцать. Кто-то уселся на диван, кто-то на стулья, кто-то стоял, но ни один гость не осмелился вернуться к столу, на котором только что как безумное плясало фарфоровое блюдце.

Пухлая дама в черном печально сморкнулась в кружевной платочек и закатила глаза.

— У вас здесь такая атмосфера, все пронизано потусторонним миром. Мне кажется, что я все еще чувствую присутствие моего дорогого брата.

Наденька улыбнулась.

— Вы правы, иногда мне кажется, что здесь ворота в иной мир, что здесь витают души.

Сзади неслышно подошел Альберт и обнял жену за плечи.

— Ты права, мой ангел. Я тоже часто чувствую присутствие моей мамы. Мне кажется, она не покидает этот дом, ведь он принадлежал ее предкам.

— Да что вы? — заинтересовалась дама. — Этот огромный дом был раньше вашим?

— Да, — гордо ответил Альберт. — Он всегда был наш. Родовое гнездо. Так что здесь бродят тени моих умерших родичей.

— Это так интересно, — пролепетала слегка осипшим от испуга голосом молодая женщина, с бокалом шампанского в руках подошедшая к хозяевам. — Здесь, наверное, и призраки есть?

— Конечно, — подтвердил хозяин.

— А их можно увидеть? — встряла пухлая дама в черном.

— Можно, — вкрадчиво ответила Наденька. — Но они появляются только ночью.

— Но ведь сейчас уже за полночь, — пискнула молодая женщина.

В этот момент внезапно моргнул и погас свет.

Альберт бросился к щитку, находившемуся в коридоре. Ночь была светлая, из больших окон лился лунный свет. Гости быстро освоились в темноте и смогли различать очертания предметов. Альберту пришлось сложнее, так как в коридоре окон не было. И он, чертыхаясь, на ощупь пытался найти фонарик, который всегда лежал на тумбочке рядом со щитком, но, как назло, фонаря на месте не оказалось.

— Надя! — раздраженно крикнул он. — Ты фонарь не брала?

— Нет, — ответила она. — Должен лежать на месте.

— Ой, я, кажется, знаю, где он, — прощебетала Марфа. — Я сейчас, — и бросилась на голос Альберта. Она быстро нашла его в темноте и словно невзначай прижалась к мужчине всем телом.

— Черт, кто это? — вырвалось у Альберта.

— Это я, — томно шепнула Марфа. — Я сегодня вечером здесь видела фонарик.

— И где он? — Их руки соприкоснулись, между ними словно пробежал ток.

— Марфа, это ты? — шепнул Альберт, его руки скользнули по ее груди, он на мгновение обнял ее, но тут же резко отпрянул. — Где же фонарик?

Марфа хрипло хохотнула и, ощупывая стену и пол, начала искать фонарь.

Внезапно свет зажегся, гости загалдели и, прощаясь, потянулись к выходу.

Сконфуженный Альберт виновато взглянул на Марфу. Бесстыдно улыбаясь, она вызывающе облизнула губы. Он отвел глаза.

— Вот вы где! — послышался голос Наденьки. Она обвела их проницательным взором. — Что это у вас руки дрожат, будто цыплят воровали?

Уставившись на подругу простодушным взглядом, Марфа кротко проворковала:

— Задрожат тут руки, фонарик искали.

Но Наденька, глядя на ее румянец и блестящие глаза, мрачно ответила:

— Шла бы ты домой, Марфа, поздно уже.

А Альберт между тем уже направлялся к лестнице. Выглядел он сконфуженно. Криво усмехнувшись, Марфа бросила:

— Это не то, что ты думаешь, Наденька.

— Откуда тебе знать, что я думаю? — подталкивая подругу к выходу, процедила Надя.

Глава 42
Страсть Марфы

Несмотря на трудности в семье, Наденька с Альбертом чувствовали себя счастливыми, но тут стряслась беда: сначала умер отец Нади, затем слегла мать.

Наденька уговорила Альберта забрать мать к себе.

Альберт оказался заботливым, нежным зятем и ухаживал за тещей, словно за родной матерью.

Тем не менее, несмотря на прекрасный уход, мать Наденьки постепенно угасала и однажды зимним утром они нашли ее в постели без сознания. Через несколько дней она умерла на руках у дочери.

Только в тот момент Наденька поняла, как много значила для нее мать. И осознала, как глубока и безвозвратна потеря.

Теперь она поняла, насколько тяжело было Альберту. Боль от того, что она никогда не увидит маму, никогда не услышит ее голоса, приводила Надю в безысходное отчаяние. И она блуждала между реальным миром и сумеречным миром теней, в котором ощущала присутствие родителей.

Наденька на время бросила заниматься спиритизмом. У нее не было на это ни физических, ни душевных сил.

Соответственно, финансовое положение семьи ухудшилось, так как в театре платили немного, а сниматься в кино Альберт стал реже. Все драгоценности, оставшиеся от Беллы Леонидовны, продали. А деньги были необходимы позарез, так как дом требовал немалых расходов. То крыша протекла, то трубы требовали замены, то канализация засорялась... И так до бесконечности. Не говоря уже о коммунальных платежах, которые росли с катастрофической быстротой.

Альберт целыми днями проектировал живой музей. Наденька радовалась, что он занят делом. Он с азартом рассказывал жене о своей задумке:

— Мы теперь деньги будем грести лопатой! Опять начнем проводить спиритические сеансы. Надо к этому делу привлечь Марфу.

— Марфу?! — взвилась Наденька. — Зачем нам Марфа, я сама со всем справлюсь.

— Марфа женщина активная, приведет много состоятельного народа. И не возражай! — заметив на ее лице негодование, произнес Альберт. — Мне Марфа самому не нравится, но она нужна для дела.

Нахмурившись, Наденька недовольно кивнула.

— Ладно, если ты уверен, что так лучше, приглашу.

На спиритический сеанс Марфа явилась в черном облегающем платье с глубоким декольте, в изящной шляпке с вуалью и в черных ажурных перчатках до локтей. Загадочное, томное выражение глаз благодаря обильным темным теням завораживало, а бледное напудренное лицо с кроваво-красными губами роднило Марфу с героинями фильмов про вампиров.

Слегка напуганные предстоящим ритуалом новички — участники оккультного действа не могли оторвать взгляда от Марфы. Наденька рядом с ней нарядом напоминала монашку. Черное скромное платье, отсутствие макияжа и украшений делали ее незаметной. Но это как раз более всего выделяло ее среди нарядно одетых участников мероприятия.

Альберт тоже был одет во все черное. Черная рубашка, черный бархатный пиджак, черные брюки, а на груди на толстой цепи висела круглая серебряная бляха с таинственным знаком. Старинный перстень с огромным алым камнем дополнял магический облик хозяина дома. Несмотря на возраст, он был еще очень хорош собой. Седина придавала Альберту благородство и особую импозантность.

Увидев его, Марфа застыла. Ее сердце часто застучало, к щекам прилила кровь. Она жадно облизнула губы.

«Боже мой, я давно бы захомутала его, но Надька близко к мужу не подпускает. После того случая несколько месяцев со мной не общалась… А тут вдруг позвонила и пригласила. — И у Марфы сладко зашлось сердце. — Наверное, Альберт приказал. Неужели я все-таки небезразлична ему?! Ну все, теперь он точно будет мой!»

Настала полночь, все расположились за длинным овальным столом, на котором стояли зажженные свечи.

Альберт выключил свет и открыл форточку. Затем пробрался на свое место и уселся между Наденькой и Марфой.

Марфа придвинулась к нему, прижалась к его боку и забыла обо всем на свете.

Наденька в этот момент замогильным голосом взывала к духу умершего родственника одной из участниц.

— Если ты здесь, дай нам знать…

Все за столом затаили дыхание, лишь Марфа не видела и не слышала ничего, она с блаженным видом предалась волшебным, любовным мечтам.

Внезапный громкий всеобщий возглас изумления застал Марфу врасплох. И только тогда она увидела над столом светящееся прозрачное облако, смутно напоминающее по форме человеческую фигуру.

От страха у Марфы исказилось лицо, она закрылась руками, защищаясь, и прошептала:

— Что это?!

Альберт произнес:

— Думаю, призрак.

Облако вознеслось к потолку и мгновенно растаяло. В наступившей тишине пронесся легкий вздох. Оцепеневшие от ужаса участники мероприятия, кажется, даже забыли, зачем они здесь, и сидели молча, выпучив от ужаса глаза.

Первой в себя пришла Наденька:

— Господа, нужно закончить сеанс.

Наденька завершила общение с потусторонними силами, Альберт закрыл форточку и включил свет.

Насмерть перепуганные гости сидели, не шевелясь, и только Марфа, опомнившись, пролепетала:

— Что это было?

— Привидение, — повторил Альберт. — Я же говорил, в доме обитают духи.

— Духи? — боязливо произнесла одна из присутствующих дам. Ее худое лицо страдальчески исказилось. — Значит, здесь действительно был астрал моего мужа? — Она вытащила кружевной платочек и вытерла несуществующие слезы. — Я бы хотела задать ему очень важный вопрос, но не при свидетелях.

— Конечно, это можно сделать, но в другой раз, — участливо ответила Наденька. — Духи не любят, когда их часто тревожат.

Вмешалась еще одна дамочка:

— Я тоже хотела вызвать дух своей матери.

Очередь росла. Желающих пообщаться с умершими оказалось немало. В эту ночь Наденька получила много заказов на общение с духами, и казна Барятьевых пополнилась солидными благотворительными взносами.

Глава 43
Ночной гость Марии

Наши дни, Москва

Александре приснился дурной сон, и она проснулась среди ночи.

Сквозь неплотно прикрытые шторы лился слабый лунный свет. Откуда-то тянуло холодом, и она закуталась в одеяло. И вдруг заметила, что дверь в ее спальню открыта. Александра накинула халат и позвала собаку, но Альмы в комнате не оказалось. В коридоре было темно. Почувствовав тревогу, Александра взяла фонарик и пошла искать болонку.

На втором этаже Альмы не было, и она спустилась вниз. В фонарике сели батарейки, он мигнул и погас.

На ощупь Александра нашла спальню Марии, дверь была открыта, но домработницы там не оказалось. Зато в соседней комнате раздался собачий визг, там и обнаружилась Альма.

Взяв собаку на руки, Александра направилась к лестнице, и вдруг до нее донесся неясный шум. Где-то в доме тихо разговаривали мужчина с женщиной.

Ошеломленная Александра двинулась на звук голосов. Но хлопнула дверь, и раздались торопливые шаги.

Прижав собаку к груди, Александра застыла посреди коридора.

Наткнувшись в темноте на хозяйку, Мария испуганно ойкнула.

— Это я, — недовольно пробурчала Александра. — Альму искала, а ты чего в потемках бродишь?

— Да мне послышался шум, вот я и пошла посмотреть.

— И что?

— Нет никого, показалось, наверное.

— А зачем ты Альму заперла?

— Она из вашей комнаты убежала и лаять начала, я боялась, что всех перебудит, и закрыла ее здесь.

— Как же собачка сама дверь открыла? — язвительно фыркнула Александра. Ей нестерпимо хотелось спросить про мужской голос, но она сдержалась, решив отложить разговор на утро.

— Не знаю как, но Альма прибежала сюда и громко лаяла, — оправдывалась Мария.

Александра поднялась по лестнице, зашла в комнату Зинаиды. Окна ее комнаты выходили на сторону запасного выхода.

Зинаида безмятежно похрапывала и не отреагировала на появление хозяйки.

Александра уставилась на улицу. Вокруг было пустынно, лишь неугомонный ветер печально раскачивал чернеющие ветви берез с пожухлыми остатками листвы.

Нина Литвинец

Александра вздохнула и ушла к себе. Но тревожные мысли долго не давали ей заснуть. Спустя три дня после того, как приехала Серафима, позвонила Мария и взволнованным голосом затараторила:

— Я прочитала ваше сообщение по поводу работы в «Одноклассниках» и согласна на ваше предложение. Тем более что я работала в этом доме в семье артиста Барятьева.

— К сожалению, вы опоздали, — вздохнула Александра. — Я уже взяла на работу человека.

Мария расстроилась и со слезами в голосе начала уговаривать Александру взять ее на работу хотя бы за стол и проживание.

— Я так рассчитывала на вас и даже отказала одной семье, и они тут же взяли другую домработницу. Все-таки мне в этом доме все знакомо, возьмите меня, пожалуйста, не надо мне денег, а я за то время, пока поработаю у вас, найду себе место, — умоляла она. — У нас тут работы вообще нет. — И Александра согласилась. А сейчас она размышляла, что же заставило Серафиму передумать и приехать сюда, неужели действительно заработок, как она заявила, или что-то другое, и почему так рвалась в этот дом Мария и пришла работать за ночлег и еду.

Промаявшись чуть ли не до рассвета, Александра наконец забылась сном и проспала до десяти. Ее разбудила Серафима, сообщив, что пришла клиентка.

В ожидании психолога управляющая сетью продуктовых магазинов Галина Самарина задумчиво разглядывала цветные пробирки с ароматическими маслами.

— Извините, проспала, — пробормотала Александра. — Впервые со мной такое.

— А я уже разволновалась, не случилось ли чего, жизнь-то сейчас какая! Вон у Марфы Байзюк мужа маньячка убила. И он, оказывается, не первый, кого она порезала. Девица-то больная, а как, спрашивается, она в их дом попала? — торжественно вопросила Галина. Ее идеально круглая силиконовая грудь взволнованно вздымалась.

— Вы хотите сказать, что убийцу специально подсунули Байзюку?

— Нет, я так не думаю, но такая мысль сама напрашивается, — ухмыльнулась Самарина.

— И кто же это мог сделать?

— Тот, кому выгодно, — довольно хохотнула Галина.

— Уж не жена ли его?

— Люди говорят, она, — уклончиво прощебетала женщина.

— Не верю, — нахмурилась Александра. Ей не нравилась эта версия. — Уж больно сложно все, если бы Байзюка заказали, все сделали бы гораздо проще и естественнее.

— Как знать, — ядовито улыбнулась Галина.

— Давайте лучше начнем сеанс, не будем нарушать график, — закончила неприятный разговор Александра.

Проводив клиентку, она позвала Марию Сушкину. Напомнив девушке о злополучной ночи, она потребовала рассказать, с кем та беседовала во втором часу.

Мария изменилась в лице. Сначала она отрицала присутствие мужчины в доме, но под натиском хозяйки, наконец, созналась.

— Это мой молодой человек, — пролепетала она. — Я просто боялась, что вы меня выгоните, и скрыла, что он приедет со мной повидаться.

— Очень зря, — фыркнула Александра. — Пусть приезжает к тебе в любое время, но только не ночью.

— Хорошо, — с облегчением вздохнула Мария. — Я сегодня же позвоню ему.

— Вот и славно. Иди работай.

Александра видела, что девица врет, но нажимать на нее не стала. Это было бесполезно, и она решила проследить за Марией.

Глава 44
Душевный кризис Наденьки

1990-е, Москва

По столице поползли слухи, что в Замоскворечье в доме Барятьевых ночами проводятся черные мессы, а по дому разгуливают призраки. Шептались, мол, хозяева якшаются с нечистой силой. И то, что Барятьевы в свой дом время от времени приглашали батюшку и тот окроплял дом святой водой, не смущало обывателей, они и батюшку обвинили в сговоре с демонскими силами.

Наденьку эти слухи сильно ранили. К тому же Альберт опять стал востребованным и без конца уезжал то на съемки, то на гастроли. Наденька вдруг как никогда почувствовала себя несчастной и одинокой. Она отдалилась от людей, замкнулась в себе и даже начала выпивать. Альберт, и сам время от времени прикладывающийся к рюмке коньяка, не сразу заметил это. А когда заметил, было уже поздно, у Нади ни дня не проходило без алкоголя.

Альберт не знал, что делать. Он хотел положить жену на лечение в клинику, но Наденька умоляла не делать этого, не позорить ее.

— Меня и так все бабы ненавидят за то, что ты на мне женился, а теперь представляю, как они будут смеяться надо мною и радоваться.

Жалость и любовь к жене победили, и Альберт, взяв с нее слово, что она пить не будет, успокоился.

Наденька и впрямь какое-то время держалась, но однажды ее навестила Марфа.

Веселая, модная, в каких-то немыслимых бусах и браслетах, она появилась на пороге мрачного дома, по которому Наденька бессмысленно бродила, неухоженная и унылая. Марфа шумно ворвалась в ее однообразную скучную жизнь.

Окинув быстрым взглядом приятельницу, Марфа мгновенно увидела и нездоровую бледность, и «гусиные лапки» в углах глаз, и тревожную тень смятения в глазах. Обгрызенные ногти и старое платье в цветочек красноречиво кричали о плачевном состоянии духа Надежды Барятьевой. Марфа невольно вздохнула.

Наденька горько усмехнулась, заметив ее удивление.

— Что, не нравлюсь?

Вытащив из пакета бутылку испанского вина и поставив ее на стол, Марфа фыркнула.

— Праздника в твоих глазах не вижу, заездил тебя твой великий артист. Во что он превратил тебя, дорогая?

Наденька поджала губы.

— У нас все с Альбертом хорошо.

Марфа кисло улыбнулась.

— Хорошо так хорошо. Ладно, давай тащи бокалы, я вино принесла.

Хозяйка засуетилась:

— Сейчас фрукты помою, у меня чудесная клубника есть, виноград.

Они устроились в гостиной на диване за маленьким столиком.

После первого бокала вина Марфа опять принялась за Наденьку:

— И все-таки не пойму, почему у тебя такой несчастный вид? У тебя все в порядке?

Наденька сразу вспомнила, как Марфа пыталась соблазнить ее супруга, и поморщилась.

— Счастливый, несчастливый. Да какая разница. Сегодня так, завтра эдак. Альберт меня любую любит.

Марфа наполнила опустошенные бокалы и с лукавой улыбкой воскликнула:

— Вот давай и выпьем за любовь, что так наше сердце греет!

Подняв бокал и полюбовавшись глубоким, играющим в солнечном свете рубиновым цветом вина, Наденька усмехнулась и в сердцах выпалила:

— Какая любовь?! Нет никакой любви!

Марфа изумленно уставилась на нее:

— А как же Альберт? Ты же, насколько я помню, любила его без ума.

Наденька уже опьянела и презрительно изогнула губы.

— Все в прошлом. Да, я его любила, но поняла, что любви нет. Она тонет во всей этой пошлости. — Она обвела рукой вокруг себя. — В быте, в прозе жизни, в обидах...

Марфа подбоченилась.

— Это как сказать. Вот мой Петька без ума меня любит, и не только он, — довольно рассмеялась она. В ее глазах забегали игривые огоньки. Грациозно закинув ногу на ногу, Марфа томно защебетала: — А ты такая красавица, крылья опустила, разве так можно?! Приведи себя в порядок — и вперед.

— Куда вперед? — пьяно захихикала Надя.

— У меня прекрасная маникюрша, — остановила Марфа взгляд на ее руках. И потрясающий массажист, рекомендую. — Она сладко потянулась.

Женщины переглянулись и дружно засмеялись.

— Мне для полного счастья только массажиста не хватает, — хохотала Наденька. От смеха у нее даже слезы на глазах выступили. Внезапно она остановилась и печально произнесла: — Нет, Марфа, мне это все не нужно, не хочу я пачкаться, я Альберта люблю.

От ноток трагизма в ее голосе у Марфы мурашки по спине пробежали.

— Что он, такой особенный, твой Альберт? — сердито бросила Марфа.

— Да, особенный, — заявила Наденька. — Он именно особенный. — Глаза ее наполнились глубокой нежностью. — Таких, как он, больше нет.

Внезапно лицо Марфы вытянулось, она вскочила и глупо заулыбалась.

— Ой, Альберт! Напугал! И давно ты здесь стоишь? Слушаешь нас, а мы тут дурака валяем, — сконфуженно засмеялась она.

Наденька обернулась и увидела мужа.

Альберт подошел к жене и выхватил из ее рук бокал.

— Опять пьешь, ты же мне слово дала!

Вздрогнув, Наденька побледнела и задохнулась от гнева.

— Как ты смеешь?! А впрочем... — Она взмахнула рукой и, давясь слезами, выбежала из гостиной.

Надю душила страшная обида: как он мог унизить ее в присутствии Марфы? А Марфа, по-прежнему не стесняясь, заигрывает с ним! Вспомнив, как у Марфы при виде Альберта заискрились глаза, Наденька умылась и вернулась обратно в гостиную.

Увидев бледную как смерть супругу, Альберт испугался, он знал, что ее бледность — предвестник тяжелого нервного припадка, поэтому, чтобы не провоцировать скандал, он резво вскочил с дивана и исчез за дверью.

— Козел! — задохнувшись от ненависти, прошипела Надя. — Опять от какой-нибудь бабы!

— От бабы? — подавилась вином Марфа. — Он что, тебе изменяет?!

— А то! — фыркнула Наденька. — У него знаешь сколько баб?

— Да ты что! — разочарованно выдохнула Марфа. — А я думала…

Наденька продолжала, словно в горячке:

— Новую бабу завел, по его глазам вижу. С очередной поклонницей замутил. Ты что, разве не знаешь, что для мужиков существует только та женщина, которая проходит мимо в данный момент? Самцы они, их и обвинять за это глупо, это природа. Они просто самцы обыкновенные, их главная задача — как можно больше оплодотворить самок.

Марфа лениво рассматривала вино через прозрачное стекло бокала. Ее интерес к Альберту как рукой сняло. Бабники не нравились Марфе, она предпочитала сильных, стойких мужчин, которых нелегко завоевать.

— Козлы они обыкновенные! — отпив глоток, уныло поддержала она подругу и расплылась в презрительной улыбке. — Держать их в руках надо. Вот мой козел — полный телок, как я скажу, так и будет. Возьми и ты своего в оборот.

Но Наденька горько вздохнула и отрицательно покачала головой:

— Нет, с Альбертом это не пройдет, у нас все наоборот, это он вертит мной как хочет.

Покосившись на дверь, Марфа беззаботно посоветовала:

196

— Да бросай ты его! Другого найдешь. Тоже мне король! Правда, Наденька, разводись, — загорелась она. — Выберемся на тусовку, там мужиков тьма, выберешь себе мачо настоящего.

Наденька допила вино и покачала головой.

— Не нужен мне никто, кроме Барятьева, люблю я его, — мучительно сжала она виски. — Так что, подруга, не подходит мне это.

— Как хочешь, — обиделась Марфа. — Сиди и жди этого старого похотливого козла. У тебя рога уже до небес выросли, — нервно хохотнула она. — Вон я своему ветвистому оленю такие рога отрастила — и ничего, он у меня как шелковый.

Помрачнев, Надя откинулась на спинку дивана.

— Мне этот зоопарк — козлы, телки, олени — не подходит. Я сама себе противна буду, если изменю Альберту...

— Не переживай, он за двоих изменяет. Если тебе нравится, что он постоянно трется с другими бабами, что он эти измены тащит в твою кровать, — тогда терпи и не ной.

Надя потянулась к бутылке.

— Скажешь тоже! Кому это может понравиться? Я иногда его за это так ненавижу, убить готова.

Марфа засмеялась.

— Боюсь, ты не одинока, девяносто процентов баб думают точно так же, а остальные десять просто себе в этом не признаются.

Послышались шаги, и в гостиную заглянул Альберт. Увидев Наденьку опять с бокалом, он нахмурился и процедил:

— Опять пьешь! Я же сказал...

Марфа решила заступиться за подругу и, схватив пустую бутылку со стола, помахала ей.

— Да у нас уже ничего нет, так что не беспокойся. Распили две подруги бутылочку, что такого?

Упрямо сжав губы, Наденька вскочила с места.

— Вино кончилось, я сейчас еще принесу.

Проводив подругу взглядом, Марфа укоризненно покачала головой и прощебетала:

— Ну зачем ты так, Альберт, ведь Надя тебя безумно любит.

Криво усмехнувшись, он опустился на место жены и пристально уставился на гостью:

— Если бы любила, не пила бы.

Закинув ногу на ногу, Марфа, словно невзначай, обнажила идеальные коленки и, облизнув губы, многозначительно улыбнулась.

— Значит, ты, Альберт, неправильно ведешь себя. Я, в отличие от тебя, не вижу, что Надя прикладывается к рюмке. Пара бокалов сухого вина не в счет.

— Ты не в курсе, — отмахнулся он. — Я лучше знаю, как часто моя жена пьет и сколько.

Кокетливо прищурившись, Марфа улыбнулась.

— Если с женщиной что-то не так, в этом виноват мужчина.

— Не тот случай, — пренебрежительно ухмыльнулся Барятьев.

Глава 45
Барятьев находит клад

В жизни Альберта Барятьева наступила черная полоса, ролей ни в театре, ни в кино не предлагали, и он охладел к работе. Засел дома и основательно занялся поисками клада.

Целыми днями он бродил по дому с металлоискателем, а вечерами сидел за летописью предка. Который раз он перечитывал и переписывал фрагменты текста, на его взгляд, указывающие на место расположения клада.

Домработница Мария, которую он взял в помощь Наденьке по просьбе жены двоюродного брата Инны, увидев хозяина со странной штуковиной в руках, делала круглые глаза. Она никак не могла понять, что он делает этим непонятным прибором, а спросить стеснялась. Поэтому поинтересовалась у хозяйки. Наденьке не хотелось посвящать прислугу в семейные дела, и она отшутилась:

— Эхолотом мышей гоняет.

— Неужели у вас так много мышей в доме?! — всплеснула руками Мария.

— Еще как много, — засмеялась Наденька. — Дом-то три столетия стоит.

Мария разохалась.

— Это же надо! Три столетия! — И больше вопросов не задавала.

Обследовав дом, Альберт принялся за подвал. Основная часть подвала оказалась заложена старинной кладкой. Кто и когда это сделал, было неизвестно, но это внушило Альберту надежду.

Сначала он хотел нанять рабочих, чтобы разрушить стену, но передумал и, простучав стену, нашел дверь. Очистив штукатурку, Барятьев открыл дубовую, обитую металлом дверь.

Любопытной прислуге объяснили, что подвал перестраивают для хранения запасов продовольствия. Подвал Марию не интересовал, тем более что она боялась крыс, о наличии которых не преминула шепнуть ей Наденька, и девушка туда ни разу не сунулась.

Нина Дитинич

Когда открыли старинную дверь, Барятьевы испытали неописуемый восторг. Впечатлительной Наденьке померещилось, что в чернильной тьме притаились души живших здесь когда-то родственников Альберта, и даже почудилось, что она слышит их приглушенные голоса.

Перемазанный в известке и пыли Альберт напоминал ей старинного богатыря из сказки. О чем она не преминула сказать, и Альберту это очень польстило.

Вооружившись фонарями, супруги вошли в подвал.

Перед ними открылось обширное помещение со сводчатым потолком, обильно затянутое вековой паутиной и густой темной пылью.

У стен стояли обитые железом сундуки из массивного дерева, скорее всего, из дуба. Альберт открыл один из них и закашлялся от поднявшейся пыли. Посветив фонариком, он увидел сквозь толстый слой лохматой пыли рулоны, похожие на старинные свитки. Нагнувшись, Альберт дотронулся до верхнего свитка, но от прикосновения тот стал рассыпаться.

Альберт расстроился почти до слез.

— Ты представляешь, теперь я не узнаю, что там было написано! А ведь наверняка в нем было что-то очень важное.

Осветив содержимое сундука, Наденька расстроенно вздохнула:

— Боюсь, это кладбище свитков, они такие ветхие, что трогать их нельзя, рассыплются.

— Да, здесь нужны специалисты, археологи, — уныло произнес Альберт. — Или реставраторы. Я думаю, эти документы имеют высокую историческую ценность.

— Я найду, — улыбнулась Наденька. — Ты не расстраивайся.

— А как мы это сделаем? — растерялся он. — Я не хотел бы сюда никого приводить, а рукописи трогать нельзя.

— Не переживай, вытащим сундуки наверх и покажем специалистам. А про подвал им знать не обязательно.

— Все заинтересуются нашим домом, а там и до подвала доберутся.

— Ерунда! — отмахнулась Наденька. — Мы хорошо заплатим, и специалист будет молчать как рыба.

— Ладно, давай посмотрим, что в остальных сундуках, — буркнул Альберт.

В остальных нашли позолоченную серебряную посуду, фарфор, старинную женскую и мужскую одежду, монеты, украшения и даже ковры и картины.

Альберт оживился.

— Дорогая, мы несказанно богаты! — ликовал он.

Закрыв сундуки, супруги заперли дверь, ведущую в подвал, на замок и поднялись в дом.

Время было обеденное, и, отмыв с себя грязь, они поспешили в столовую.

Мария разливала по тарелкам рыбный суп.

— Устали, небось? — сочувственно поинтересовалась она.

Альберт неопределенно хмыкнул, а Наденька кивнула:

— Не то слово. Столько пришлось на крыс ловушек поставить!

— Да ну? — боязливо передернула плечами Мария. — Страсть как боюсь крыс.

— Сама боюсь, — вздохнула Наденька. — Попросила Альберта подвал на замок закрыть.

Хозяин, сурово сдвинув брови, кивнул.

— Пришлось, если они в дом проникнут, могут и покусать, а укус крысы может оказаться смертельным.

Мария от страха опустилась на табурет.

— Батюшки, какая страсть!

Основательно запугав домработницу, супруги со вкусом пообедали и подались в кабинет Альберта.

Он по привычке уселся за свой стол, Наденька устроилась напротив.

— Давай сфотографируем посуду и выложим в Интернет, — предложила она.

— Зачем? — возмутился он. — Ты что, хочешь продать посуду?

Наденька смущенно заерзала.

— Но у нас сейчас сложности с деньгами...

— Это временные трудности! — отмахнулся Альберт. — Посуда пригодится нам для музея, да и все остальное. — Он помолчал и строго добавил: — Неужели ты не понимаешь, что это мои семейные реликвии?

— Тогда давай хотя бы квартиру твоей мамы сдадим? Ты же знаешь, какая там дорогая аренда.

Поменявшись в лице, Альберт со священным ужасом воскликнул:

— Ты что, хочешь пустить в мамину квартиру чужих людей?! Никогда! Слышишь! Никогда не говори мне об этом!

— И что нам делать? — сцепила Наденька судорожно пальцы. — Мы Марии за два месяца задолжали, полгода аренда за дом не плачена.

Лицо Альберта окаменело, белизна кожи сделала его подобием римской статуи, и лишь горящие глаза были живыми. Повернув голову, он гневно отчеканил:

— Надо пережить трудный момент, есть нечто более важное в жизни, чем деньги. Поговори с Марфой, может, она каких-нибудь арендаторов подгонит.

Наденька возмущенно всплеснула руками.

— Опять Марфа! Дня не было, чтобы ты не вспомнил о ней. Может, ты сам ей позвонишь?! — Ее щеки запылали. — Такое впечатление, что она твоя подруга, а не моя!

Альберт раздраженно дернулся.

— Если бы у меня было к ней особенное чувство, я позвонил бы ей сам, а не просил бы тебя. Ты сама жалуешься на безденежье, а Марфа всегда помогает нам, вот я о ней и вспомнил.

Наде мучительно хотелось вспылить и наговорить Альберту гадостей, но она сдержалась.

— Ладно, позвоню. Но все-таки пора не зависеть ни от кого, в том числе и от Марфы. Нужно быстрее открыть музей.

— Кстати, я и спиритические сеансы включил в программу, — сказал Альберт. — На сеансах мы хорошо зарабатывали, это необходимо повторить. Можно Марфу пригласить поработать над проектом, у нее фантазия бешеная. — Но, увидев разъяренный взгляд жены, осекся и перевел разговор на другую тему: — Дыру в подвале я заложу и замажу, а ты побелишь, чтобы все было как прежде.

Глава 46
Неожиданный визит Марфы

Наши дни, Москва

Всю ночь завывала метель, а с утра небо очистилось, наступила тишина, и выглянуло яркое веселое солнце. Ослепительно белый снег уютно лежал пушистым одеялом. Небесная безмятежная синева радовала своей чистотой и глубиной. Ни единого облачка.

Александра выскочила на улицу с Альмой. При виде сказочной красоты она «впала в детство» и слепила во дворе подобие снежной бабы.

Из дома вышли покурить Павлина с Костиком, увидели снеговика и, прихватив на кухне морковь и пару слив, устремились помогать Александре.

Сделав снежной бабе лицо и перекинувшись снежками, они куда-то уехали. Александра вернулась в дом, готовиться к приему клиентов.

Внезапно ожил домофон, Александра удивилась, что Светозарова пришла на сеанс так рано.

В коридоре послышались голоса, и Александра с изумлением узнала голос Марфы.

— Хозяйка, наверное, у себя, — сообщила ей Зинаида.

Резво простучали каблучки, дверь приоткрылась, и на пороге появилась Марфа в дорогой собольей шубке.

— Здравствуйте, Марфа. Что-то случилось?

Марфа плюхнулась в кресло и расстегнула шубку.

— Слава богу, ничего. Проезжала мимо, дай, думаю, заеду.

— Я всегда рада видеть вас, Марфа, — тепло улыбнулась Александра.

Марфа замялась.

— Я хочу вас попросить, если следователь придет к вам и спросит обо мне, не говорите ему, что я отсутствовала вечерами.

Александра не сразу нашлась, что сказать.

— А что такое?

Умоляюще сложив руки, Марфа залепетала:

— Для меня это очень важно! Дело в том, что следователь цепляется ко мне, и я не хочу давать ему лишний повод для подозрений.

— Подозрений? В чем? — изумилась Александра. — И если об этом зашла речь, то скажите, где вы пропадали?

— Да боже мой! Разве важно, где я пропадала? Важно то, что я непричастна к убийству Петра!

— Ну, знаете ли, вам не важно, а мне важно, я должна быть уверена в вас, — проговорила Александра.

Марфа вздохнула:

— Я встречалась с любовником.

— С любовником?! И кто он?

— Вам его имя ничего не скажет. Он очень богатый человек. Я просила его оплатить мне адвоката для развода. Вы же знаете, какая у меня была сложная ситуация. А следователь считает, что мне была выгодна смерть мужа и я могла его заказать.

— Вот как, — задумчиво протянула Александра. — Хорошо, если следователь спросит, я не буду говорить ему о ваших отлучках, но об этом могут сказать другие.

Лицо гости вытянулось.

— Да, — пробормотала она. — Они могут. Александра, а вы не могли бы с ними договориться? — умоляюще сложила руки Марфа.

Но Александра не успела ничего ответить, опять заработал домофон и залаяла собака.

— Кто это? — встревожилась Марфа.

— Наверное, клиентка пришла. У меня сейчас прием.

Марфа занервничала и попятилась к двери.

— Так вы сделаете, как я прошу?

— Хорошо, я попробую, — кивнула Александра. — Созвонимся.

У двери Марфа столкнулась с входящей Аленой Светозаровой.

— Ой, Марфа! — опешила фотомодель. — Какими судьбами?

— По поводу сеанса договаривалась, — отмахнулась Марфа. — Александра же лучший психолог Москвы, а мне сейчас необходима помощь психолога.

Глава 47
Триумф Альберта Барятьева

1990-е, Москва

Работа по созданию живого музея подходила к концу. Альберт был счастлив: мечта всей его жизни — создание музея рода Барятьевых — воплощалась.

Костюмы и посуду из ящиков подвала Альберт с Наденькой достали и перенесли в дом.

В одном из сундуков нашли скатерть и после чистки накрыли ею стол для спиритических сеансов в гостиной.

Серебряная посуда была начищена до блеска, фарфор отмыт от вековой пыли до сияния. Фамильную посуду планировали использовать только для приемов особо важных гостей. Приятель Наденьки Гоша, постановщик света из театра, к ранее установленным световым эффектам под чутким руководством Альберта добавил новые.

Все было готово к открытию музея и приему посетителей. Альберт с Наденькой придумали программу для гостей, пригласили артистов. К делу подключилась и Марфа, которую Наденька все-таки пригласила. Ее участие в мероприятиях было ценно для Барятьевых, так как Марфа имела выход на столичный бомонд, знала, кто чем дышит и кого чем можно заинтересовать.

В типографии отпечатали изящные карточки с вензелями, в стиле девятнадцатого века, с именными приглашениями на бал в родовое гнездо дворянского рода князей Барятьевых. И в маленьких очаровательных конвертиках отправили их банкирам, воротилам столичного бизнеса и другим представителям местной элиты.

В хлопотах Наденька ожила, расцвела и похорошела. Альберт тоже приободрился и даже помолодел.

В доме стоял гвалт: шли последние приготовления к приему гостей, накрывая столы, суетились нанятые из ресторана официанты.

В голубом длинном платье с затянутой талией и лифом, подхваченным у бедер лентами, с накинутой на плечи парчовой накидкой, отороченной темным мехом, Наденька была удивительно хороша. Тяжелые старинные серьги, украшенные камеями, подчеркивали ее прекрасные фиалковые глаза и придавали им особую, таинственную глубину.

Альберт с гордо вскинутой головой, во фраке и с цветком в петлице выглядел настоящим князем. Они с Наденькой представляли замечательную пару, которая будто сошла с огромного фамильного портрета, висящего на стене.

Марфа тоже блистала старинным нарядом, который по этому случаю специально заказала в ателье. В платье с кринолином, с высокой старинной прической, украшенной жемчугом и перьями, она была неотразима.

Домработница Мария и недавно принятая на работу Сима также были одеты соответствующе: в длинные платья с пышными юбками.

Особняк переливался фантастическими разноцветными огнями в темной бархатной ночи. Деревья и клумбы, украшенные крохотными мерцающими лампочками, то пылали алыми рубинами, то сверкали изумрудами, то вдруг становились синими, как волны океана, то взрывались золотом — миллионами солнечных капель.

Нина Литинич

Весь переулок был заставлен дорогими автомобилями гостей. Именитые особы все прибывали и прибывали. С горящими глазами и голливудской приклеенной улыбкой Марфа металась меж гостей, без конца здоровалась, целовалась с ними и знакомила с хозяевами.

В ожидании торжественной части открытия живого музея гости с любопытством осматривали таинственный особняк, о котором были наслышаны. Официанты сновали среди присутствующих с прохладительными напитками и шампанским.

Громко пробили старинные часы, и гостей пригласили в огромный полуосвещенный зал за сервированные столики. В середине каждого столика в серебряном ведерке со льдом красовалось шампанское.

В глубине зала на возвышении колыхался темно-вишневый занавес с тяжелыми кистями.

Когда гости расселись за столиками, послышались вкрадчивые, волшебные звуки фортепиано. Стал постепенно гаснуть свет, и, колыхнувшись, наконец раздвинулся занавес.

На белом полотне возникла картина: под протяжную русскую старинную песню на фоне потянутых ряской болот мужики бодро строят терем. Из левых кулис появился мужчина во фраке и в наступившей тишине стал читать дневник князя Барятьева, прапрадеда Альберта.

По мере того как он говорил, менялись картины и музыка.

И вот на сцене в узнаваемой гостиной особняка внезапно появился черный гроб и распростертый на полу мужчина.

По залу пробежал ропот, некоторые дамы взвизгнули от страха. А чтец загробным голосом продолжал повествование истории семейства.

Порой его сменяли актеры в костюмах и разыгрывали сценки из жизни рода.

В конце представления на сцену вышел сам Альберт Барятьев и закончил представление исполнением романса «Белой акации гроздья душистые».

Зал взорвался бурными аплодисментами.

Стоя у дверей рядом с Наденькой, Марфа ликовала и взволнованно шептала ей на ухо:

— Ура, все получилось! Этим денежным мешкам все понравилось. Даже и не думала, что они такие сентиментальные. Они даже подпевают Альберту!

— Это здорово, что понравилось, но очень хочется, чтобы они к нам ходили постоянно.

— Погоди, — жарко шепнула Марфа, обдав щеку Наденьки своим дыханием. — Вот мы спиритический сеанс проведем, они валом сюда повалят. Ты помнишь, какие у нас были очереди? У этих придурков у каждого свой экстрасенс имеется, к колдунам ездят... А мы им встречу с душами покойников устроим, это зрелище почище гадалок будет.

Торжественная часть закончилась, и Марфа объявила благотворительный аукцион. Разыгрывались старинные безделушки, не имеющие особенной ценности. Марфа сумела создать атмосферу бешеного азарта, и гости как безумные выкрикивали все бо́льшие и бо́льшие суммы.

Альберт на правах хозяина пригласил всех пройти в гостиную, где гостей ожидал роскошный ужин — искусно приготовленные блюда по рецептам девятнадцатого века: филе говяжье, фаршированное каштанами, жаркое из тетерева, фаршированные рябчики под нежнейшим соусом из шампиньонов, сочный, румяный круг буженины, белотелый судак, обложенный коралловыми раками, артишоки по-лионски, зернистая икра, устрицы. А на десерт бланманже миндальное, желе из барбариса, желе лимонное со свежими и отварными фруктами.

Все было продумано до мелочей.

Благодаря убранству и освещению старинными канделябрами со свечами гостиная напоминала старинный зал, что очень понравилось гостям. Меню было тщательно продумано, и до Наденьки доносились довольные реплики. Одна дама говорила другой, что в следующий раз явится сюда обязательно в длинном бальном платье. Другая заявила, что надо попросить хозяев, чтобы они устраивали танцы.

— Бал, хочу настоящий бал! — лепетала она.

Марфа сновала между гостями, с одними беседовала, с другими смеялась. А вскоре Наденька натолкнулась на нее в укромном уголочке, в холле, где она восседала на диване в объятиях молодого мужчины. Наденька сделала вид, что не заметила подругу, но тут же не преминула сказать Альберту об этом.

Время близилось к рассвету, и Наденька так устала, что с трудом держалась на ногах.

Гости неохотно покидали дом, многим так понравилось, что они подходили к хозяевам, благодарили и просили повторить мероприятие.

Одна молоденькая топ-модель восхищенно воскликнула:

— Вот если бы вы настоящие балы проводили, как в старину! И чтобы все дамы в длинных бальных платьях…

— Мы подумаем об этом, — галантно поцеловал ручку гостье Барятьев.

— Подумайте, — засмеялся спутник топ-модели, рыжеволосый румяный толстячок-банкир. — А мы за ценой не постоим.

Последней покидала дом Марфа. Расцеловавшись с Наденькой, она, возбужденно блестя глазами, пропела:

— Восхитительно! Я в восторге! Все прошло лучше, чем я ожидала. Осталось провести спиритический сеанс — и они наши.

— Они праздника хотят, балы им подавай, — устало улыбнулась Наденька.

— А мы расписание мероприятий составим, как в театре, — засиял Альберт.

Сегодня он был по-настоящему счастлив, сегодня был его настоящий триумф, ни одни аплодисменты, ни один самый лучший успех в актерском мастерстве не вызывал такой радости в его душе.

Глава 48
Поимка ночного «гостя»

Наши дни, Москва

Утром вскоре после завтрака в особняк явился следователь, который занимался делом об убийстве Петра Байзюка. Егор Анатольевич Суржиков, стройный сероглазый мужчина лет сорока пяти.

Зинаида провела его к Александре в кабинет.

Суржиков, пристально глядя на женщину, начал расспрашивать ее о Марфе Байзюк.

Александра рассказала, что Марфа является ее клиенткой несколько лет.

— Насколько мне известно, Марфа Байзюк проживала в вашем доме некоторое время, — вкрадчиво произнес Суржиков. — Чем это было вызвано?

— Ее муж из дома выгнал, я предложила ей остановиться у меня, — ответила Александра.

— Где находилась Марфа Байзюк в момент смерти ее мужа?

Пожав плечами, Александра спросила:

— А когда это произошло? Марфе позвонили утром и сказали, что ее муж погиб, она как раз завтракала вместе со всеми в столовой. Все обитатели дома вам могут это подтвердить.

— И ночь накануне этого завтрака Марфа Байзюк провела в этом доме? — недовольно спросил Суржиков.

— Да, где же ей еще было ночевать? — улыбнулась Александра.

Вытащив из папки фотографию молодой красивой девушки, следователь поинтересовался:

— Вам знакома эта гражданка?

С любопытством взглянув на снимок, Александра покачала головой:

— Нет.

— А имя Яна Савкина вам ни о чем не говорит?

— Первый раз слышу, — с недоумением произнесла Александра.

Суржиков хмуро кивнул и перед уходом вручил Александре свою визитку со словами:

— Если что вспомните, звоните.

Оставшись одна, Александра задумалась. Неужели следователь подозревает Марфу? Может, у него есть какие-то серьезные основания для подозрений? Все это чрезвычайно странно. Может, действительно Марфа «как демон, коварна и зла»? Может, права простодушная Зина, что все здесь толкутся только из-за клада? Но как же тогда спиритический сеанс? Зачем Марфа говорила от имени духа Надежды Барятьевой, что ее кто-то убил? Возможно, для того, чтобы отвести от себя подозрение?

Александра крутила в руках визитку следователя и размышляла: «Может, не слушать Марфу и все рассказать Суржикову?»

Но тут же засомневалась, а что она ему, в сущности, скажет? Да ничего. Как спасательный круг, в памяти внезапно всплыли слова ее любимого психолога и гениального мыслителя Абрахама Гарольда Маслоу: «Человеческая природа далеко не так плоха, как о ней думают», и, уцепившись за них, она успокоилась.

В дверь кабинета постучали, а потом нерешительно нажали ручку.

Не ожидая ничего доброго, Александра крикнула:

— Входите!

Тихо скрипнув, дверь открылась, и на пороге возникла Зинаида. Она хитро взглянула на хозяйку:

— Что это к вам следователь приходил? Из-за Марфы?

— Какая ты любопытная!

У Зинаиды от обиды дрогнул голос:

— Я вам все рассказываю, а вы мне — ничего.

— Что ты можешь мне рассказать, чего я не знаю? — вздохнула Александра.

— А вот есть что!

— Так рассказывай.

— Я слышала, как Мария кому-то по телефону обещала сегодня ночью дверь открыть.

— Опять! — возмутилась Александра. — Она уже один раз приводила ночью своего жениха, я ее предупредила, чтобы она не делала этого. В какое время он здесь появится?

— С часа до двух ночи, когда все заснут, она его звала, — произнесла Зина.

Александра направилась к двери.

— Вы куда? — опешила Зина.

— К Павлине с Костиком.

Зинаида изменилась в лице.

Нина Дитинич

— Вы хотите им рассказать?

— А как мы будем ловить эту парочку? Попрошу Костика, — невозмутимо бросила Александра. — А то эти ночные свидания мне надоели!

Но ни Павлины, ни Костика в доме не оказалось. Мария заявила, что они отъехали куда-то по делам.

— Как приедут, пусть ко мне зайдут, я наверху буду, — приказала Александра.

Павлина с Костиком появились уже вечером, после ужина.

— Что случилось? — не здороваясь, буркнула Павлина, проходя в комнату к Александре.

— У меня к вам срочное дело, — ответила та. И посвятила гостью в свой план. Павлина загорелась и обещала проинструктировать Костика.

Они договорились подготовиться к встрече жениха Марии.

В час ночи, взяв с собой фонарики, Александра, Павлина и Костик отправились на лестницу запасного хода. Несмотря на запрет хозяйки, вооруженная скалкой Зинаида поплелась за ними.

Полная луна ярко освещала двор. Снег местами радужно искрился. Ночную тишину лишь изредка нарушало жужжание запоздалого автомобиля.

В полной боевой готовности Костик, Павлина и Зина затаились на ступеньках лестницы.

Александра приникла к запыленному окошку.

— Нет никого, — шепнула она.

Наконец внизу послышался шум, все насторожились. Щелкнул засов, проскрипела дверь.

На крыльце мелькнула тень. Это была Мария.

Девушка побежала навстречу к появившейся из-за угла темной фигуре.

Пошептавшись, пара поднялась по ступеням. Хлопнула дверь, Мария со спутником зашли в дом.

Костик, а за ним женщины бесшумно спустились вниз. Костик в темноте схватил неизвестного, послышался возглас, звуки борьбы, вопли и ругательства.

Зинаида включила фонарь, и все увидели испуганную, вжавшуюся в стену Марию и сидящего верхом на неизвестном мужчине Костика. Скрутив бельевой веревкой мужчине руки, Костик поднял его с пола.

Неизвестный сделал попытку вырваться, но Костик хорошенько тряхнул его, и тот замер.

Павлина хохотнула.

— Ты кто?

Незнакомец угрюмо отвернулся.

— Жених это мой, — пробормотала Мария испуганно.

— Мария, я же тебя просила приглашать своего молодого человека только днем. Почему он как вор крадется ночью, а ты его в дом впускаешь? — обратилась к домработнице Александра.

Промычав нечто невразумительное, Мария виновато вжала голову в плечи.

— Отвечать надо, когда у тебя спрашивают! — прикрикнула Павлина.

Неизвестный, наконец, пришел в себя и обрел голос.

— И что здесь такого, что я захотел со своей девушкой увидеться? — заявил он.

— Все бы ничего, — подбоченилась Павлина. — Да только время уж больно позднее.

— Для меня так в самый раз, — нагло ответил незнакомец и подмигнул Марии.

Мария отлипла от стены и вдруг взвизгнула:

— А может, он днем работает и не может прийти? Что ж нам теперь, не видеться?

— Думать хотя бы изредка надо, — рассердилась Александра. — Вы, Мария, пускаете в дом неизвестных людей. Но раз уж вы пришли в наш дом, молодой человек, — повернулась она к незнакомцу, — давайте знакомиться. Как ваше имя?

Глава 49
Живой музей Барятьевых

1990-е, Москва

Живой музей Барятьевых преобразился в модный престижный клуб и процветал. Бесконечной чередой мелькали балы, приемы, спиритические сеансы, всевозможные праздники, чьи-то дни рождения и даже музыкально-поэтические вечера. Фамильный особняк быстро стал излюбленным местом столичной элиты, и деньги к Барятьевым полились рекой.

Марфа стала не только завсегдатаем в доме, но и как участница проекта за организацию мероприятий получала свою долю от прибыли.

Все были довольны. Альберт — тем, что его замыслы воплотились в жизнь, Надежда — что дом — полная чаша и что Альберт охладел к Марфе. А Марфа довольно улыбалась, шелестя крупными купюрами.

Но однажды в дом явилась Инна, жена двоюродного брата Альберта.

Расположившись с хозяевами за маленьким изящным столиком в роскошно обставленной гостиной, она, попивая кофе из старинной фарфоровой фамильной чашечки, заметила на ней вензель рода Барятьевых.

— Откуда у вас эта посуда? — поинтересовалась гостья.

Наденька смутилась, не зная, что ответить, и это не ускользнуло от цепкого взгляда родственницы. Пытливо уставившись на Альберта, Инна повторила:

— Откуда такая красота?

Закашлявшись, Альберт махнул рукой.

— От матери досталась.

— Что-то я не видела у Беллы Леонидовны фамильного фарфора.

— Я тоже, но вот в ее квартире обнаружил.

— Надо же, клад нашли! — воскликнула Инна и заметила, как хозяева вздрогнули.

Инна поняла, что ее догадка верна, и с жадным любопытством осведомилась:

— А что там еще было? Ну в квартире тетушки...

— Ничего, — буркнул Альберт.

От жадности и досады Инна потеряла над собой контроль.

— Ну как же! Вы фамильный особняк получили, здесь, наверное, и посуду нашли, небось, не только посуду, — алчно раздула она ноздри.

Альберт с Наденькой переглянулись.

— Что ты ерунду мелешь! — рассердился Альберт. — А если бы и нашли, тебе какое дело?

— Нам с Леонидом половина тоже положена, — обиженно засопела Инна.

Альберт окончательно рассвирепел:

— Леньке-то с какой стати? Он к этому дому не имеет никакого отношения!

Инна надулась.

— Он твой брат, хоть и двоюродный. И у тебя, если ты помнишь, племянники имеются, твои наследники, у вас-то детей нет, — торжествующе заявила она.

От невиданной наглости Альберт даже побелел.

— Ты говори, да не заговаривайся, — процедил он. — Иначе больше в дом не пущу.

— А я что? — с деланым смирением вздохнула Инна. — Я ничего.

Мария, подававшая кофе, зорко следила за происходящим и не пропустила ни единого слова.

А Инна вскочила.

— Пора мне, не надо меня провожать, — лицемерно пропела она, хотя никто из хозяев даже не шелохнулся. — Только дверь за мной закройте, — обратилась она к Марии.

Мария с готовностью устремилась за ней.

В прихожей Инна уставилась на Марию и с чувством прощебетала:

— Ну что, Машенька, как тебе работается? Какая несправедливость, что такая красавица — и домработницей вынуждена быть. Ты же настоящая фотомодель! — Вытащив из кармана носовой платок, она фальшиво всхлипнула. — Ах, бедный Альберт, совсем его поработила эта мышь, твоя хозяйка. Вот было бы здорово, если бы он на тебя внимание обратил, сложилось бы что-нибудь, ты бы ребеночка ему родила... Он бы и развелся с этой кикиморой, и на руках бы тебя носил. Какой бы вы были чудесной парой!

— Скажете тоже! — глупо заулыбалась Мария и засияла, словно новенький пятак.

— Ну до свидания, — с умилением взглянула Инна на девушку и коварно улыбнулась. — Не забывай мои слова, подумай серьезно над ними.

В гостиную Мария вернулась уже другой.

Хозяева уже ушли наверх, и она, взглянув на место, где сидел Альберт, сладко зажмурилась.

С этого самого дня Мария основательно принялась за соблазнение хозяина. Опыта у нее было маловато, но она нагляделась на дамочек, которые частенько посещали их дом, и кое-что из их арсенала взяла себе на вооружение. Она стала ворковать при виде хозяина, ласково глядеть на него и кокетливо поправляла свои белокурые крашеные волосы. Иногда закатывала вверх глаза, изображая задумчивость, и ходила, отчаянно раскачивая бедрами.

Смотреть на это без смеха было невозможно, и Альберт веселился и даже подыгрывал домработнице. Мария кокетничала с хозяином исключительно наедине, потому что как огня боялась Наденьки. Альберт же ничего не скрывал от жены и потешался над неуклюжим заигрыванием помощницы по хозяйству. Надя горько усмехалась.

— Хочу тебе сказать, что поведение Марии изменилось после визита Инны. А в последний раз она прямым текстом сказала, что ее интересует твое наследство.

Расписывая меню для гостей на очередное мероприятие, Альберт оторвался от своего занятия и укоризненно взглянул на жену.

— Других родственников, кроме нас, у Инны и Леонида нет. Но ты не слушай Инку. Она всю жизнь с головой не дружит, не обращай на нее внимания.

После смерти матери Альберт иначе стал относиться к своим родственникам, их соединяло то прошлое, когда мать была жива. Они стали ближе ему, и он нет-нет да и звонил двоюродному брату и его жене. К тому же Альберту льстило, что молоденькая прислуга оказывала ему знаки внимания. Наденьку это раздражало, но она была слишком занята работой и поэтому попросила вторую домработницу, свою подругу детства Симу, присмотреть за Марией.

Надо сказать, в отличие от Марии, Серафима была на особом положении в доме. Испытывая материальные трудности, она попросилась к Наденьке на работу. Добросердечная Наденька с радостью обогрела подругу и всячески помогала ей. Однако Сима восприняла все как должное и втайне за благополучие и более высокое положение подруги ненавидела ее. Поэтому, выслушав просьбу Нади, она злорадно улыбнулась. В ее голове уже прокручивались мыслишки о том, как получше насолить этой выскочке.

Доверчивая Наденька даже не догадывалась, что подруга спит и видит, как бы навредить ей.

Серафима выпытала у Марии, что Инна предложила девушке спасти от жуткой хозяйки своего несчастного родственника Альберта. С радостью Мария поделилась с Симой, как Инна проехалась по Наденьке, заявив, что та не может родить. Мгновенно сообразив, какую цель преследует Инна, Серафима льстиво начала поддакивать Марии.

— Вот видишь, ты и родне хозяина приглянулась, значит, они к тебе серьезно относятся, хотят, чтобы ты за него замуж вышла. Только ты поаккуратней будь, а то эта змея на любое злодейство способна, — втолковывала Серафима.

Мария удивленно и одновременно недоверчиво вздыхала. Она сомневалась, не притворяется ли Сима? Мария знала, что она была подругой хозяйки, и не раз страдала от ее подловатого характера. Она уже сожалела, что так легкомысленно доверилась Серафиме, и каждый день ждала, что ее вот-вот вызовет хозяйка и всыплет по первое число за шуры-муры с ее мужем.

Но время шло, Наденька к ней относилась ровно, и Мария постепенно успокоилась и прониклась доверием к Серафиме. И теперь они частенько перешептывались в каком-нибудь укромном уголке.

Как-то на рынке Мария столкнулась с Инной.

Увидев Марию, женщина лицемерно изумилась:

— Кого я вижу?! Вот это встреча! Машенька!

— Ой, это вы! — обрадовалась Мария.

— Я. — Инна обняла девушку. — Как я рада тебя видеть! Что новенького? Как Альберт? Ты его уже очаровала?

Мария разочарованно вздохнула.

— Ничего у меня не получается. Надежда от хозяина ни на шаг не отходит, все время рядом с ним вертится.

— Плохо, — огорчилась Инна, но тут же с оптимизмом воскликнула: — Ты крылья-то зря опустила. Раз Надька за ним по пятам ходит, не стесняйся, делай так, чтобы она ревновала.

Девушка испуганно захлопала ресницами.

— Вы не знаете хозяйку! Она в злобе убить может, даже хозяин ее боится!

Инна коснулась ее руки.

— Пойдем поговорим вон туда, там скамеечка стоит, — показала она на маленький скверик.

— Ой, мне еще зелень надо купить, — пробормотала, озираясь, Мария.

— Да мы ненадолго, пойдем, — увлекла ее за собой Инна.

Устроившись под сенью раскидистого клена, она зашептала:

— Вам хорошо бы с Альбертом где-нибудь наедине оказаться, тогда бы... — мечтательно зажмурилась Инна. — Быстрее бы дело пошло.

— Где мы можем наедине остаться? — с унылой тоской протянула Мария. — Нет, это неудачный план, тем более что хозяева все время заняты, у них балы, гости с утра до вечера.

— Гости, говоришь? — задумалась Инна и уставилась невидящими глазами перед собой.

— Ну да, — с досадой выпалила Мария. — Толкутся целыми днями, до полуночи! Из-за этого работы — горы!

— Тогда подождем, — вздохнула Инна. — Ты только контакта со мной не теряй, будь на связи.

Перед тем как попрощаться, Инна осторожно поинтересовалась:

— А твои хозяева клада в доме не находили?

Мария удивленно наморщила лоб.

— Нет, я об этом не слыхала.

— А посуда фарфоровая с гербами у них откуда?

— Не знаю, она у них всегда была, — с недоумением пожала плечами девушка.

Глава 50
Тайна Марии

Наши дни, Москва

Костик обыскал ухажера Марии. Незнакомец, назвавшийся Георгием, документов при себе не имел, но в его карманах охранник обнаружил ключи от автомобиля и ключи от особняка и ворот.

И тут разразился скандал.

— Так вот кто ко мне в спальню залез! — заверещала Зинаида. — Вот кто по дому шастает, когда хозяйки нет!

— Какая спальня?! — с возмущением воскликнул Георгий. — Я второй раз в этом доме! Мне ключи Мария совсем недавно дала, и я нигде не шастал, как вы выражаетесь.

Все внимание немедленно переключилось на Марию.

— Как вы, Мария, могли дать ключи от моего дома совершенно постороннему человеку?! — возмутилась Александра.

— Что вы церемонитесь с ней? — фыркнула Павлина. — Гоните эту мерзавку прочь из дома.

Мария всхлипывала и кусала губы.

Георгий переводил взгляд с одного обитателя дома на другого и тоже делал попытки что-то произнести, но безуспешно, его никто не слушал.

Отобрав у Георгия ключи, Костик проводил героя-любовника до его машины. Павлина пошла за ними. Костик записал номер автомобиля, нашел в бардачке документы и сообщил всем его фамилию. По документам он значился как Георгий Иванович Верхушкин. Пролистав его паспорт, Костик обнаружил штамп о браке с Виолеттой Александровной Угрюмовой.

— Ну ты и сволочь! — воскликнула Павлина. — Решил девчонке голову запудрить! — Женская солидарность взыграла в ней, и ей стало жалко Марию.

«Все мужики — сволочи, — злобно думала она. — Только и смотрят, как бабу обмануть».

— Если ты к Марии хоть на сантиметр приблизишься, я твоей жене все сообщу, даже не сомневайся! — пообещала Павлина.

Обескураженный, злой, помятый Георгий забрался в машину и, яростно газанув, исчез из виду.

На кухне Павлина опять принялась за Марию. С неистовством оскорбленной в лучших чувствах женщины Павлина ругала и одновременно жалела Марию:

— Ты в курсе, что этот мерзавец женат? А ты ему ключи от дома!

Не поднимая глаз, Мария в оправдание что-то неразборчиво бормотала. И продолжала всхлипывать.

— Хватит! Давайте ложиться спать, — вмешалась Александра. — Уже четвертый час ночи. А тебе, Мария, я ставлю ультиматум. Еще одно замечание, и ты с треском вылетишь отсюда!

Пристыженная Мария закивала, вытирая слезы, и все разошлись по комнатам.

В спальне было холодно. Кутаясь в одеяло, Александра тревожно размышляла: «Странная эта история с женихом. Зачем ему понадобились ключи от дома? Что-то здесь нечисто. В горячке все орали как сумасшедшие и толком не допросили пленника, а теперь возможность упущена. А вся эта история очень непростая и крайне подозрительная. Надо все-таки как следует потолковать с Марией, пусть расскажет все без утайки. А то, что она врет, нисколько не сомневаюсь. Неужели еще один искатель сокровищ на мою голову свалился?»

Следующий день выдался пасмурным. Порывистый ветер и синевато-стальное небо, затянутое грозными тучами. На улице было неуютно. Казалось, солнце надолго спряталось в небесную снежную берлогу.

Обитатели дома проснулись к полудню и хмуро потянулись в столовую, откуда просачивался бодрящий запах кофе.

Когда Александра вошла в столовую, Павлина с Костиком уже сидели за столом и ели овсяную кашу.

— Приятного аппетита, — буркнула Александра, усаживаясь за стол.

Допив кофе, Павлина сурово взглянула на Марию.

— И все-таки, Маша, не пойму, зачем ты дала ключи от дома чужому человеку? Я уснуть не могла, все думала и теперь поняла: не жених он тебе, а подельник, вы ограбить дом хотели!

Испуганно встрепенувшись, Мария изменилась в лице.

— Вы что такое говорите! — возмущенно пискнула она. — Я в жизни чужого не брала, а вы — ограбить! Мне такое в голову не приходило!

— Значит, он тебя хотел использовать. А ты дурочка, — не унималась Павлина. — Гоните вы ее в шею, Александра, пока не поздно. У вас же есть домработницы. И Серафима приехала, и Зинаида почти выздоровела.

Мария разрыдалась и закрыла лицо передником.

Александра поморщилась.

— Павлина, можно я сама решу этот вопрос? Мария сделает из этой истории выводы.

— Сомневаюсь, у нее натура такая, — ухмыльнулась Павлина, вылезая из-за стола. И поманила Костю за собой. — Пойдем покурим.

Расстроенная Мария разбила в раковине стакан и порезала руку.

Александра обработала ей порез.

— Мне непонятно одно, — задумчиво произнесла Александра, забинтовывая ей руку. — Почему ты, Маша, так хотела работать именно у меня? Почему?

— Просто деньги нужны, а у нас в городе работы нет, — хмуро ответила Мария.

— Допустим, — усмехнулась Александра. — Но после того как я разрешила тебе остаться в доме, ты начала хитрить, обманывать меня. Приводишь неизвестного мужчину под покровом ночи, даешь ему ключи… Извини, но если ты сейчас мне все не расскажешь, я тебя выгоню. Я не могу рисковать ни своей жизнью, ни жизнью других. Так что выбор за тобой.

Мария вновь разрыдалась.

— Я не давала ему ключи, я не знаю, где он их взял!

— Допустим. Но как ты познакомилась с ним, что вас связывает?

— Если бы вы все знали! — всхлипнула Мария.

— Так расскажи мне все, не держи в себе. Может, я смогу тебе помочь. Только, пожалуйста, начистоту.

И Мария поведала о своих злоключениях: о том, как попала к Георгию и Виолетте, о том, как они обвинили ее в краже денег, о том, как Георгий привез ее к воротам особняка, все, вплоть до той ночи, когда ее поймали с ним.

По мере того как Мария рассказывала, лицо Александры принимало жесткое выражение.

Глава 51
Внезапная болезнь Альберта

1990-е, Москва

Близилась полночь. Костюмированный бал был в полном разгаре.

Любовница олигарха Андрея Бенедиктова, молоденькая, но уже известная фотомодель Алена Светозарова, в изумительном бледно-зеленом кринолине с кружевами и меховыми бейками из темной норки, с туго затянутой талией и расшитым драгоценными камнями лифом, кружилась на начищенном до блеска паркете. Ее высокая прическа, искусно украшенная цветами и жемчугом, подрагивала в ритм танца. Девушка всерьез вжилась в роль аристократки девятнадцатого века и в перерывах между турами вальса с томным видом обмахивалась большим веером из страусиных перьев. Ее кавалер, похоже, утомился и с тоской поглядывал на распахнутые двери.

Увидев проходящего мимо хозяина, Бенедиктов кинулся ему навстречу.

— Чудесный вечер!

— Может, по глотку шампанского? — предложил Альберт.

— Пожалуй, — согласился гость.

Они направились к столу.

— Хорошо ты придумал, — потягивая шампанское, бросил Бенедиктов. — Меня трудно чем-нибудь удивить, но ты удивил. Вся эта заграница надоела, а тут у тебя все такое настоящее, русское, родное. А какой колорит! Здорово!

— Здесь русский дух, здесь Русью пахнет, — с пафосом продекламировал Альберт.

— Отлично все устроил, я как будто в девятнадцатом веке побывал, моя Аленка вообще без ума.

— Это лучший век в истории моего рода, — гордо произнес Альберт. — Стараюсь воспроизвести время как можно достовернее.

— Черт возьми! Я никогда не думал, что с таким удовольствием буду слушать какие-то романсы.

— Мои коллеги-артисты стараются, — довольно улыбнулся Альберт.

— Слушай, а давай я к тебе на вечер приглашу какую-нибудь звезду.

— Если это возможно, буду безмерно счастлив! — воскликнул Альберт. — Только сколько это будет стоить?

— Ерунда! — хохотнул бизнесмен. — Пятьдесят процентов оплачу я.

— И все же сколько? — насторожился Альберт.

Бенедиктов шепнул ему сумму на ухо.

Вечер, на котором пела известная оперная дива, приглашенная Бенедиктовым, явился триумфом для Барятьевых. Близлежащие переулки и улицы вряд ли видели такое количество дорогих иномарок. Дамы блистали невиданными нарядами, а мужчины — элегантными фраками.

Мощный, волшебный голос певицы свободно лился из открытых окон и растворялся в удивительном весеннем вечере, напоенном нежным запахом сирени и горечью смолистых тополиных почек. Случайные прохожие, прилипнув к металлическим прутьям забора, замирали от восторга, внимая неземным звукам.

Альберт был на седьмом небе от блаженства. Правда, размер гонорара оперной дивы немного омрачал радость, но стоимость билетов с лихвой покрыла все расходы.

Наденька с Марфой летали, словно на крыльях, Марфа даже забыла о кавалерах, так согревал ее душу большой куш.

— Надька, у меня гениальная идея созрела! — азартно шептала она. Щеки и лицо ее горели от возбуждения. — Мы такое забацаем! К нам весь бомонд ломиться будет, денег заработаем немерено.

После концерта начался бал, и певица открыла его вальсом в паре с хозяином.

Празднество продолжалось чуть ли не до утра, и гости лишь на рассвете покинули дом.

Галантно целуя ручку оперной диве, Альберт с немым обожанием бросил на нее самый пленительный взор, который он когда-либо бросал на женщину. И дива откликнулась. Грудь ее от частого дыхания заволновалась, и она, покраснев, произнесла:

— Буду несказанно рада посетить ваш музей вновь, у вас здесь чудесно. Звоните.

Проводив ее лимузин, Альберт поплелся в дом.

Но на ступеньках ему внезапно стало дурно. В глазах потемнело, спина похолодела, и по ней заструились ледяные струйки пота. Ватные ноги перестали слушаться, и он рухнул на лестницу.

На шум прибежали Наденька с Марфой. Они попытались поднять Альберта, но это оказалось им не под силу. Помогли официанты, они отнесли хозяина в спальню и уложили на кровать.

Перепуганная Наденька вызвала «Скорую помощь».

Альберту сделали укол, но это не помогло, требовалась госпитализация. Наденька поехала в больницу вместе с мужем.

В приемном покое она столкнулась с Инной. Оказывается, она работала в этой больнице. Забыв распри, Надя умоляла родственницу помочь Альберту.

— У Альберта гипертонический криз, — с укором произнесла Инна. — Что я могу сделать? Как только его положат в палату, я тебе позвоню, а сейчас езжай домой.

— Как уезжать? — растерялась Наденька. — Я не могу его бросить!

— Сейчас ты ему только мешаешь, — холодно процедила Инна.

Наденьку покоробили слова и тон родственницы, но она сдержалась.

— Инночка, пойми, я не могу Альберта оставить! Мало ли что? Я не хочу остаться вдовой.

Инна опомнилась. Ей совсем не улыбалась перспектива в виде молодой наследницы, и она уже мягко произнесла:

— Пожалуй, ты права, ему нервничать нельзя. Хорошо, посиди здесь, — кивнула она на ряд кресел.

Наденька уселась напротив двери, куда завезли ее мужа.

Инна прошмыгнула в соседний кабинет, и оттуда послышался ее голос:

— Альберт Барятьев — известный артист, политический деятель. Его нужно положить в отдельную палату.

В ответ послышался мужской басок, который кому-то отдал распоряжение, и вскоре каталку с Альбертом вывезли из кабинета. Крепкий санитар в сопровождении молоденькой медсестры повез Барятьева к лифту. Наденька бросилась за ними.

— Я его жена! Ему необходимо мое присутствие!

Медсестра скептически усмехнулась.

— Сейчас больному только доктор нужен, а еще покой.

Альберт шевельнулся и слабым голосом простонал:

— Надюша, поезжай домой. Здесь доктора, умереть не дадут.

Сдерживая слезы, Надя ободряюще улыбнулась.

— Хорошо, я завтра приеду, а ты держись, выздоравливай. — Она проводила каталку взглядом, и когда захлопнулись двери лифта, сдерживая набежавшие слезы, побрела к выходу.

Проходя мимо дверей кабинета, в котором только что находился Альберт, она услышала смех и голос Инны:

— Заездила его женушка. Такая сволочь! Все денег ей мало. Спит и видит, чтобы он в мир иной убрался.

Женский голос произнес:

— А с виду такая скромница, не подумаешь.

— Да она такая хитрая и подлая! — раздался негодующий, полный ненависти голос Инны. — Притворяется.

Дальше Наденька слушать не стала, опрометью кинулась вон из больницы.

Глава 52
Наденьке грозит опасность

Альберта вскоре выписали, но после больницы он сильно сдал. Наденька делала все, чтобы восстановить его здоровье: готовила ему диетические блюда, делала массаж, водила его гулять. А помощницы по хозяйству совсем от рук отбились и работали спустя рукава, но Наденька, чтобы не расстраивать Альберта, ничего не говорила ему.

Как-то утром после завтрака Наденька с подносом еды для мужа поднималась по лестнице и вдруг почувствовала себя плохо. Все поплыло перед глазами, под ногами стал проваливаться пол. Поднос с грохотом упал. Испуганный Альберт выглянул из своей комнаты.

— Надя, ты что, напилась? — опасливо поинтересовался он.

— Я... — протянула Наденька каким-то чужим хриплым голосом и осела на пол.

— Мария! Серафима! — в панике заорал Альберт.

Но ни та ни другая на зов хозяина не явились. Они звонили Инне.

Перепуганный насмерть Альберт кинулся к телефону, чтобы позвонить в «Скорую», но телефон затрезвонил сам.

Подняв трубку, Альберт услышал голос жены брата.

— Инка! — заорал он в трубку. — Что мне делать? Наде плохо!

— Что с ней?

— Не знаю, она не в себе, упала. Надо в «Скорую» звонить!

— Не надо «Скорую», я сейчас приеду. У нее наверняка нервный припадок.

231

— Какой, к черту, припадок?!

— Я же тебе говорила, что у Надежды с головой непорядок. Потерпи, я сейчас буду.

Альберт попытался поднять Наденьку, но она оттолкнула мужа, попыталась встать сама, но потеряла равновесие и опять упала.

— Не могу, голова кружится.

Альберт нагнулся над ней.

— Может, у тебя давление?

— Не знаю. Что-то непонятное в голове творится. И мне показалось, чай был со странным привкусом. Наверное, мне что-то подмешали.

— Не говори глупости! Кто тебе что мог подмешать? — разозлился Альберт.

Наденька, держась за стену, с трудом встала.

— Инна, например.

Альберт поморщился.

— Правильно Инна говорит, что у тебя с головой непорядок.

Но Наденька была уверена, что это происки Инны, только одного она не понимала, как родственница Альберта это сделала, ведь ее в доме не было.

Альберт же решил провести маленькое расследование и позвал прислугу.

— Мария, ты пила чай? — сурово спросил он у домработницы.

— Пила, — испуганно захлопала густо накрашенными ресницами девушка. — А что?

— И как себя чувствуешь? — поинтересовался хозяин.

— Нормально, а что?

— А ты, Серафима, пила чай?

— Да, — поджала губы Сима. — И хорошо себя чувствую.

— А хозяйке вы наливали тот же чай?

— Да, — поморщилась Наденька. — Маша мне наливала.

Позвонили в дверь. Мария вскочила.

— Пойду открою.

Внизу послышался голос Инны:

— Где Надежда?

— На втором этаже, — проворковала Мария.

Инна поднялась по лестнице и с озабоченным видом устремилась к Наденьке. Взглянув на нее, она всплеснула руками.

— Тебе нужно лечиться! У меня есть знакомый хороший психиатр.

— Зачем мне психиатр? — возмутилась Наденька.

— Ее ни в коем случае нельзя оставлять одну, — деловито заявила Инна, обернувшись к Альберту. — Хорошо, у вас есть прислуга, порядочные женщины, они присмотрят за ней.

Наденька окончательно пришла в себя.

— Почему обо мне в третьем лице? Может, она меня уже и дееспособности лишила, а я и не знаю? Может, опеку сначала надо мной, потом над тобой возьмет? — обратилась Надя к мужу. — Почему Инна командует в нашем доме? Неужели ты не замечаешь, что твоя родственница спит и видит, как твое наследство получить или имуществом завладеть?

— Я же говорю, у нее мания! — оскорбленно воскликнула Инна. — Надо же такое обо мне сказать!

Альберт заподозрил неладное.

— Как-то ты быстро приехала, Инна.

— Я такси взяла, — обиженно вскинулась родственница. — Ты хочешь, чтобы тебя психически больная прибила?!

— Ты мне в чай что-то подмешала, — не осталась в долгу Надя.

— Слышишь, что она несет! — завопила Инна. — Неужели нормальный человек такое скажет?

Женщины стали яростно препираться, к спору подключились и Сима с Марией, поддерживая позицию Инны. В конце концов Альберту надоели крики, и он прогнал всех вниз, скандалистки переместились на первый этаж.

Наденька выставила Инну за дверь, а та клятвенно пообещала положить ее в психушку. Домработницы пошли на попятную и заявили хозяйке, что они всего лишь говорили о чае.

Но Инне все-таки удалось заронить сомнение у Альберта в отношении Наденьки.

После этого случая Наденька стала бдительной. Она сама себе готовила чай и еду, не отлучалась из кухни, пока готовила, а прислуга тем временем исподтишка посмеивалась над ней, нашептывая Альберту, что у его жены паранойя.

Инна зачастила в гости, подолгу сидела у Альберта, они о чем-то говорили. Когда входила Наденька, замолкали.

И вскоре незаметно Альберт отдалился от Наденьки, она оказалась совершенно бесправна и одинока.

В один из дней, когда было особенно тягостно, Надя вспомнила о Марфе и позвонила ей.

Марфа, прихватив хорошего вина, тут же примчалась.

В кабинете у Альберта находилась с визитом Инна, а Наденька с Марфой устроились в гостиной.

— Ты чего это сама на себя не похожа? — изумилась Марфа. — Случилось что?

Наденька отмахнулась.

— Много чего случилось, долго рассказывать.

Марфа оживилась.

— Я не тороплюсь, выкладывай.

Надя нервно взглянула на дверь и прошептала:

— Тут такое происходит!

Марфа тоже уставилась на дверь.

— Рассказывай, может, я чем смогу помочь.

И Наденька выложила и о болезни Альберта, и о происках Инны, и об отравленном чае, и об интригах помощниц по хозяйству.

Марфа возмутилась и воскликнула:

— Так тебе Мария по просьбе Инны и подсыпала в чай какую-нибудь психотропную дрянь! Ну и паскуды! А Альберту надо доходчиво объяснить, что эту дрянь в дом пускать нельзя.

Наденька с отчаянием сцепила пальцы.

— Он меня слушать не будет.

Глава 53
Альберт с Наденькой меняются ролями

Несмотря на поддержку Марфы, Наденька на семейном фронте потерпела полное фиаско. Да это было немудрено, к вражескому клану в виде Инны примкнула прислуга. Альберт только и делал, что слушал их жалобы на хозяйку.

Особенно болезненно Наденька восприняла предательство Симы. Подруга детства подливала «яда», как могла. Она со смехом рассказывала, что у Наденьки странности наблюдались еще с детства. Во всех красках расписывала, как ей во время гадания причудился суженый, и все в этом духе.

Инна все это преподносила Альберту в черных красках. Вначале он сопротивлялся, защищал жену, но постепенно привык и даже сам стал отпускать саркастические реплики в адрес Наденьки.

Инна ликовала, все шло как по маслу: Барятьев медленно, но верно терял уважение и интерес к жене.

Наденька ясно видела разрушение собственной семьи и ничего не могла поделать. Все в доме были против нее. Альберт с ней почти не разговаривал.

Барятьев почти оправился от болезни. Вновь стал следить за своей внешностью, модно одеваться, куда-то уезжал.

Однажды, проснувшись, Наденька обнаружила, что она в доме одна. Ни прислуги, ни Альберта нет.

Прошли сутки, но ни муж, ни домработницы не появлялись и не звонили, это было похоже на дурной сон. От обиды Надя даже поплакала, а на второй день позвонила Марфе.

— Представляешь, все куда-то уехали, а мне словечка не сказали!

— Не реви, сейчас приеду, — сердито сказала Марфа. Ей давно уже надоело утешать Наденьку, тем более та не следовала ни одному ее совету, а только устраивала истерики.

В ожидании подруги Наденька бессмысленно слонялась по дому и хлюпала носом. Ей было понятно, что отношениям с Альбертом наступает конец, и совершенно ясно, что развод неизбежен. Она с ужасом думала о том, что придется покидать этот дом. И куда она поедет, в коммуналку? Все сбережения ушли на устройство музея, родительский дом она продала, а деньги отдала Альберту. Эти деньги давно потрачены. А делить имущество Альберта она никогда не решится.

Марфа явилась с парой бутылок вина, и они по привычке устроились в гостиной.

— Я тебя предупреждала, что он уйдет! Ты посмотри на себя, на что ты похожа! Первым делом мы из тебя сделаем конфетку, а дальше война. Очень даже хорошо, что Альберт из дому убрался вместе с этими прохвостками.

— Куда они уехали? — мучилась в догадках Наденька.

— Да на дачу! Куда еще может убраться твой орел? Не переживай, завтра прискочит.

Но на следующий день Альберт не приехал, не приехал и через неделю. И, как ни странно, в отсутствие мужа Надя успокоилась.

Марфа свозила подругу в косметический салон, и благодаря умелым специалистам Наденька превратилась в очаровательную женщину. Затем они прошлись по магазинам, Марфа помогла подруге выбрать несколько модных платьев.

Принарядившись и полюбовавшись собой в зеркале, Наденька повеселела.

— Какие наши дальнейшие действия?

Марфа подмигнула.

— Едем гулять, нечего в этом чертовом доме сидеть!

— Гулять так гулять, — согласилась затворница.

Они направились к воротам, где стоял «Ягуар» Марфы, и встретились нос к носу со всей честной компанией во главе с Альбертом.

Увидев разряженную жену, он вышел из себя:

— И далеко ты направилась?

Наденька беспечно улыбнулась:

— В клуб.

Альберт потемнел от гнева:

— В какой еще, к черту, клуб?!

Тут к нему подскочила Мария, подхватив хозяина под локоть, чтобы увести домой:

— Альберт, не надо так нервничать. Вам нельзя.

Он с неприязнью оттолкнул девушку.

— Уйди, не мешай мне с женой разговаривать!

Оскорбленно поджав губы, Мария зашла в дом.

Ошеломленная преображением подруги, Серафима мгновенно сориентировалась и залебезила:

— Ой, Наденька, какая ты красавица!

Инна последняя выбралась из машины и окаменела, увидев заклятую врагиню.

— Муж больной, а она гулять, — проскрежетала женщина.

— Инна, ехала бы ты домой! Ленька, небось, уже и забыл, как его жена выглядит! — с яростью бросил Альберт. — Не лезь в мою семью, займись своей!

Оскорбленно сопя, Инна демонстративно направилась к воротам.

— Надя, я хочу есть. Может, ты обед приготовишь? — обратился Альберт к жене.

— Мария приготовит. Обходился же ты без меня все это время, — прощебетала Наденька, садясь в автомобиль Марфы. — Извини, мы опаздываем.

Проводив машину бешеным взглядом, Альберт поплелся в дом.

Наденька вернулась домой поздно, веселая и слегка пьяная.

Открыв дверь в свою спальню, она поразилась — на тумбочке у кровати в вазе стоял большой букет белых роз.

Впервые за долгое время Наденька уснула счастливым, безмятежным сном.

Проснулась она от прикосновения, сквозь сон она поняла, что это Альберт нежно обнял ее, ложась рядом.

Рассвет просочился в спальню сквозь неплотно прикрытые шторы. Из открытого окна пахнуло свежестью, весной. Поверилось в счастье и показалось, что самое главное и замечательное у них еще впереди. Наденька прижалась к Альберту, вдохнула его родной запах. Вот опять они вместе. Господи, как же она его любит! Нет, она никогда никому его не отдаст!

Оскорбленная Инна больше не появлялась и не звонила, что Альберта устраивало, так как он очень боялся потерять Наденьку.

Зато в их жизни опять появилась Марфа, не было дня, чтобы она не заезжала к подруге. Альберту это не нравилось, но он молчал. А Наденька вошла во вкус и стала частенько посещать не только косметический салон, но и клуб.

Она и не заметила, как втянулась в светскую жизнь. Они с Альбертом поменялись местами. Теперь он ждал жену дома, как когда-то она ждала его. Тогда он мог променять встречу с ней на любую, ничего не значащую для него компанию или женщину. А теперь Наденька веселилась с Марфой в разных клубах, ловя на себе заинтересованные взгляды мужчин, зная, что Альберт ждет ее и ревнует.

Марфа, развлекая подругу, преследовала свою цель, ей страстно хотелось возобновить работу живого музея. Ей очень были нужны деньги. Скупердяй-муж ни копейки ей не давал. Почти все драгоценности, которые он дарил, были ею проданы, и она носила копии, изготовленные у знакомого ювелира. А деньги были нужны позарез! Она была уже не такой юной и свежей, как раньше, и поэтому ее кавалеры, все молодые красавцы как на подбор, требовали приличных расходов.

Марфа думала, что частые отлучки жены Альберта, ее страсть к развлечениям подтолкнут его к возобновлению работы музея, чтобы занять Наденьку, держать ее при себе. И, надо сказать, хитрость ее удалась, Альберт в один из вечеров за ужином сказал, что неплохо бы возобновить работу живого музея и что без Наденьки он не справится.

Подслушав разговор хозяев, Мария тут же позвонила Инне и рассказала обо всем.

Инна пришла в неистовство.

— Опять Наденька! Ты что, тетюха, бездействуешь?! — накинулась она на Марию. — Почему Альберта упускаешь?!

— А что я могу сделать? — залепетала Мария. — Он на меня и не смотрит. Он жену любит.

— Дура ты, дура! — упрекнула ее Инна. — У тебя сейчас все карты на руках! Устрой ему скандал при Надьке, скажи, что беременная.

— Как я могу такое говорить, если это неправда?

— А ты сделай так, чтобы это стало правдой! — злобно выдала Инна.

Глава 54
Незваная гостья

Наши дни, Москва.

Следователь Егор Суржиков вновь наведался к Александре. Она пригласила его выпить чаю. И, глядя, с каким наслаждением он поглощает булочки с заварным кремом, приготовленные Зинаидой, засмеялась:

— Вы попались! Теперь Зинины булочки привяжут вас к нам навеки.

ОСОБНЯК САМОУБИЙЦ

С сожалением оторвавшись от хрустящей золотистой сдобы, Суржиков виновато вздохнул:

— Чистую правду говорите, булочки отменные, и ваше общество мне приятно. Но, к сожалению, я к вам по делу.

— Что на этот раз?

Следователь тщательно вытер губы и аккуратно сложил салфетку.

— Вы не догадываетесь, почему госпожу Байзюк тянет к этому дому?

Вопрос поставил Александру в тупик.

— Что вы имеете в виду? Марфа пользуется моими услугами и приезжает сюда исключительно ко мне на сеансы.

— Но она ведь жила у вас какое-то время?

— Да, жила, я же вам прошлый раз говорила, — прищурилась Александра. — Потому что муж ее выгнал из дома. Я захотела ей помочь.

— Помню, — хмуро произнес Суржиков. — И я вижу, у вас здесь, помимо нее, постояльцев хватает.

— Не буду спорить, — сцепила пальцы Александра. Ей не нравилось, что следователь сует нос в ее дела. Вдруг он сообщит Извекову, и владелец дома, узнав, что она устроила здесь постоялый двор, вполне может расторгнуть договор

— И это все ваши гости? — допытывался Суржиков.

— Да, — улыбнулась она.

— И две бывших домработницы Барятьевых? Или они ваши клиентки? — нехорошо усмехнулся он.

— Нет, — смутилась Александра. — Это случайно получилось. У меня помощница по хозяйству ногу повредила, вот я и решила временно взять на работу бывшую домработницу Барятьевых... — И она рассказала, как Мария и Серафима оказались здесь. — Зинаида еще не очень хорошо передвигается, к тому же клиентов сейчас прибавилось, да и договоренность у нас с Серафимой на месяц, он еще не кончился, а Мария должна найти себе работу в другом месте.

Когда Александра закончила, Суржиков задумчиво бросил:

— Не все вы мне говорите, что-то скрываете. Ну да ладно, это, в конце концов, дело ваше. Кстати, об этом доме ходит много слухов, вас это не пугает?

— Нет.

— А зря, — задумчиво протянул он и встал. — Спасибо за чай, за плюшки, все очень вкусно. Я побегу, если что, звоните.

Александра проводила его до ворот. На прощание он загадочно сказал:

— Будьте осторожны, Александра. Не нравится мне ваш дом.

Погода на улице испортилась, шел колючий снег вперемежку с дождем, Александра, зябко ежась, поспешила по выложенной плиткой дорожке к дому.

Было еще не поздно, где-то около семи вечера, Павлина с Костиком задерживались, Сима закрылась в своей комнате, а Мария помогала Зинаиде готовить ужин.

Заглянув на кухню, Александра поднялась на второй этаж.

По привычке она открыла ноутбук и замерла. Наверху, на чердаке, кто-то был. Она явственно услышала шаги. Это было настолько неожиданно и нагло, что Александра разозлилась. Люди, уже не стесняясь, лазят по всему дому!

Схватив фонарик, она побежала на чердак.

Сумеречный свет, скудно льющийся из окна, помог ей остаться незаметной.

Осторожно высунув голову, она увидела у стены женскую фигуру, осматривающую балку. Женщина ощупывала боковую поверхность выступа.

Александра окликнула незнакомку.

Охнув, женщина обернулась и от страха сползла на корточки.

— Как вы меня напугали! — произнесла неизвестная.

Осветив незнакомку фонариком, Александра узнала в ней даму, которая пару месяцев назад стояла, прилипнув к забору.

— Это вы? — опешила она и строго спросила: — Кто вы? И как сюда попали?

Женщина смутилась:

— Меня зовут Луиза Загоруйко, я родственница Альберта Барятьева.

— Но как вы здесь оказались?

— Мне ключи от дома Надя Барятьева еще при жизни дала.

— Да что вы! — изумилась Александра. — И вас не смущает, что здесь живут другие люди? Вы вламываетесь в дом, что-то ищете... Кстати, что вы здесь ищете?

— То, что здесь спрятано и принадлежит мне по праву.

— Не говорите со мной загадками! — рассердилась Александра. — Почему пришли в дом без разрешения? Если вам так нужно было что-то забрать, связались бы с Леонидом Петровичем.

Услышав имя законного наследника, Луиза затрепетала.

— Только ему ничего не говорите! Он страшный человек, а его жена настоящая ведьма!

Александра привела Луизу в свою комнату.

— Присаживайтесь и рассказывайте.

Луиза заерзала.

— Что рассказывать?

— Все, — выдохнула Александра.

И Луиза поведала, что ее отец был женат на матери Альберта Барятьева. Властная женщина не позволяла отцу общаться с дочерью. На похоронах отца Луиза познакомилась с Надей.

— Чудесная женщина была, царство ей небесное, — перекрестилась она. — Но такая несчастная, уж очень честная была, вот бедняжке и доставалось от всех. В последнее время перед смертью ее буквально затравили.

— Кто затравил?

— Да все, — разгорячилась она. — Родственники Альберта, Инка да Ленька, и домработницы, такие стервы.

— А Марфа? — поинтересовалась Александра.

— Ее подруга? Марфа женщина неплохая, но незадолго до Надиной смерти они перестали общаться. Может, поссорились, не знаю, но Марфа на похоронах у Нади сильно плакала, сожалела.

Александра вдруг вспомнила про квитанцию, которая выпала из книги.

— Я вашу квитанцию здесь в книге нашла. Почему здесь ваши книги?

— Недели за две до кончины Надя попросила меня на время забрать у нее свои книги, а на их место поставить мои. Она сама перевезла библиотеку и сложила в комнату. Причем сделала это тайно от всех, прислугу куда-то отправила, а Альберт в реанимации лежал, инсульт у него случился.

— Как интересно! — задумчиво пробормотала Александра. — А можно будет их посмотреть?

— Да пожалуйста, — пожала плечами Луиза.

— Так что же вы искали на чердаке? — опомнилась Александра.

Глава 55
Неожиданный удар

1990-е, Москва

Этот ужасный, роковой день Наденька запомнила на всю жизнь.

Утро было чудесным. За окном в небесной ясной синеве сияло солнце. Ласковый нежный ветерок шевелил жалюзи, принося со двора тонкий, острый аромат едва распустившейся сирени.

Они с Альбертом сидели в столовой и пили свежевыжатый апельсиновый сок. Маша с Серафимой копошились у плиты.

Ожил домофон. Мария побежала открывать дверь.

Наденька хотела сделать ей замечание, что девушка не спросила, кто пришел, но не успела. Та выскочила во двор, и вскоре послышался пронзительный голос Инны.

Инна ворвалась в столовую и сразу же накинулась на Альберта:

— Ты что над девчонкой издеваешься?! Она ребенка от тебя ждет! — яростно завопила она.

Не совсем понимая, что происходит, Наденька вскочила и гневно уставилась на родственницу мужа:

— Ты что несешь?!

Но Инна, не обращая на нее внимания, толкала Марию к Альберту.

— Как девку испортить, так ты мастер! — орала она. — А как своего ребенка воспитывать, так ты в кусты!

Альберт выкатил глаза, побагровел, хотел что-то сказать, но у него вместо слов из горла послышалось хриплое клокотание. Последнее, что он увидел, — это налитые бесконечной болью глаза Наденьки, огненная лава

245

разлилась в его голове, потемнело в глазах, куда-то вниз в пропасть упало сердце. Альберт потерял сознание и сполз со стула на пол.

Громко закричала Наденька. Инна с Марией с перекошенными лицами бросились вон из столовой.

В ужасе Наденька кинулась сначала к Альберту, пыталась его поднять, затем побежала к телефону и вызвала «Скорую помощь».

Альберта увезли в больницу. И Наденька, приехав с ним, сидела, глотая слезы, в обшарпанном коридоре.

Только на этот раз положение было очень серьезным, Альберта сразу увезли в реанимацию.

И Наденька, сжимая в руках халат мужа, который ей отдали, поехала домой.

Домработницы с Инной смиренно сидели на лавочке у дома, ожидая хозяйку.

Увидев Марию, Наденька скривилась от ненависти.

— Ты! Ты его убила! — крикнула она.

Мария испуганно закрыла лицо руками и заревела.

— Это не я! Это Инна мне сказала…

— Убирайтесь обе отсюда! — крикнула Надя. — Чтобы я вас больше не видела!

Она ушла в дом, больше не глядя ни на кого.

Инна уехала, а домработницы украдкой пробрались в свои комнаты и сидели тихо, словно мыши.

Наденька позвонила Марфе.

— Марфа, это конец! — зарыдала она в трубку. — Альберт при смерти!

— Я сейчас приеду, — пообещала Марфа.

Застав подругу с опухшим от слез лицом, Марфа заставила ее умыться и рассказать, что произошло.

— Прекрати реветь! — сказала она, выслушав подругу. — Слезами горю не поможешь! Тебе сейчас нужно взять себя в руки и сделать все, чтобы вытащить мужа из беды.

Но Наденька не могла успокоиться.

— Альберт не вернется из больницы.

— Не накаркай! — разозлилась Марфа. — Ты сейчас должна думать только положительное и мысленно посылать это Альберту. И поверь, ему сразу станет лучше. Помни, мысль материальна.

— Я стараюсь, — печально вздохнула Надя.

— Пойдем лучше выпьем чего-нибудь, — предложила Марфа.

Вытащив из холодильника фрукты, Марфа поставила их на стол. Наденька принесла из бара бутылку вина.

Подруги выпили по бокалу и пригорюнились.

— Я-то размечталась, думаю, опять благотворительные балы, спиритические сеансы, денежки хорошие… А тут такой облом! — вздохнула Марфа.

— Какие балы?! — всхлипнула Наденька. — Главное, чтобы Альберт остался жив. Надо же, какая тварь эта Инна, устроила тут цирк. Это они довели его до инсульта!

— Я тебе сразу сказала, гони ты эту сволочь в шею, — мрачно изрекла Марфа. — Выгоняй прямо завтра.

Наденька пригорюнилась.

— Так она же беременная от Альберта. Как я ее выгоню?

— Будущий наследник, — хохотнула Марфа.

— Вот именно, — всхлипнула Наденька. — Как Альберт мог предать меня, спутаться с этой деревенской дурой?

— Не паникуй, разберемся! — пообещала Марфа. — Я этим любителям интриг такую веселую жизнь устрою — они пожалеют, что на свет появились.

Утром женщины вдвоем поехали в больницу. Марфа развила бурную деятельность, пообщалась с докторами, разыскала профессора — светило в области нейрохирургии — и привезла в больницу.

Вокруг Альберта собрались лучшие доктора и активно взялись за лечение. Ему бесконечно ставили капельницы, делали уколы, и вскоре он пришел в сознание. Через десять дней его перевели из реанимации в палату.

Теперь Наденька могла посещать мужа каждый день. Она дежурила при нем до позднего вечера. И ни словом не напомнила ему о злополучном дне, когда Инна устроила ему скандал. Всячески избегала разговоров о доме. Единственным человеком, который посещал Альберта помимо жены, была Марфа. В палату вместе с ней врывался свежий весенний ветер, веселье и желание жить.

Альберт оживал, в глазах его появлялся мечтательный блеск.

Эти моменты нравились Наденьке. Больше она не ревновала его к подруге. Втроем они мечтали о том времени, когда Альберт выйдет из больницы и они возобновят работу живого музея. Для Альберта это было главным стимулом и пробуждало скрытые силы организма для выздоровления. Мечты, надежды — это волшебный эликсир, дающий силы жить!

Наденька только и жила мыслью о выздоровлении Альберта, потому что жизни без него не представляла. Без него она чувствовала себя пустой, бессмысленной оболочкой, словно воздушный шар без воздуха.

Время выписки Альберта из больницы стремительно приближалось, а Наденька не знала, что делать с Марией, да и с Серафимой. Женщины напомнят Альберту о скандале, и чем это может закончиться для него — неизвестно. Марфа из себя выходила и требовала, чтобы Надя выгнала помощниц, особенно ее бесила Мария.

— Ты хочешь, чтобы Альберт умер, увидев эту прошмандовку? — кипятилась она. — Твое малодушие будет причиной смерти твоего мужа.

Наденька беспомощно разводила руками.

— Странная ты какая, Мария ждет ребенка от Альберта, как я ее выгоню? Пусть рожает, а мы будем воспитывать.

Марфа не выдержала и, подкараулив Марию, накинулась на нее, как коршун.

— А ну рассказывай, от кого ты залетела? Альберт не способен детей иметь. Рассказывай, а то я тебя придушу!

Перепуганная насмерть домработница как на духу поведала, что она не беременная, что это Инна велела ей соврать, а она сдуру подчинилась.

— Так ты не спала с Альбертом? — более миролюбиво спросила Марфа.

— Спала, но у него ничего не получилось.

— Вот как! — мгновенно успокоилась Марфа и ядовито засмеялась. — Это меняет дело.

Глава 56
Дух Наденьки призывает к возмездию

Наши дни, Москва

В субботу с утра Александра съездила к Луизе. Надиных книг оказалось довольно много, ими была забита целая комната.

— Я уж хотела их выкинуть, — пожаловалась Луиза. — Если бы я знала, что Надя умрет, в жизни бы не согласилась взять ее книги.

— Так я могу их забрать? — обрадовалась Александра. — И даже заплачу вам за них.

Луиза взглянула на нее с подозрением.

— А зачем вам Надины книжки?

— Просто я книги люблю, собираю их.

Луиза кивнула:

— Понимаю, я тоже книжки по подписке раньше собирала.

Договорившись о покупке книг, Александра сообщила, что сегодня вечером у них в доме состоится спиритический сеанс, и пригласила Луизу. Увидев испуг в ее глазах, Александра рассмеялась.

— Это совсем не страшно. Кстати, духу можно задать любой вопрос, и он ответит чистую правду.

Луизу это подкупило, и она согласилась.

Обитатели «теремка» решили еще раз пообщаться с духом бывшей хозяйки дома, чтобы дух сообщил им, что за зло притаилось в доме.

Инициатором оккультного мероприятия явилась Павлина. Ее мучил главный вопрос: где находится клад? И она надеялась задать этот вопрос духу Наденьки. Узнав, что Серафима с Марией не хотят участвовать в мероприятии, Павлина устроила им головомойку, и те поспешно согласились.

К полуночи в гостиной особняка Барятьевых собрались все участники спиритического сеанса.

Зинаида помогла Марфе приготовить все для общения с духом бывшей хозяйки дома.

Ночь выдалась на диво подходящей для этого дела. Темные мрачные облака затянули все небо, и огромная серебристо-призрачная луна то пряталась в облаках, то появлялась во всей своей пугающей красе. Ветер тревожно раскачивал ветви деревьев. Таинственно шелестел кустарник, словно в нем прятался кто-то очень опасный.

ОСОБНЯК САМОУБИЙЦ

Свечи в высоких бронзовых канделябрах выглядели торжественно и загадочно. Пламя свечей металось, играя живыми тенями.

Все сидели вокруг стола с сосредоточенными, слегка испуганными лицами.

Марфа расположилась между Александрой и Павлиной. Рядом с Александрой сидела Луиза, далее по кругу восседали все остальные: Костик, Зинаида, Мария и Серафима.

Взявшись за руки, все протянули их к центру, образовав круг.

Подняв глаза, Марфа потусторонним голосом взывала:

— Дух Надежды Барятьевой, явись к нам! — Трижды повторив это, она воскликнула: — Если ты здесь, дай нам знать!

Все устремили напряженные взгляды перед собой.

Некоторое время стояла глубокая тишина, вдруг потянуло холодом, легкое призрачное серебристое облачко появилось у потолка и мгновенно растаяло.

За столом раздался разноголосый испуганный вздох-вопль:

— Ох!

Луиза, атеистка по натуре, очень испугалась и едва не потеряла сознание.

Тем временем Марфа, виртуозно касаясь гадальной доски, вопрошала:

— Дух Надежды, ты здесь?

Деревянная стрелка завертелась как сумасшедшая и остановилась у слова «да».

— Мы рады твоему присутствию.

Стрелка опять завращалась и, останавливаясь у разных букв, составила «спасибо».

Все затаив дыхание следили за руками Марфы.

— Что ты хочешь сказать нам, дух Надежды?

Помедлив, стрелка закрутилась. И Марфа прочитала:

— Накажите моего убийцу, иначе вам грозит опасность. Его имя...

В этот момент Мария потеряла сознание и хлопнулась на пол.

Зинаида с Серафимой стали приводить ее в чувство.

Не обращая внимания на случившееся, Марфа продолжала сеанс. Последние слова духа Надежды были: «Я жду отмщения, я приду...»

Закончив сеанс, Марфа раздраженно бросила пришедшей в себя Марии:

— Не нужно ходить на встречу с духами, если нервы слабые! Из-за тебя мы не узнали имя убийцы!

— Не все такие смелые, как вы, — заступилась за девушку Серафима.

Но Марии вновь стало плохо, и все захлопотали вокруг нее.

Криво улыбнувшись, Марфа шепнула Александре:

— Знает кошка, чье мясо съела! Никогда мне эта Мария не нравилась.

Александра с недоумением спросила:

— Она же долго у Барятьевых проработала, неужели никогда на спиритических сеансах не бывала?

— Долго, — хмыкнула Марфа. — А на сеансы ее не приглашали, она гостей обслуживала.

— Ясно, — задумчиво протянула Александра. — Конечно, может, причиной ее обморока явился испуг, но такая острая реакция на слова духа — это слишком. Похоже, причина в другом.

— И я так думаю, — усмехнулась Марфа.

Луиза прислушивалась к их разговору. Заметив это, женщины вышли из гостиной.

— А Луиза как сюда попала? — удивленно спросила Марфа.

— Да она как-то зашла сюда, хотела на память о Барятьевых что-нибудь взять, и мы разговорились. Я сказала, что в субботу спиритический сеанс будем проводить, душу Надежды вызывать, она захотела присутствовать.

Александра вернулась в гостиную и пригласила всех в столовую. Мария попыталась избежать застолья, но Александра не позволила.

— Бокал вина не помешает, наоборот, восстановит твои силы.

Мария обреченно поплелась за хозяйкой.

Все тихо и печально, будто на поминках, расселись за заранее сервированный Зинаидой стол.

Костик налил всем дамам вина.

Марфа подняла бокал. У нее в глазах блестели слезы.

— Господа, позвольте мне сказать. Мы все сегодня услышали от неупокоенного духа Надежды, что она хочет возмездия и для этого вернется. Я думаю, мы должны найти преступника, чтобы покарать его. Ее чистая, сияющая душа, которую мы сегодня видели, мучается и не может отправиться в рай. И мы обязаны помочь ей.

— Покарать преступника! — воинственно подхватил Костик.

— Найти, а покарает пусть закон! — перебила Марфа. — Мы должны найти преступника!

— А чего его искать? — с аппетитом уплетая фруктовый салат, буркнула Павлина. — Кто наследство получил, тот и убил.

При этих словах Мария сильно побледнела.

— Но полицейские проверяли родственников, у всех стопроцентное алиби, — вздохнула Марфа.

— Что же они, дураки? Они не сами убивали, а кого-нибудь наняли, — ухмыльнулась Павлина. — Вон хоть Машку, — кивнула она на Марию. — То-то она в обморок хлопнулась, когда дух Надьки увидела. Сознавайся, где была на момент смерти хозяйки? — грозно уставилась Павлина на домработницу.

Мария в ужасе вскочила.

— Что вы глупости говорите! Я в это время на даче была, хозяйка послала прибраться там.

— Если не ты, то Серафима, — не сдавалась Павлина.

— Мы вместе были на даче, — испуганно пискнула Сима. — Мы там надрывались, все чистили да драили две недели.

Но Павлина не угомонилась.

— Это крайне подозрительно, что вы бросили хозяйку одну и уехали.

— Она сама нас отослала, — угрюмо пробормотала Серафима.

— Может, кого-то устроило, что она осталась одна, — подала голос Луиза.

Павлина покосилась на Луизу.

— Может, не может... Что гадать-то? Знать надо! Вот эти кумушки, — кивнула она на Марию и Серафиму, — наверняка все знают, но нам не говорят. Давайте колитесь!

Помощницы по хозяйству сидели молча с оскорбленным видом.

— А что, если Надежду убили из-за клада? — вдруг бухнула Зинаида.

Луиза вдруг покраснела.

— Вот именно! — буркнула Мария. — Нас так эти кладоискатели атаковали, даже забор выломали! По ночам по дому бродили. Хозяин в больнице, а мы тут одни женщины, на охрану денег нет. И было это за несколько месяцев до смерти Надежды.

Серафима ее поддержала:

— Точно, это искатели клада!

— Ах, вот как! А что же вы молчали все это время? — накинулась на них уже изрядно опьяневшая Павлина.

— А нас никто не спрашивал! А потом, может, это не кладоискатели, — изрекла Серафима.

— Действительно, — поддержала ее Александра. — Не верится, что из-за какого-то мифического, сомнительного клада можно убить человека. На мой взгляд, это полная чушь.

Глава 57
Новые конкуренты в поисках сокровищ

Чтобы прекратить хождение на чердак, Александра повесила на дверь огромный амбарный замок. И по просьбе Луизы тайно запускала туда ночью Луизу, когда все спали. Луиза не хотела, чтобы обитатели дома знали о том, что она ищет клад. Конечно, это было хлопотно для Александры, но на что не пойдешь ради редких книг.

Книги Надежды Александра у Луизы выкупила и отвезла на свою квартиру, закрыла на ключ в отремонтированной комнате.

Теперь иногда она заходила домой и разбирала книги.

И нашла дневник Наденьки. Тисненый жесткий переплет дневника трудно было отличить от книги, немудрено, что Луиза не заметила его.

Нина Дитинич

Взяв с собой дневник, Александра вернулась в особняк.

Было около двенадцати ночи. Сияя в свете фонарей, шел легкий снежок. У ворот уже маячила Луиза.

— Вы где гуляете? Я замерзла как цуцик, — сердито буркнула она.

— Оттирала краску после ремонта, — виновато ответила Александра.

Тут они заметили, что от ворот к темному ходу по пороше тянутся две цепочки следов.

— Кто-то здесь недавно прошел, — проговорила Луиза. — Неужели за моим кладом охотятся? — И, рванув дверь, кинулась в дом.

Наверху послышался ее возмущенный голос.

Александра торопливо поднялась вслед за ней.

У двери на чердак в темноте слышался шум потасовки.

Включив свет, Александра увидела, что на площадке перед дверью на чердак толкаются Луиза, Георгий и неизвестная девица в темном пуховике.

— Вы как сюда попали? — накинулась Александра на Георгия.

— Мы пришли за кладом, — вылезла из-за плеча Георгия его спутница. — Он по праву принадлежит мне!

— Почему тебе?! Ты кто такая?! — завопила Луиза.

— Я бывшая девушка Альберта, он мне всю жизнь искалечил, — с пафосом произнесла девица.

— Со своими претензиями обращайтесь к покойнику. Мне клад при жизни завещали мои родственники, хозяева этого дома! — воскликнула Луиза.

Спутница Георгия презрительно скривилась.

— Альберт ухаживал за мной и обещал, что я буду сказочно богата, он сказал, что в доме спрятан клад, и подарил его мне. Никаких родственников он не упоминал.

— Вы больная, что ли? — не сдавалась Луиза. — Одна из сотни любовниц! Мало ли что мужик обещает, когда ему нужно переспать с бабой! С чего вы вдруг решили, что клад принадлежит вам?

— С того! — уперлась спутница Георгия. — Барятьев испортил мою жизнь. Из-за него я лишилась всего и заработала тяжелое нервное заболевание. Мне на лечение необходимо много денег, а у меня их нет. И все из-за того, что я отказала ему.

— Ну, знаете ли! Откуда известно, что это правда? — вспыхнула Луиза. — Может, вы аферистка или шизофреничка? Тем более вы сами сказали, что у вас нервное заболевание.

Георгий ударил себя в грудь рукой.

— Я — живой свидетель. Она говорит правду.

— Да вы с ней парочка мошенников, — насмешливо протянула Луиза.

Александра вспыхнула.

— Хватит! Георгий, откуда у вас опять ключи?

— Да они давно у нас, и не в одном экземпляре, — злорадно захохотал Георгий.

— Может, мне полицию вызвать? — гневно спросила Александра.

— Нет, позвольте, мы лучше сами разберемся, — остановила ее Луиза.

На шум прибежали Павлина с Костиком.

— Что происходит? Кто здесь? — вопросила Павлина. — О, сколько у нас конкурентов! А я-то думаю, кто амбарный замок на дверь повесил? — хохотнула она. — Нехорошо с вашей стороны, Александра, двойную игру вести. Почему вы нам ничего не сказали?

— А почему я должна вас ставить в известность о том, что делаю в своем доме? — возмутилась Александра.

— Это не ваш дом, — поджала губы Павлина.

— Пока арендую — мой, — парировала Александра.

Началась общая перепалка, которая продолжалась, пока не притащились заспанные встревоженные домработницы.

— Клад должен принадлежать тому, кто его найдет! — тут же заявила Зинаида.

— Правильно, — горячо поддержали ее Серафима с Марией.

— А вы-то к кладу каким боком? — презрительно фыркнула Павлина. — Здесь только еще прислуги не хватало!

— А что мы, не люди? — подбоченилась кругленькая Зинаида.

— Так, пока вы драку не устроили, спускаемся в столовую и разбираемся со всеми и кладом, — скомандовала Александра.

За столом кладоискатели продолжили ожесточенный спор.

— Вы как хотите, но я от своего не отступлюсь! — визжала спутница Георгия. При ярком свете она уже не выглядела юной девушкой, а тянула на все пятьдесят.

— А какое отношение вы имеете к кладу, Виолетта? — ядовито спросила Мария.

Тут Александра, вспомнив рассказ Марии, насмешливо изрекла:

— Так это вы держали в плену человека и шантажировали его? Вы знаете, что это уголовное преступление?!

— Лет на десять тянет, — хохотнула Павлина. — Так вы супруга этого козла? — кивнула она на Георгия.

— Не смейте так говорить о моем муже! — нервно крикнула Виолетта.

— Сядете вместе, — злорадно ухмыльнулась Павлина.

— Ничего не докажете! — процедил Георгий. — Эта мошенница у нас триста тысяч долларов украла.

— Да не брала я у них ничего! — заломила руки Мария.

— Тихо! — внезапно заорала Павлина. — Я предлагаю тебе, — обратилась она к Луизе, — поделить клад на двоих: тебе половина и мне половина.

— Это почему на двоих? — закричала Виолетта. — До вас что, не дошло? Это мой клад, мне Альберт его обещал! Только я имею на него право, и только я знаю, где он находится.

Все с жадным любопытством уставились на нее.

— Ты знаешь, где спрятан клад? — с умилением пропела Павлина.

— Да, — гордо вскинула Виолетта голову.

— Это меняет дело, — заявила Павлина. — Пятьдесят процентов ваши, пятьдесят мои.

— Вот еще, делиться с кем попало! — усмехнулась Виолетта. — Все только мое.

— Эй, вы, нечего делить клад, который завещали мне! — не выдержала Луиза.

— Да отвяжись ты! Раз ты его до сих пор не нашла, значит, ничего не знаешь, — отмахнулась Павлина. — Если вы согласны, — обратилась она к Виолетте, — то сейчас идем на чердак и будем искать вместе. Дайте нам ключ, Александра!

— С какой стати? — рассердилась Александра. — Вижу, вы совсем голову потеряли! Откуда вы взяли, что в доме есть клад? Кто-нибудь его видел? Я вот, например, уверена, что никакого клада нет, все это выдумки Альберта Барятьева.

Глава 58
Дневник Наденьки

«Уже вечер, за окном скребется колючий противный дождь. Тоскливо. В комнате холодно, гуляет сквозняк, мы с Альбертом так и не успели заклеить окна... Марии с Симой поручить это не могу. Они совершенно отбились от рук, а мне и замечание им сделать нельзя, потому что четвертый месяц не плачу им зарплату, нет денег. Они грозятся уйти, подать в суд и каждый день напоминают о долге. Альберт в больнице, а я не знаю, что делать, на что жить... Может, сдать в аренду полдома? А может, дачу продать? Надо посоветоваться с Марфой, она особа практичная.

Сегодня была у Альберта. Какое счастье, что его госпитализировали не в ту больницу, где работает Инна, и ему никто не выносит мозг, иначе несчастный мой супруг безумного давления не выдержал бы, да и я тоже. Молюсь за него, чтобы скорей выздоровел.

Крепко же Инна с Леонидом взялись за нашу семью. Вот гиены! На слабых нападают! Если бы Альберт был здоров, мне бы не было так страшно, как сейчас.

Но что же делать с деньгами? Может, у Марфы занять, рассчитаться с прислугой и их от греха подальше уволить? Но как я останусь одна в этом страшном, огромном доме? Если только Марфа арендаторов не найдет...»

В дверь постучались, и Александра поспешно спрятала дневник Наденьки в ящик стола.

В последнее время обитатели дома совсем с ума сошли: ругались почти не переставая, замок от двери на чердак утащили, в балке на крыше дыру проковыряли. Следят друг за другом, чтобы никто не опередил других.

На пороге появилась Зинаида.

— К вам следователь пришел.

Александра вышла в гостиную. Егор Суржиков поздоровался и пригласил ее присесть, усаживаясь сам, словно у себя дома.

— Что на этот раз? — поинтересовалась Александра.

— Чаем напоите? — улыбнулся следователь. — Он у вас бесподобный.

Александра крикнула:

— Зина, чай принеси, пожалуйста.

— Как у вас дела? — участливо поинтересовался следователь.

— Плохо, работы нет. Почти все мои клиентки болеют. Эпидемия гриппа.

— Вот как? Действительно, даже у меня насморк.

— Заразить меня пришли? — усмехнулась Александра.

— Вы догадливы, — засмеялся Суржиков и полез в карман за носовым платком.

— Плохо, — нахмурилась Александра. — В моих планах болезнь не предусмотрена. Так зачем я вам понадобилась, Егор Анатольевич?

Суржиков посерьезнел.

— Гриппа у меня нет, не волнуйтесь.

— Это хорошо. Но хотелось бы знать, зачем вы снова здесь?

— Пришел в надежде на вашу помощь, — ответил следователь.

Александра насмешливо прищурилась:

— Хотите записаться на сеанс к психологу?

— Нет, — поморщился Суржиков. — Насколько мне известно, вы активно интересуетесь историей семьи Барятьевых...

Невольно опустив глаза, Александра насторожилась.

— Да, интересуюсь. Просто меня поразило, что явное преступление не расследовалось и не раскрыто.

— Вы думаете, что Надежду Барятьеву убили?

— Уверена на сто процентов!

— Ваш благородный порыв я приветствую, поэтому не оправдывайтесь. Хотелось бы знать, как далеко вы зашли в своем расследовании?

— В расследовании? — растерянно произнесла она. — Что вы имеете в виду?

— Хочу понять, откуда такая уверенность, что госпожу Барятьеву убили?

— Из разговоров с людьми, окружавшими Надежду при жизни.

Суржиков усмехнулся.

— Вы думаете, они говорят правду?

В гостиной появилась Зинаида. Бросив любопытный взгляд на следователя, она поставила на стол поднос с булочками и подала гостю чай.

Положив тоненький кружок лимона, Суржиков поднес к лицу чашку с дымящимся цейлонским чаем, с наслаждением вдохнул его аромат и с сожалением поставил назад.

— Горячий.

Проводив взглядом Зинаиду, он спросил:

— Что это ваши домработницы какие-то перевозбужденные ходят? Кажется, у вас тут нешуточные страсти кипят?

— Есть такое, — неохотно согласилась Александра и рассказала о распрях кладоискателей.

— Интересно, — задумчиво размешивая сахар, протянул Суржиков. — А вы сами верите в существование клада?

— Да нет никакого клада! — раздраженно воскликнула Александра. — Мне уже надоело повторять это всем. А если и был когда-то, то давно найден бывшими хозяевами.

— Но, насколько мне известно, Барятьевы в конце своей жизни нуждались в деньгах.

— Нуждались, — кивнула Александра. — Из разговоров я поняла, что Альберт был прижимистым человеком, а Наденька, напротив, натурой широкой, щедрой. И при всем этом оба были людьми непрактичными. Прислуга их все время обворовывала. Так что если и был клад, то, видимо, не особенно ценный.

— А что же вы не остановите этих горе-искателей, ведь они скоро весь дом разнесут?

Александра безнадежно махнула рукой.

— Это бесполезно, в них словно черт вселился.

— Сочувствую. Если помощь будет нужна, звоните.

— Непременно. А вообще в этом доме был живой музей рода Барятьевых, и хозяин много разных чудес придумал и много слухов пустил.

— Я так и думал, — вздохнул Суржиков. — Теперь понятно, откуда у клада ноги растут. У меня будет к вам одна просьба, Александра, — внезапно произнес он. — Не трогайте кладоискателей, то есть если они, конечно, не станут разрушать дом, присматривайте за ними, в случае чего обязательно звоните мне.

— Хорошо, — кивнула Александра. — Буду сообщать, как идут поиски.

— Договорились, — повеселел Суржиков.

Глава 59
Гибель Барятьевых

1990-е, Москва

После звонка Нади Марфа схватила такси и помчалась к подруге.

На улице уже стемнело. Только что прошел весенний дождь, и воздух был свеж и чист. Теплая влажная земля во дворе дома дышала невидимой жизнью. Упрямо проклевывались наружу и тянулись вверх упругие, плотные, бледно-зеленые ростки. Набухшие на деревьях почки едва слышно щелкали, раскрываясь.

Марфа взглянула на особняк Барятьевых. Свет горел только на втором этаже. На звонок домофона никто не отвечал. Марфа подошла к входной двери и потянула ее за кольцо. Дверь оказалась заперта.

Чувство острой тревоги обдало ее ледяным холодком. Марфа обошла дом и остановилась у черного входа. Поднялась на крыльцо и толкнула дверь, которая с легким скрипом открылась. Глаза быстро привыкли к темноте, Марфа на ощупь двинулась вперед. Держась за перила, она тихонько поднималась по лестнице.

Где-то наверху слышались неразборчивые голоса.

Поднявшись на второй этаж, Марфа поняла, что шум исходит с чердака, и ясно услышала женский голос:

— Теперь эта уродина не помешает нам.

Раздался мужской голос. Мужчина говорил быстро и неразборчиво. В ответ женщина засмеялась. Раздался звук волочения по полу. Что-то упало, заскрипели доски под чьими-то шагами.

— Хорош, хватит! Пойдем отсюда! — воскликнула женщина.

Не дожидаясь, когда ее обнаружат, Марфа опрометью кинулась по лестнице вниз. По пути на что-то наткнулась, что-то загремело. Она вылетела из дома и понеслась по улице.

В беспамятстве от охватившего ее ужаса Марфа пробежала метров сто, завернула за угол и только тогда остановилась и перевела дух. Сползла на корточки и замерла. Во дворе было темно, но Марфа различила две чернеющие тени, отделившиеся от запасного входа особняка. Неизвестные пересекли двор и исчезли в противоположном от нее направлении.

Подождав минут двадцать, Марфа с бьющимся сердцем вернулась к двери черного хода. Подергала ее, дверь оказалась заперта.

Дрожащими руками Марфа набрала номер телефона Нади, но ей никто не ответил. Шестым чувством Марфа понимала, что Наденька уже никогда не ответит. Какая-то страшная усталость, жуткая пустота навалилась на нее, хотелось выть от дикого отчаяния. В подсознании отчаянно билось: «Нади больше нет. Нади больше нет...»

Ощущение опасности шевельнулось в ней лишь тогда, когда она услышала приближающиеся шаги.

Вскочив, Марфа помчалась подальше от дома Барятьевых к шумному проспекту, где можно было затеряться среди людей и забыть этот кошмар хотя бы на время.

Приехав домой, она первым делом хотела позвонить в полицию. Но не сделала этого.

«Все равно уже поздно, — подумала она. — Наде уже не поможешь, а меня потом затаскают по судам и следователям. Да и убийцы могут до меня добраться».

Тело хозяйки обнаружили на следующий день ее помощницы по хозяйству, вернувшиеся с хозяйской дачи. Надя отправляла их подготовить дачу к выписке Альберта из больницы. Они нашли Надежду на чердаке, женщина болталась в петле.

Марфу тоже вызывали к следователю, но она была как во сне и автоматически отвечала на все вопросы. Ее состояние списали на потрясение от смерти подруги и не обратили на ее сильнейший стресс должного внимания.

После смерти Наденьки Марфа осталась совершенно одна. Только сейчас она поняла, что подруга значила для нее. Плакать Марфа не могла, все омертвело внутри ее, глаза были сухие до рези, и трудно было выжать хоть одну слезинку. Внутри же, в месте, где должно находиться сердце, жгло и пекло безжалостно. Вместо сердца там царила безлюдная пустыня, где не было места ни жизни, ни чувствам.

Только во время похорон она на мгновение ожила, у нее сильно сжалось сердце, и хлынули слезы при виде маленькой, худенькой, жалкой, всеми покинутой Наденьки.

Небольшая траурная процессия, завершаемая жадными до сенсаций журналистами и телевизионщиками, брела за гробом по заросшему кладбищу.

У могилы сняли крышку гроба для прощания, и вдруг пошел дождь.

Капли дождя попали на лицо Наденьки, и Марфе показалось, что умершая плачет. Это было настолько живо, что Марфа от внутренней боли вскрикнула.

Бросив в могилу прощальную горсть земли, Марфа немного постояла и пошла к машине.

Чтобы прилично похоронить подругу, Марфе пришлось собирать деньги по знакомым, друзей у Нади, кроме нее, не оказалось, и она собрала сущие копейки. Байзюк наотрез отказался дать денег жене на похороны подруги, и Марфа продала свой перстень.

От Барятьева скрыли смерть жены, но, несмотря на это, ему вдруг непостижимым образом стало хуже. Альберт пришел в сильное беспокойство и требовал, чтобы срочно пришла Наденька, врачи отводили глаза, не зная, что сказать. Внезапно он перестал спрашивать о жене и молча заплакал.

К вечеру того же дня Альберт Барятьев впал в кому и вскоре умер.

Марфа пришла с большим букетом цветов в театр проститься с Альбертом и всплакнула. Было больно, вспоминались совместные с Наденькой и Альбертом счастливые, яркие дни, живой музей, балы, встречи. Марфа невольно улыбнулась. Теперь Наденька навсегда со своим любимым Альбертом, навечно!

Альберта похоронили рядом с женой. Над их могилами поставили два деревянных креста.

На сорок дней Наденьки Марфа съездила на кладбище и положила на могилы супругов алые розы. Постояла, погрустила и поехала в свой любимый ресторанчик.

В ресторане она столкнулась с охранником мужа Вадимом.

— А ты что здесь делаешь? — изумилась Марфа.

— Зашел поесть, — ответил парень.

— Не хило, — усмехнулась Марфа. Ресторанчик был не из дешевых. — Так, может, мне компанию составишь? Помянем мою подругу, сегодня ей сорок дней.

— Да запросто, — согласился Вадим.

Они устроились за столиком и, пока ждали официанта, тихо переговаривались.

— А что случилось с подругой? — поинтересовался Вадим.

— Повесилась, — вздохнула Марфа.

— Так ее что, не отпевали?

— Отпевали, — обиделась Марфа. — Она крещеная была.

— Но она же самоубийца, а самоубийц не отпевают, — не унимался Вадим.

Марфа не стала посвящать Вадима в то, что уговорила священника отпеть Наденьку, пояснив, что сердцем чувствует, что покойная не накладывала на себя руки. И священник пошел ей навстречу, Наденьку отпевали, правда, каким-то особым образом, но отпевали. Она пожала плечами.

— Думаю, ты не прав, видимо, самоубийц отпевают, но специальными молитвами.

Подошел официант и принес закуски, воду и вино.

Вадим в предвкушении потер руки.

— Я голодный, как зверь.

Марфа подняла бокал с вином.

— Давай помянем рабу божью Надежду.

Молча подняв бокал, Вадим выпил и принялся за закуску.

— И с чего она вдруг решила уйти из жизни?

Помрачнев, Марфа вздохнула:

— Из-за мужа, наверное. Муж у нее смертельно был болен, тоже умер недавно.

— Вот это да! — потрясенно произнес Вадим. — Какая женщина! Конечно, ее надо помянуть. Царство ей небесное.

— Только вот не пойму, почему она оставила без помощи умирающего мужа? — буркнула Марфа.

— Действительно. Странно.

— Вот и я думаю, странно, — отозвалась Марфа.

Она старалась не вспоминать страшный вечер и голоса на чердаке в доме Барятьевых, когда погибла Наденька, и почти убедила себя, что подруга совершила самоубийство.

Глава 60
Бунт кладоискателей

Наши дни, Москва

Первой в гонке за сокровищами с дистанции сошла Луиза Загоруйко. Возвращаясь вечером домой с работы, она поскользнулась на льду, сильно ударилась головой и попала в реанимацию.

Александру удивила нечеловеческая радость, с которой встретили эту новость остальные кладоискатели.

— В реанимации?! — с горящими глазами возбужденно воскликнула Павлина. — Вот увидите, она не вернется! Так что давайте делить заново проценты.

Виолетта, целыми днями торчавшая в доме вместе со своим муженьком, охотно поддержала Павлину.

— Если она в реанимации, дело очень серьезное. Но, увы, это судьба, и тут ничего не попишешь, — лицемерно вздыхала жертва любви Альберта.

Серафима с Марией льстиво поддакивали. Лишь Зинаида сердито хмурилась.

— Погодите человека хоронить, пока он живой, не по-христиански это, Луиза еще выкарабкается. Ведете себя как злыдни! — ворчала она себе под нос.

Но кладоискатели были словно одержимые: делили проценты, спорили, орали до хрипоты.

Александре было противно видеть все это, и она, закрывшись в своем кабинете, читала дневник Наденьки. Ей открывалась душа несчастная, трепетная, израненная и бесконечно любящая.

Кладоискатели тем временем перевернули весь чердак и принялись простукивать стены и пол. В хламе Георгий с Костиком раскопали металлоискатель и возрадовались.

— Мы идем по верному пути! — провозгласил Костик. — Этим металлоискателем Барятьевы искали сокровища.

— Так, может, и нашли? — предположила Зинаида.

— Да что ты! У них копейки за душой не было! — презрительно скривилась Серафима.

— Вот, вот, — подхватила Павлина. — Если бы они нашли драгоценности, были бы богаты и не закончили бы так плохо.

— А почему вы думаете, что клад на чердаке? — скептически буркнул Георгий. — Может, он в другом месте.

— Так хозяева между собой говорили, — влезла Серафима. — Я сама лично слыхала.

Костик стал обследовать стены. В нескольких местах металлоискатель запищал.

— Вот тут что-то есть, — показал Костик. — Давайте проверим.

— Мне сложности не нужны, не смей стенку трогать! — сердито фыркнула Павлина.

Костик было заспорил, но угрожающий взгляд Павлины пригвоздил его к месту.

— Хорошо, — уныло пробурчал он и продолжил водить металлоискателем по стенам и полу. — Вот еще одно место, — вздохнул он и бросил косой взгляд на свою хозяйку.

Павлина и ухом не повела, будто не слышала. Она задумчиво разглядывала выпиравшую из стены балку.

— А ну-ка, проверь вот здесь, — ткнула она в балку.

Костик кинулся выполнять волю хозяйки. Металлоискатель запищал.

— Что-то есть! — радостно хохотнул он. — У вас не глаз, а алмаз, — подмигнул он Павлине.

Остальные кладоискатели ходили за ними по пятам и ревниво наблюдали за каждым движением Костика.

— Все-таки я не понимаю, — не выдержала Виолетта. — Почему мы не вскрываем эти места, раз металлоискатель показывает?

— А потому, — подбоченилась Павлина. — Арендатор этого дома Александра, без ее разрешения мы не имеем права здесь ничего трогать.

— Так в чем же дело, давайте у нее спросим, — нетерпеливо взвизгнула Виолетта.

— А Александра должна спросить у владельца этого дома, а он вряд ли захочет нам отдавать клад, — задумчиво выдала Павлина.

— И что делать? — истерично выкрикнула Виолетта.

— Не знаю, пока думаю.

— Думай скорее, — не отставала Виолетта.

— А что ты здесь командуешь? Захочу, и вы с Георгием вылетите отсюда, — заявила Павлина.

— А мы в полицию сообщим, что вы клад здесь ищете! — ехидно пропела Виолетта.

— А я могу поступить проще, схожу к хозяину дома и все расскажу, он быстро вас всех отсюда попросит, — презрительно фыркнула Павлина.

— Какая ты сволочь! — возмутилась Виолетта. — Только попробуй! Я тебя прокляну, и будет тебе плохо. Вон я Альберта прокляла, и подействовало, видишь, как у него все плохо.

— А давайте аккуратненько вскроем, а потом хорошо заделаем, чтобы незаметно было, — влезла между разъяренными женщинами Серафима.

— Для этого инструменты нужны, — раздраженно бросила Павлина.

— Здесь полно всяких инструментов, — подала голос Мария.

— Уговорили, — буркнула Павлина, она еще не отошла от ссоры с Виолеттой, и ноздри ее часто раздувались. — Инструменты покажите Костику, а остальное я согласую с Александрой.

— Я с Костей пойду, помогу нужные инструменты взять, — вызвался Георгий.

— Давайте, только не сегодня, уже поздно, а вам, дорогие мои, уже домой пора, — язвительно обратилась Павлина к Виолетте с Георгием.

— А во сколько мы завтра продолжим? — настойчиво поинтересовалась Виолетта.

— Позвоните ближе к вечеру, я скажу, — недовольно бросила Павлина.

Кладоискатели потянулись к выходу с чердака.

Павлина закрыла дверь на замок и демонстративно положила ключ в карман.

— Всем до завтра, пошли, Костик.

Георгий и Виолетта проводили завистливыми взглядами Павлину с охранником, которые скрылись в своих комнатах.

Погода на дворе испортилась. Вьюга нещадно трепала несчастные деревья, ломилась в окна, завывая на все лады. В такую снежную кутерьму не хотелось выходить, а им еще добираться до «чертовых куличек».

В надежде на то, что хозяйка смилуется, пожалеет и предложит им остаться, они заглянули в столовую, где мирно пила чай Александра, и, проникновенно глядя ей в глаза, попрощались.

— Удачной дороги, — язвительно ответила Александра. Ей порядком надоели назойливые искатели чужих богатств. — Завтра, наверное, не приедете, вон все как вокруг замело.

Только гости ушли, на смену им на пороге появилась Павлина.

— Хочу с вами кое-что согласовать.

— Надеюсь, это не опасно для жизни? — без тени улыбки бросила Александра.

Глупо хихикнув, Павлина вздохнула:

— Это как сказать, хозяин дома узнает, будут неприятности.

— Решили стены разобрать? — нехорошо ухмыльнулась Александра.

— Вы угадали. А как иначе клад изымать? — вскинулась Павлина.

— Никак, — жестко заявила Александра. — Я запрещаю вам что-либо трогать.

Присутствующие при разговоре Мария с Серафимой недобро переглянулись, но промолчали.

Павлина занервничала.

— Тогда зачем я здесь торчу?

— Я тоже не понимаю зачем, — отрезала Александра.

Глава 61
Ночной погром

Последнее время Марфа стала все чаще вспоминать страшную ночь, когда не стало Наденьки. Миллион раз она прокручивала в голове услышанное и не находила успокоения. Кто были те люди? Что произошло до ее прихода? Ужасно то, что при ее тонком музыкальном слухе и отличной памяти она не может вспомнить голос женщины. Скорее всего, это результат шока, который она испытала. Конечно, ей нужно было тогда все рассказать полиции, но она побоялась. Или, может быть, поделиться с Александрой? Можно попробовать. Вдруг, если она вспомнит голос, это поможет найти убийцу Наденьки.

Но жизнь завертела Марфу, а тут еще ей заинтересовалось следствие по поводу смерти мужа. Ко всему прочему, родственники Петра пытались судиться за наследство.

«И вечный бой, покой нам только снится...» — вздохнула Марфа.

Но идеи поделиться своей страшной тайной с Александрой она не оставила. Хорошо узнав психолога, Марфа была уверена, что Александре можно доверять.

Марфа накинула шубку, замоталась в шаль и вышла в снежную круговерть.

Густой снег бился в стекла машины, и не было видно ни зги. Сугробы росли с катастрофической быстротой, снегоуборочные машины не справлялись и только мешали дорожному движению. Автомобили двигались медленно, словно снежные улитки, и в какой-то момент Марфу охватило отчаяние, что она сегодня не доедет до дома Барятьевых.

«Может, вернуться домой, пока не поздно?» — мелькнуло у нее.

Не меньше трех часов она провела в дороге и даже своим глазам не поверила, когда перед ней появился особняк Барятьевых.

Изумленная Зинаида в шубейке и валенках выбежала во двор и большой деревянной лопатой стала расчищать снег у ворот.

Наконец, Марфа въехала во двор и помогла домработнице закрыть ворота.

Тем временем Зинаида рассказала Марфе о последних событиях и борьбе кладоискателей.

— Совсем обнаглели! Весь чердак перевернули, а сегодня ночью кто-то все стены там взломал.

Марфа изумилась:

— Как взломал?

— А вот так, — развела руками Зинаида. — Дырок понаделали, видно, клад нашли.

Марфа поинтересовалась:

— Серафима с Марией еще не убрались отсюда?

Зинаида возмущенно фыркнула:

— Как же! Их отсюда палкой не выгонишь.

— А Павлина?

— И Павлина с Костиком здесь, — сердито буркнула Зина. — А помимо них, здесь еще одна парочка прописалась.

— Да ну! — заинтересовалась Марфа. — Кто такие?

Зинаида рассказала о Виолетте и Георгии.

Увидев Марфу, Александра радостно заулыбалась.

— Марфа! Какими судьбами в такую погоду?

— Да я случайно, мимо проезжала, — произнесла Марфа и поняла, насколько это глупо звучит.

— Мы всегда рады вас видеть, — улыбнулась Александра. — А у нас здесь столько разных событий!

— Да мне Зина уже кое-что рассказала.

Женщины прошли в кабинет Александры, и хозяйка попросила:

— Зина, кофейку принеси нам, пожалуйста.

Они уселись на диван за маленький столик.

— А я смотрю, у вас перестановка, — с любопытством озираясь, заметила Марфа.

— Небольшое обновление, — засмеялась Александра. — Расскажите, как ваши дела? Как сын, как сами?

— У меня все нормально, — отмахнулась Марфа. — Лучше вы расскажите, что у вас происходит?

— У нас что ни день, то новости, — помрачнела Александра. — Сегодня ночью на чердаке в стенах дыр понаделали, совсем эти кладоискатели свихнулись!

Марфа засмеялась.

— Клад нашли?

— Не знаю. Странно, что никто ничего не слышал, в том числе и мы с Зиной. Хотите посмотреть, что эти артисты натворили?

Взяв фонарь, Александра с Марфой поднялись на чердак.

Взглянув на зияющие дыры, Марфа ахнула.

— Вон видите! И как теперь все заделывать? Придется рабочих нанимать. Спрашивается, почему я должна за все это платить? — расстроенно вздохнула Александра.

Марфа покачала головой.

— Представляю, какой шум здесь стоял, странно, что вы ничего не слышали. Может, вас снотворным опоили?

Александра озадаченно хмыкнула.

— Мне это тоже на ум пришло, тем более что я сегодня проснулась с тяжелой головой, да и Зина жаловалась на недомогание. Интересно, только нам с Зиной снотворного насыпали или всем остальным тоже?

— Анализ крови надо сделать и узнать, — хмыкнула Марфа. — Следователя Суржикова к этому делу подключите.

— Вряд ли он в такую погоду поедет, — усомнилась Александра.

Но Марфа уже набрала номер мобильного следователя.

Суржиков не только приехал сам, но и привез с собой медсестру, которая у всех обитателей «теремка» взяла кровь на анализ.

Он тщательно осмотрел чердак, закрыл и опечатал дверь.

Уходя, Суржиков задумчиво кинул Марфе:

— Вижу, вас тянет в этот дом?

Марфа побледнела.

— Наверное, прошлое тянет.

— Видимо, непростое прошлое, — усмехнулся следователь.

Марфа смутилась, однако глаз не отвела.

— Меня тревожит одна история, но мне надо разобраться во всем самой.

Суржиков с укоризной покачал головой.

— Хорошо, разбирайтесь со своей историей, но будьте осторожны. До свиданья, — бросил он и, подняв воротник, шагнул за порог в завывающую вьюгу.

Глава 62
Коварное нападение

После ухода Суржикова решимость Марфы поделиться своей тайной с Александрой несколько поубавилась, тем более, пока Марфа собиралась с духом, вдруг завопил домофон.

Зинаида даже перекрестилась.

— Кого нелегкая в такую погоду принесла? — Она выглянула в окошко, но из-за густого снега ничего не увидела. Накинув шубейку, домработница выскочила во двор и вскоре вернулась в сопровождении Виолетты и Георгия.

Размотав шарфы, супруги повесили свои куртки на вешалку.

— Вы с ума сошли, в такую погоду притащились? — возмутилась Павлина.

— Ага, мечтали нас обойти! — окрысилась Виолетта. — Вот вам, — показала она фигу.

Павлина насмешливо фыркнула.

— Опоздали, дорогие, сегодня ночью кто-то все сокровища выгреб.

— Как это выгреб? — угрожающе двинулся на Павлину Георгий. — Да мы из вас мокрое место сделаем!

— Костик! — отчаянно пискнула Павлина.

Из кухни мгновенно прибежал Костик и накинулся на Георгия с кулаками.

— Не смей женщину трогать!

— Где наша часть клада? — наступала на Костика Виолетта.

Дело принимало неприятный оборот. На шум выскочили Александра с Марфой.

— Вы что тут устроили?! — возмутилась Александра.

Георгий и Виолетта моментально переключились на хозяйку.

— Что, обобрали меня, несчастную? — потрясала худыми, костлявыми руками Виолетта.

— Совести у вас нет! — вторил жене Георгий. — Специально нас выпроводили, чтобы наше богатство к рукам прибрать!

— Что-то мне твоя физиономия знакома! — воскликнула Марфа, глядя на Георгия. — Где-то я тебя видела!

— Первый раз вижу эту выдру, — злобно прошипел Георгий.

— Слышь, ты! — процедила Марфа. — В полицию хочешь попасть? Так я тебе это устрою, на пару с ненормальной женушкой!

— Спокойно! Отдайте нашу часть клада, и мы уйдем, — заявил Георгий.

— Ты что, ненормальный? — завелась Павлина. — Тебе человеческим языком говорят — украли клад. О какой части ты говоришь?

— Я вам не верю, покажите чердак!

— Чердак опечатан полицией, — заявила Александра. — Можете убедиться.

Все отправились на чердак.

Увидев опечатанную дверь, супруги не успокоились, сорвали опечатку и стали требовать ключ от замка.

И угомонились только после того, как им пригрозили вызовом полиции.

Зинаида решила разрядить обстановку и пригласила всех в столовую, где на столе уже стояли миски с пирожками и тарелочки с печеньем.

Виолетта сидела с потерянным лицом и нервно ломала тонкими пальцами хрустящее печенье.

Георгий, шумно вздыхая, мрачно пил чай, Александра с Марфой тихо переговаривались.

Внезапно Виолетта зарыдала.

— Что мне теперь делать? — всхлипывала она. — Я так надеялась на этот клад. На что нам теперь жить с Георгием?!

Марфа с Александрой почувствовали себя неловко, будто они ограбили несчастную женщину.

— Так, может, вам на работу устроиться? — вкрадчиво промолвила Александра.

— Куда я пойду? Я была прекрасной актрисой, но угораздило меня встретить Барятьева! Влюбился в меня этот идиот как сумасшедший, а у меня уже был мужик, я Барятьеву отказала, зачем мне старик? А он мне отомстил, жестоко отомстил. Он сломал мою жизнь, лишил карьеры.

Георгий кинулся успокаивать супругу, но у Виолетты начался нервный припадок. Лицо женщины исказилось, она начала хватать ртом воздух и сползать со стула на пол.

Александра с Зинаидой пытались привести несчастную в чувство нашатырем. Георгий схватил жену за плечи и грубо затряс.

— Прекрати, слышишь? Прекрати!

Но Виолетта закатывала глаза и беспрестанно бормотала:

— Отдайте мою долю, будьте людьми!

В кухню ворвалась разъяренная Павлина.

— Слышь, артистка, кончай здесь спектакли закатывать, мы неблагодарные зрители, денег не заплатим. Вставай и убирайся отсюда вместе со своим муженьком.

Виолетта резво вскочила с пола и, подлетев к Павлине, вцепилась в ее лицо длинными ногтями.

— Так это ты, воровка, мои сокровища забрала! — завизжала она.

Павлина, вырываясь, лягнула Виолетту в тощую ногу. И обе одновременно дико заорали.

Георгий с трудом оттащил супругу от Павлины.

Но Павлина решила отомстить и схватила противницу за волосы, вырвала целый клок, отчего Виолетта издала такой страшный крик, что у присутствующих мороз по коже пробежал.

Вместо того чтобы защитить жену, Георгий хрипло рассмеялся.

— Вас двоих в бои без правил нужно отдать, много денег можно заработать, пока вы друг дружку до смерти не забьете.

— Козел! — с ненавистью плюнула в него Виолетта.

— Козел, не козел, а без денег ты мне не нужна, — заявил Георгий. — Можешь здесь оставаться.

— Козел! — воскликнули обе женщины одновременно.

— Альфонс! — с чувством добавила Павлина. — Хотя ты тоже хороша! — мрачно произнесла она, глядя на Виолетту. — Носишься за чужими сокровищами.

— А ты лучше?! — не осталась в долгу Виолетта. — Ты за своими носишься? Ты какое отношение к этому кладу имеешь?! Я хотя бы пострадавшая, а ты каким боком ко всему этому стоишь?!

— Это не твое дело! Буду я тут перед всякими проходимцами душу наизнанку выворачивать! Поверь, я имею право на этот клад.

— А эти овцы? — кивнула Виолетта на Марию с Серафимой. — Они, попившие кровушки у хозяев, какое они имеют отношение к их кладу? Я знала обо всем, что происходило в этом доме, и радовалась!

— Дура, заткнись! — заорал Георгий. — Чего ты несешь?! — схватился он за голову. — Замолчи!

— А думаешь, я не знаю про тебя? — повернулась Виолетта в сторону Павлины. — Ведь это ты повесила хозяйку, не правда ли?

Побелев, словно полотно, Павлина с трудом выжала из себя:

— Сумасшедшая! Ты чего несешь?! Психически больная! Тебе лечиться надо!

— Вот как! — обвела воспаленным, ненавидящим взглядом вокруг себя Виолетта. — Да я здоровее всех вас вместе взятых! Я знаю, клад присвоил кто-то из вас! Учтите, если вы его не вернете, пожалеете!

Георгий вдруг выскочил из столовой, не дожидаясь жены.

— Павлина, подумай как следует над моим предложением, пока не поздно, — многозначительно усмехнулась Виолетта, но, увидев вернувшегося мужа, радостно пропела: — Ой, поздно.

Георгий стоял у двери, помахивая пистолетом.

— Так что, Павлина, отдашь нам украденное?

Зрачки Павлины расширились от страха.

— Вы с ума сошли! — дрожащим голосом произнесла она. — Это не я.

— А кто?

— Я правда не знаю.

— Так, Виолетта, пока я держу их на мушке, пойди и обыщи комнаты Павлины и ее хахаля.

Павлина замахала руками.

— Не надо, я сама все отдам!

— Другое дело, — растянул губы в довольной улыбке Георгий. — Виолетта, возьми второй пистолет в моей куртке и проводи даму.

Глава 63
Злодеяние

1990-е, Москва

В приподнятом настроении Наденька подходила к больничному корпусу, утопавшему в весенней трогательной зелени.

Поднявшись на этаж, где находилась палата Альберта, она столкнулась с его лечащим врачом Александром Ивановым. Жизнерадостного доктора с живыми умными глазами любили все. Не исключением была и Наденька, ее подкупало отношение Александра к пациентам. Глядя сквозь стекла очков карими лучистыми глазами, доктор сообщил, что здоровье Альберта Барятьева улучшилось и его вскоре выпишут.

С радостным известием Наденька побежала в палату мужа.

Вопреки ее ожиданию Альберт не обрадовался, а неожиданно загрустил. Как-то необычно печально и нежно взглянул на жену.

— У меня почему-то нехорошее предчувствие, — вздохнул он. — Такое чувство, будто я вижусь с тобой в последний раз, Наденька. А вдруг я умру сегодня?

Наденька без сил опустилась на колени перед его кроватью и, испуганно взглянув на него, прижала его руку к своему лицу.

— Не пугай меня. Твоя рука такая теплая, сильная. Ты полон жизненных сил. — Она вдруг расплакалась. — Не говори так никогда! Все у нас будет хорошо.

Смущенный Альберт принялся успокаивать супругу.

— Доктор сказал, что тебя скоро выпишут и чтобы я готовилась к твоему возвращению домой.

Немного посидев с мужем, Наденька заторопилась домой.

— Поеду готовиться к твоему приезду, завтра приеду за тобой, скорее всего, в это же время, вдруг тебя выпишут, — сказала Надя.

Проводив жену до лифта, Альберт расцеловал ее взволнованное, заплаканное лицо.

— До завтра, дорогая.

Весенний ласковый ветерок прогнал Надины тревоги. Глядя в сияющее синевой небо, она воспарила духом. Ей вдруг страстно захотелось жить, и жить счастливо, любить Альберта и быть любимой.

«Еще не поздно. У нас столько всего впереди», — думала она.

Приехав домой, Надя занялась уборкой. Протерла везде пыль и натерла паркет.

Несмотря на то что помощницы по хозяйству находились на даче, она быстро убрала дом и побежала в салон красоты.

Сделала стрижку, маникюр, посетила косметолога и сразу преобразилась, похорошела. Пока Альберт болел, Наденька будто и не жила, ничего ей было не нужно, а теперь у нее за спиной сразу выросли крылья.

Из салона красоты она заехала на рынок. Накупила продуктов: зелени, овощей, фруктов, парное мясо.

Забив холодильник продуктами, она замариновала мясо и поставила его на холод.

К вечеру она так устала, что прикорнула на диване в гостиной. Заснула сладко и мгновенно. Ей ничего не снилось, Надя словно провалилась в бездну и летела, летела, пока что-то темное, ужасное не навалилось на нее. У нее зазвенело в ушах, и она проснулась.

Сердце сильно билось, звон в ушах не прекращался, и Надя поняла, что это надрывается домофон.

Окончательно стряхнув с себя сон, она глянула в окно и увидела, что на дворе уже стемнело.

— Кто там? — спросила она и услышала встревоженный голос Инны:

— Это мы с Леней, открой.

— Что случилось?

— Случилось, Надя, открывай!

Наденька нажала на кнопку домофона и пошла к входной двери.

В открывшуюся калитку протиснулись сначала худосочная Инна, за ней долговязый Леонид и семенящей походкой быстро пересекли двор.

— Ты извини, что так поздно, — затараторила Инна. — Но так получилось. Давай пройдем в дом.

Наденька молча посторонилась.

Гости прошли в гостиную и уселись на диван.

— Так что произошло? — не выдержала Надя. — Что молчите?

Леонид опустил голову, а Инна, набрав побольше воздуха в легкие, решилась:

— Надя, ты сильно не переживай, но я была в больнице сегодня у Альберта.

Надя перебила ее:

— Зачем? Зачем ты ходила к Альберту? Зачем ты нас преследуешь?! Вы с Леонидом ничего не получите после его смерти! Он написал завещание на меня.

— Я знаю, — усмехнулась Инна. — Не переживай, долго тебе наследства ждать не придется.

— Это ты к чему? — насторожилась Надя.

— Сегодня Альберту внезапно стало плохо, и доктор сказал, что до утра он вряд ли доживет, — с нескрываемым торжеством заявила Инна.

Надя вспомнила последние слова Альберта и рухнула как подкошенная.

Инна с Леонидом бросились к ней и стали приводить ее в чувство.

Открыв глаза, Наденька зарыдала. Давясь слезами, она стала просить позвонить в больницу или лично доктору Иванову. Но Инна отрезала:

— Им сейчас не до тебя.

— Я сейчас же поеду в больницу! — крикнула Наденька и побежала вызывать такси.

— Тебя никто не пустит к Альберту, он в реанимации, — убеждали ее Инна с Леонидом.

Но Наденька стояла на своем.

Несмотря на сопротивление Наденьки, Инна сделала ей укол с успокоительным средством.

Извековы подождали, пока Надя уснет, и, закрыв дом на ключ, ушли.

Наденька некоторое время находилась в забытьи и вдруг проснулась. В гостиной было темно, в доме тихо.

Во рту пересохло, хотелось пить, тело сковало какое-то безразличие, но в сердце занозой торчала боль от принесенного Инной известия. Эта боль нарастала и вскоре стала настолько нестерпимой, что она позвонила Марфе и попросила ее срочно приехать. Больше обратиться ей было не к кому.

Наденька поднялась на второй этаж в кабинет Альберта и, вытащив из бара начатую Альбертом бутылку коньяка, открыла и плеснула в бокал.

Выпить она не успела — в распахнутую дверь бесшумно вошли двое в темной одежде и масках.

Наденька испуганно вскрикнула:

— Кто вы? Что вам надо?

Внезапно резко заверещал мобильник Наденьки. Один из незваных гостей взял со стола мобильник и сунул его в карман.

Незнакомцы схватили Наденьку за руки и поволокли ее на чердак.

Наденька отчаянно сопротивлялась, даже одного укусила. Это оказалась женщина, она завизжала высоким голосом. Ее спутник наотмашь ударил Наденьку. Бросив свою жертву на пол, неизвестные стали требовать показать место нахождения клада с драгоценностями.

В недоумении Надя сначала даже не поняла, что от нее хотят, но когда ее несколько раз ударили, сообразила, что с этими отморозками лучше не спорить.

— Нет никакого клада, — сказала она. — Мой муж придумал про клад, для того чтобы к нам в музей ходили богатые посетители.

— А сейф в доме есть? — странным писклявым голосом поинтересовалась женщина.

— Есть, — в надежде на то, что ее отпустят, послушно ответила Надя.

— Давай код! — потребовал мужчина.

Наденька назвала цифры.

— Сходи проверь, — скомандовал он женщине. — А я пока ее посторожу.

«Зачем она спрашивала про сейф, если знает, где он находится?» — мелькнуло у Наденьки.

Пока женщина бегала, мужчина, угрожая Наде, требовал показать место, где хранится клад. И как она ни уверяла, что клада не существует, он не верил.

Вернулась женщина, принесла деньги и отдала ему.

— Негусто! — осклабился бандит, пряча их во внутренний карман куртки. — Представляешь, не говорит, где клад! — выругался он. — Давай тащи веревку, сейчас она все быстренько расскажет.

— А где взять веревку? — спросила женщина.

— Да посмотри здесь, тут у них столько барахла разного валяется.

Женщина покопалась в наваленной груде у стены, вытащила сломанный удлинитель и помахала им:

— Это подойдет?

— Подойдет.

Мужчина начал просовывать шнур удлинителя через балку, Наденька вскочила и бросилась к лестнице. Женщина догнала ее, сбила с ног и поволокла назад.

Мужчина накинул Наденьке петлю на шею и придавил ее слегка.

— Будешь говорить, где клад?

— Я не знаю, — прохрипела Надя.

— Сейчас скажешь! Тащи сюда табуретку, — приказал он подельнице.

Пока та бегала за табуреткой, мужчина затянул узел потуже.

— Так где клад? — повторил он.

У Наденьки стало синеть лицо, она задергалась и захрипела. Мужчина попытался ослабить узел, но толстый провод не слушался, этому мешала бьющаяся в конвульсиях жертва. Когда злодей ослабил узел, было поздно, Наденька уже умерла.

— Черт, черт! — сокрушался мужчина. — Вот тварь! Взяла и раньше времени сдохла!

— Это ты виноват! — заорала женщина. — Что теперь будем делать?

Мужчина истерически рассмеялся:

— Будем искать сокровища.

Глава 64
Спасение

Наши дни, Москва

То, что Виолетта пошла сопровождать Павлину, спасло обитателей «теремка». Подоспевший на шум Костик ловко напал на Георгия и отнял у него пистолет. Но наверху находилась Виолетта с оружием, и что она может натворить, один бог знает.

Георгия связали и быстренько оттащили в комнату Марии, привязав к кровати и заклеив ему рот скотчем.

Едва успели вернуться в столовую, как сверху с лестницы послышались шаги и голос Виолетты:

— Только попробуй еще раз дернуться, пристрелю!

— А что я, я ничего, — послышалось трусливое бормотание Павлины. — Надеюсь, теперь вы оставите нас в покое?

— Как бы не так! — засмеялась Виолетта, и от этого смеха у Павлины мороз по коже прошел. — Мы вас сейчас перестреляем, как куропаток, а дом подожжем, и все будет шито-крыто.

ОСОБНЯК САМОУБИЙЦ

Костик притаился сбоку под лестницей и ждал, когда женщины спустятся вниз.

Пропустив Павлину, он резко ударил Виолетту по руке и выбил оружие. Пистолет вылетел из ее руки и выстрелил, ранив Виолетту в ногу.

Она дико вскрикнула и упала. Ее отнесли в комнату Серафимы и, забинтовав ногу, привязали Виолетту на всякий случай к кровати.

— Нужно «Скорую» вызвать, — забеспокоилась Александра.

— Погодите, — остановил ее Костик. — Давайте мы пока сами разберемся с ними, а утром вызовем полицию и «Скорую».

Александре это не понравилось, но она промолчала.

Марфа сидела с отрешенным лицом, она была подавлена происходящим. Слова Виолетты, обвинявшей Павлину в убийстве Наденьки, звучали в ее ушах, она силилась вспомнить голос той женщины, чтобы сравнить с голосом Павлины или Виолетты, но не могла.

Время было уже позднее, и все, кроме Костика, отправились спать. Костик же остался охранять преступников.

Павлина, прихватив свои побрякушки, которые выдала за клад, поднялась в свою спальню. Марфа пошла с Александрой, решив переночевать в ее комнате на диване. Зинаида приютила в своей комнате Серафиму с Марией, они боялись оставаться внизу.

Как только Александра с Марфой остались одни, Марфа немедленно рассказала ей о той страшной ночи, когда она приехала к Наденьке.

Александра была шокирована.

— Какой кошмар! Почему вы не рассказали об этом полиции?

— Сначала испугалась, потом время было упущено. Меня бы и обвинили.

Александра укоризненно покачала головой.

— Как же вы рисковали! Предположим, преступники видели вас, но самое главное — по мобильнику Надежды они могли вычислить вас по звонкам, выследить.

— Но увидев, что я молчу, оставили меня в покое. Кстати, а мобильник Нади тогда так и не нашли.

— Вот видите, Марфа, вы обязательно все должны рассказать следователю Суржикову.

— Конечно, расскажу! Теперь главное — до утра дожить, — усмехнулась Марфа. — А почему бы нам сейчас не позвонить ему и не сообщить о том, что происходит в доме?

— Как-то неудобно среди ночи, — засомневалась Александра.

— О каком удобстве можно думать в такой ситуации? — возмутилась Марфа и набрала номер телефона следователя. Но металлический голос бесстрастно сообщил, что абонент недоступен. — Вот ведь невезуха! — расстроилась она. — И что теперь делать?

— Отправьте ему сообщение, и он как сможет, сразу позвонит. А лучше напишите обо всем, что у нас произошло, чтобы он смог принять меры.

— Так и сделаю, — вздохнула Марфа.

— Что нам утро принесет, еще неизвестно, — сонно пробормотала Александра. — Следователь будет в курсе и вовремя поможет.

— Так кто же все-таки расковырял стены на чердаке? — вдруг вспомнила Марфа, старательно набирая сообщение следователю.

— Хотелось бы мне знать, — мрачно буркнула Александра.

— Все-таки я склоняюсь к тому, что это Павлина с Костиком, они же оставались здесь, а Виолетта с Георгием уехали.

— Я тоже так думаю, они могли и снотворное незаметно подложить в еду или чай. Интересно то, что стены расковыряли в тех местах, где пищал металлоискатель, Зинаида запомнила.

— Да ну! — удивилась Марфа. — Тогда это точно Павлина с Костиком сделали.

— Если это так, то Павлина замечательная актриса, она так искренне визжала, что клад похитили.

Марфа тихонько засмеялась.

— Баба она коварная, но артистка из нее никакая.

— Так что же тогда получается, — озадаченно протянула Александра. — Это не они с Костиком стены пробили, тогда кто?

— Как только будут готовы анализы, мы узнаем, кто в ту ночь спал, а кто бодрствовал.

Александра зевнула.

— Тогда давайте спать. Спокойной ночи.

— Спокойной ночи.

Но под утро разыгралась очередная драма.

Костик задремал, а Георгий каким-то образом выбрался из пут и напал на него, пытаясь отобрать пистолет. Но охранник вырвал оружие, нечаянно нажал на курок и ранил Георгия в руку.

На шум прибежали прислуга и Павлина, вызвали «Скорую» и полицию.

Марфа с Александрой проснулись лишь тогда, когда приехали полицейские. Их разбудила Зинаида, потому что полиция требовала присутствия хозяйки.

Приведя себя в порядок, женщины спустились вниз, где уже допрашивали участников трагических событий.

Уже рассвело, и непогашенный свет в доме красноречиво говорил о ночном происшествии.

В это время Марфе позвонил Суржиков.

— Что случилось? — послышался его взволнованный голос.

Марфа коротко рассказала о случившемся и поинтересовалась, не готовы ли анализы.

— Я скоро подъеду, — бросил следователь и отключился.

Глава 65
Неожиданный поворот

Суржиков собрал всех жильцов особняка Барятьевых в столовой и сообщил результаты анализов. Оказывается, снотворным были опоены все, за исключением Марии.

Когда обитатели «теремка» узнали результаты анализов, известие поразило всех, словно гром среди ясного неба.

— Какая же ты сволочь! — опомнилась первой вспыльчивая Павлина. Бросив на Марию взгляд, наполненный праведным негодованием, она продолжила: — Так это ты украла клад! Ах ты тварь! — и бросилась к Марии.

Мария попыталась покинуть столовую, но на ее пути вырос Костик. Он вернул девушку за стол, однако она села подальше от Павлины.

— Как такое могло случиться, Мария? — вкрадчиво поинтересовался Суржиков.

Мария огрызнулась:

— Не знаю. Никого я не травила снотворным.

Разъяренная Серафима накинулась на Марию:

— Это твой почерк, дорогая! Не помнишь, как ты Надежду травила?

292

Пунцовая от злости Мария воскликнула:

— Что ты врешь?

— Вру? — разошлась Серафима. — Ты сама рассказывала мне, что Инна, жена брата бывшего хозяина, тебе давала лекарства, чтобы ты их Надежде подсыпала. Ты же замуж за Альберта собиралась при живой жене!

— Мало ли о чем она меня просила! — испуганно зажмурилась Мария. — Это было давно и к этому делу отношения не имеет.

— Вы хотите сказать, что Инна Извекова просила вас подсыпать лекарства Надежде Барятьевой? — заинтересовался Суржиков. — И что же это за лекарства были?

— Какие лекарства — не знаю, — буркнула Мария. — Просила, но я этого не делала.

— Сыпала, сыпала она! — заволновалась Серафима. — Не верьте ей! Надя даже в обморок падала от ее чаев. Отравительница!

Все невольно взглянули в свои чашки, но Зинаида успокоила обитателей «теремка», сообщив, что чай заваривала она.

— Для чего вы всех усыпили, Мария? — спросил Суржиков.

— Я не усыпляла! — уперлась та.

— Хорошо. Не усыпляли. Но так как вы не принимали снотворного, единственная из всех, значит, тогда вы слышали, как и кто разрушил стены? — с улыбкой продолжил допрос Суржиков.

— Ничего я не слышала и не видела! — пробормотала Мария.

— А может, у вас есть сообщники? — не отставал Суржиков.

Девушка исподлобья уставилась на следователя.

Нина Дитинич

— Нет у меня никаких сообщников!

— Неужели ты одна столько дырок пробила? — влезла Павлина. — Покажи свои руки, овца. На них должны быть мозоли.

— Сама ты овца! — огрызнулась Мария.

— Куда ты клад дела, мерзавка? — опять завелась Павлина.

— Никакого клада нет, — усмехнулся Суржиков.

— Как это нет? — задергалась Павлина.

— А что бы сейчас сказали супруги Верхушкины? — сладко зажмурился Суржиков.

— Мне плевать, что бы они сказали! — покраснела от злости Павлина. — Может, вы скажете, что в этом доме и привидений нет?

— И привидений нет, — кивнул следователь. — Спросите у Марфы, она вам все расскажет про привидения.

Все взгляды устремили на Марфу, заинтересованные и в то же время укоризненные.

— Что вы на меня так смотрите? Это было всего лишь шоу. Световые эффекты смонтировал осветитель театра… Георгий Верхушкин.

— И ты знала, а нам не сказала? — переключилась на Марфу Павлина. — Так, значит, этот проходимец Верхушкин знал дом как своих пять пальцев, — разочарованно протянула она.

Марфа надменно фыркнула.

— А почему я должна была вам что-то говорить?

— Но почему привидения возникали так внезапно? — не сдалась Павлина.

— Это я заранее задавала программу, я знаю, как это делать, меня Надя научила, и в определенное время появлялись призраки. А пульт находится в туалетной комнате на первом этаже.

294

— Значит, спиритический сеанс — фокус? — грустно протянула Зинаида.

На мгновение стушевавшись, Марфа строго проговорила:

— Нет, душа Наденьки действительно общалась с нами. Она сообщила, что ее убили, и это правда.

Суржиков взглянул на часы и объявил:

— Скоро здесь появится еще один человек, которого вы знаете.

— Георгий? — удивилась Павлина.

— Супруги Верхушкины сейчас в тюремной больнице, а потом будут отвечать по закону за разбойное нападение. Правда, только один Георгий, потому что Виолетта состоит на учете в психиатрической больнице.

— У меня мелькала мысль, что у нее не все в порядке с психикой, — проговорила Александра.

— И вы, Павлина, кажется, даже лежали в одной больнице с Виолеттой? — сказал вдруг следователь.

Павлина смутилась.

— Это было очень давно. У меня было истощение нервной системы. Да, я лежала с ней, но меня не поставили на учет, а ее поставили.

— Вы с ней общались?

— Нет, когда она сюда заявилась, я даже ее не узнала, она так изменилась.

— Значит, вы знаете Инну Извекову?

Павлина растерялась, в ее глазах мелькнул страх.

— Чисто шапочное знакомство. Когда я ее увидела на спиритическом сеансе, очень удивилась, что она родственница Барятьевых.

— Она ведь была вашим лечащим врачом?

— Да, — чуть помедлила Павлина.

— И врачом у Виолетты Угрюмовой?

— Да.

В прихожей зазвучал домофон. Суржиков вскочил.

— Позвольте, я сам встречу гостя.

Пока все гадали, кого приведет следователь, Зинаида пыталась увидеть гостя в окошко, но густой снег не позволил ей ничего разглядеть.

Вскоре хлопнула дверь. Послышались шаги, затем неразборчивые голоса, и в столовую вместе с запахом снега в сопровождении следователя вошла Луиза.

Крайнее изумление на лицах обитателей «теремка» сменилось сильным негодованием. Только Мария испуганно опустила голову.

— Так ты же в больнице? В реанимации? — вырвалось у Павлины.

— Как видите, нет, — глупо хихикнула Луиза.

Недовольный ропот за столом выдал злость присутствующих.

— Расскажите, как вы вдвоем с Марией трудились ночью на чердаке, — насмешливо произнес Суржиков.

Луиза вызывающе вскинула голову.

— Клад — это мое наследство! Он принадлежит мне по праву, а тут куча народа непонятно откуда образовалась. Какое они имеют право брать то, что им не принадлежит? Я придумала, что попала в больницу, позвонила от имени доктора, изменив голос, и сообщила, что в реанимации. А с Марией мы столковались, за десять процентов она согласилась помогать мне. Она молодец, сразу поняла, что к чему. Мария запомнила, где металлоискатель показал, там мы и искали.

— Нашли? — усмехнулся Суржиков.

— Нет там ничего, — хмуро буркнула Луиза.

— И не могло быть, — вздохнул следователь. — Как я уже сказал, никакого клада нет.

— Позвольте, как это нет? — разозлилась Луиза. — Надя мне жаловалась на кладоискателей, что они проникают в дом и клад ищут. Она даже свои старинные книги поменяла на мои, чтобы их не украли. Думала, что на мои никто не позарится.

— И где эти книги? — заинтересовался следователь.

— Я ей их продала, — кивнула Луиза на Александру. Покраснев, Александра проговорила:

— Да, я купила книги у Луизы.

— Ой, не могу! — расхохоталась Павлина. — Да вы, я смотрю, Александра, тоже охотница до сокровищ, всех нас обштопали!

Александра уже справилась со смущением и отпарировала:

— Каждый мерит по себе.

— Хватит ссориться, — нахмурился Суржиков. — Может, объясните, зачем вам книги?

— Я давно собираю старинные книги, — поморщилась Александра. — Луиза сказала, они ей не нужны, я и купила.

Глава 66
Инна угрожает Александре

Снег прекратился, прояснело, и на синем небе показалось зимнее, слепящее, холодное солнце.

После произошедшего обитатели особняка, дав следователю Суржикову подписки о невыезде, бледными тенями слонялись по дому.

Александра не успела дочитать дневник Надежды и была вынуждена отдать его Суржикову.

Клиентов у Александры прибавилось, и работала она до позднего вечера. И тем не менее в перерывах бегала домой и разбирала купленные у Луизы книги, надеясь найти старинную летопись рода Барятьевых.

Внезапно в особняк явилась Инна Извекова.

По-хозяйски открыла калитку и входную дверь в дом своими ключами.

Время было обеденное, и в столовой находились все обитатели «теремка».

Зинаида мирно раскладывала на тарелки второе блюдо, когда на пороге появилась Инна.

Подозрительно оглядев присутствующих, она хмыкнула.

— Вроде бы дом сдавали вам одной, — обратилась она к Александре. — А тут столько народу.

— А вы, собственно говоря, кто? — изумилась Александра.

— Я жена Леонида Извекова, хозяйка этого дома. И была свидетелем, как вы подписывали договор аренды с моим мужем.

— Насколько я помню, господин Извеков был один, — усмехнулась Александра.

— Я была неподалеку, вы просто на меня не обратили внимания, — бросила Инна. — Так я прошу вас ответить на мой вопрос, на каком основании здесь находятся посторонние люди?

— Во-первых, почему вы не предупредили, что появитесь?! Во-вторых, на время аренды я могу приглашать к себе кого угодно, и это вас не должно касаться, — гневно ответила Александра. — Или вы договор не читали?!

Инна скривилась.

— Я договор читала, — уже менее уверенно буркнула она. — Но в нем не сказано, что к вам должна приезжать полиция, а меня по неизвестным причинам должен вызывать следователь.

— Не пойму, при чем здесь я? — невозмутимо ответила Александра.

— Вот это я и хотела узнать! — с ненавистью выдохнула Инна.

Александра пожала плечами.

— Ничем не могу вам помочь.

— Все-таки я вас прошу выйти и поговорить со мной, — проскрежетала Извекова.

Инна направилась в гостиную, Александра последовала за ней.

Усевшись на диван, Инна закинула ногу на ногу.

Александра села рядом в кресло.

— Слушаю вас.

— Мне неприятно это вам говорить, но компания у вас в гостях собралась малоприятная.

— Почему же?

— Да потому! — раздраженно выпалила Инна. — Зачем вы собрали всю эту шваль? Приволокли Марию с Серафимой — этих лентяек? Откуда-то выкопали Павлину?

— Павлина — моя клиентка, уже давно, а домработницы — это случайность. Но не понимаю, почему вас это волнует.

Сверля Александру неприязненным взглядом, Инна усмехнулась:

— Если вам нужна была прислуга, не проще было обратиться в какую-нибудь фирму по подбору персонала?

— Не доверяю я этим фирмам, — отмахнулась Александра. — А эти женщины дом знают.

— Вот именно! — поджала губы Инна. — Странная вы, я бы в жизни не взяла домработниц с такой историей.

— С какой историей? — вскинулась Александра.

— Не притворяйтесь, все вы понимаете! Чего вы добиваетесь? На вашем месте я не лезла бы в чужие дела. Иначе ведь можно и головы не сносить. Мне сразу не понравилось, что вы решили снять дом, но разве этому лопуху Леньке что-нибудь докажешь.

— Зря вы так думаете, я действительно не понимаю, о чем вы. А в ваши дела я не лезу и не собираюсь, так что живите спокойно. Все?

— Все, — прошипела Инна. — Но слова мои учтите на всякий случай. — Она вскочила с дивана и, не прощаясь, направилась к выходу.

Александра вернулась в столовую.

— Что это с ней? Промчалась мимо нас, как будто за ней волки гонятся, — хмыкнула Павлина.

— Я даже не поняла, что ей нужно, — пожала плечами Александра.

— Знает кошка, чье мясо съела, — хихикнула Серафима. — Забегала!

— Не тебе злорадствовать, я бы на твоем месте тоже репу зачесала, — съязвила Павлина.

Сима поперхнулась и покраснела.

Притихшая после того, как ее прижучили со снотворным, Мария уставилась в тарелку, словно там было что-то очень важное.

— А мне вот интересно, Сима, почему ты молчишь, что тебя Маша снотворным траванула? — продолжала Павлина. — Я бы на твоем месте не простила ей, или вы все-таки на пару действовали?

Сима даже не удостоила Павлину взглядом, а взяла со стола свою тарелку и, поставив ее в раковину, демонстративно вышла.

Костик бросил вслед:

— Могла бы за собой посуду помыть!

В кармане Александры завибрировал мобильник. Увидев на экране номер Марфы, она вышла из столовой и скрылась за дверью своего кабинета.

Взволнованным голосом Марфа рассказала, что узнала от следователя, что горничная Яна, которая убила ее мужа Петра, тоже лечилась у Инны Извековой.

— Будьте осторожны. Поменяйте замки и не пускайте эту змею Инну на порог! — воскликнула Марфа. — Я свою охрану предупредила, а вы скажите Костику.

— Вы опоздали, Марфа. Инна уже навестила нас и недавно ушла. Пыталась меня запугать, чтобы я в ее дела не лезла.

— Срочно вызывайте слесаря и меняйте замки!

— Вы преувеличиваете, Марфа, — засмеялась Александра. — Зачем я нужна Извековым?

— Какая вы наивная, Александра! Если она вас предупредила, значит, думает, что вы раскопали что-то важное, и то, что ее вызвали в полицию, связывает с вами. Будьте осторожны!

Александра послушалась и велела Зинаиде вызвать из жилищной конторы слесаря. Через пару часов все замки были заменены. Ключи Александра от греха подальше закрыла в сейфе.

Глава 67
Развязка

Неожиданно ранним утром, когда все обитатели «теремка» еще спали, особняк осадили сотрудники средств массовой информации. Каким-то удивительным образом из следственного отдела просочилось известие о том, что

Инну Извекову задержали по подозрению в убийстве Надежды Барятьевой.

Обитатели особняка отважно оборонялись от неутомимых, ловких бойцов острого пера и рыцарей голубого экрана. Но некоторые особо активные журналисты, несмотря на закрытые ворота, волшебным образом перебрались через забор и маячили во дворе, с жадным любопытством всматриваясь в окна.

Не выдержав, Зинаида вышла во двор, и репортеры накинулись на нее, словно осы на варенье.

— Что вы скажете об убийстве Надежды Барятьевой ее родственниками?

— Ничего не скажу, — грубо буркнула Зина. — Ни Барятьеву, ни ее родственников я не знаю. — И захлопнула дверь.

Александра позвонила Суржикову и пожаловалась на осаду.

Следователь посоветовал ей с представителями СМИ не общаться.

— Как же так получилось, что у вас тайны следствия открылись? — не выдержала Александра.

— Это чертова Извекова с муженьком все устроили! Нам тут тоже прохода не дают, еле на работу пробрался, выйти на улицу нельзя, — простонал он. — Держитесь!

Положив трубку, Александра возмутилась:

— Держитесь, как же! Их здесь целый десант.

Обитатели особняка собрались в столовой и включили телевизор.

Захлебываясь от возбуждения, диктор сообщил:

— Последняя сенсационная новость. Задержана подозреваемая в убийстве жены известного актера и общественного деятеля Альберта Барятьева — Надежды. Это родственница Барятьевых — Инна Извекова, жена двоюродного брата актера. В результате убийства Надежды Барятьевой Извековы получили в наследство имущество на десять миллионов долларов.

На экране появились фотографии Барятьева и его жены. Далее стали передавать другие новости, и Александра выключила телевизор.

Продержавшись до обеда, журналисты постепенно сняли осаду.

Но день все равно не задался, после отъезда работников СМИ приехали работники из следственных органов, сделали обыск у Павлины. Нашли в ее вещах мобильный телефон Надежды Барятьевой и увезли ее с собой. Костик как верный рыцарь не бросил свою хозяйку и последовал за ней в следственный отдел.

Александра и домработницы были глубоко поражены свершившимся.

— За что ее? Наверное, эти Верхушкины на нее наговорили, — сокрушалась Зинаида. — Да, Павлина — противная, но это не повод ее арестовывать.

Серафима с Марией с тревожными лицами неприкаянно бродили по дому.

Погода не утихомирилась. В окна порывисто бился сильный ветер и плевался снегом.

Александра с Зинаидой в компании Марии и Серафимы пили чай на кухне.

Внезапно в прихожей запиликал домофон, все вздрогнули.

— Кто это в такую метель? — перекрестилась Зинаида. Она встала и поплелась к домофону. — Кто там? — крикнула она и в завывании вьюги с трудом расслышала голос Луизы. — С ума сошла! Прикатила в такую погоду? — сердито пробормотала Зина, открывая калитку.

В холл ввалилась закутанная, вся в снегу Луиза.

Скинув шубу и сапоги, она прошмыгнула в теплую кухню.

Буркнув всем «здра-с-с-сьте», Луиза хлопнулась на свободное место.

Зинаида молча налила ей чай.

— Что заставило вас приехать в такую погоду? — поинтересовалась Александра.

— Мне дома скучно, — вздохнула Луиза. — И потом, я не верю, что клада нет. Хоть убейте, не верю!

Александра усмехнулась:

— Что, жизнь всякий смысл потеряла?

— Вам смешно! — сердито заворчала Луиза. — А мне не очень.

— Вы сами виноваты в этом, — вздохнула Александра. — Ведь никто из Барятьевых не завещал вам ничего, вы сами это придумали.

Луиза ощетинилась:

— Хотя бы и так! Но я хоть и седьмая вода на киселе, но их родственница! А кто такая Павлина? Кто она Барятьевым? И остальные? Почему они хозяйничают в этом доме?

— Здесь никто не хозяйничает, — оборвала ее Александра. — А то, что у вас всех крышу снесло от несуществующих богатств, я не виновата.

— Допустим, — вдруг подала голос Серафима. — А чем вы лучше нас? Зачем ко мне приезжали, упрашивали, чтобы я к вам работать пошла? Небось, хотели у меня про клад выведать?

— И меня тоже разыскали! — нахально пискнула Мария.

Изумленная Александра перевела взгляд с Серафимы на Марию.

— А вы сами как думаете, зачем вы мне?

— Я уже сказала зачем, — окрысилась Серафима.

— Так вы могли отказаться, — фыркнула Александра. — А вы, помнится, — обратилась она к Марии, — на коленях умоляли взять вас на работу, и даже бесплатно.

— Да, просилась, — нагло бросила Мария. — И что?

— А то, что вы ночью впускали в дом незнакомого человека, раз, — загнула палец Александра. — Напоили нас всех снотворным — два, а самое страшное — систематически травили свою бывшую хозяйку — три.

— А кто это докажет? — возмутилась Мария. Но от испуга у нее на лбу выступила испарина, глаза забегали.

— Следователи сделают эксгумацию тела Барятьевой и легко сделают выводы, чем ее травили, — усмехнулась Александра. — И свидетель есть — Серафима. И всех нас ты опоила снотворным, даже Серафиму не пожалела, хотела ее обмануть.

— Да, Машка! — со злостью крикнула Серафима. — Все хотела одна заграбастать! Сволочь ты редкостная! Вот Инку посадили, и тебя посадят за твои черные делишки! Я догадывалась, что ты Надежду подтравливала, потому что после твоего чая она делалась невменяемой. Да и хозяина, небось, вы с Инкой на тот свет отправили, с вас станется!

Мария почернела от страха.

— Чего ты мелешь? — дрожащими губами произнесла она. — Я муху убить не могу, а вы мне отравление шьете!

— Муху тебе незачем убивать, — презрительно перебила ее Серафима, — а вот за копейку ты мать родную укокошишь.

— Ничего себе дела! — истерично брякнула Луиза. — Предупреждаю, я к тому, что вас Мария снотворным напоила, не имею никакого отношения. Я даже не знала, что она это сделает.

— Не ври, ты сама мне предложила! — сиплым голосом вскрикнула Мария.

— Если бы я знала, что ты такая врунья, я бы с тобой не связывалась! — вспыхнула Луиза.

Мария что-то злобно пробормотала себе под нос.

— Уже поздно, пора бы спать, — решила прервать споры Александра.

— Можно, я у вас переночую? — пролепетала Луиза.

Александра разрешила, и Зинаида постелила ей на первом этаже.

Женщины разбрелись по спальням, Александра отправилась к себе.

Но не успела она лечь, как позвонила Марфа. Александра рассказала последние новости.

— Надо же! В такую погоду притащиться! Вот ведь что с людьми жадность делает, — поразилась Марфа.

— Зина поправилась, и как только Суржиков разрешит, я Марию с Серафимой уволю.

— Вот как человека проверишь? — мрачно изрекла Марфа. — Никогда не узнаешь, что у него перемкнет в черепушке и что он может натворить.

— Да уж, внешний вид обманчив.

— Не то слово, — вырвалось у Марфы. — Меня родня Петра со всех сторон обложила, денег хотят. Таких из себя святых строят, а сами только и мечтают, как бы меня со свету сжить.

— Так, может, лучше откупиться?

— Еще чего не хватало! Они никакого отношения к наследству не имеют!

— Смотрите, вам виднее.

Помолчав, Александра вздохнула:

— Как там следствие идет, ничего не слышно?

— Да сегодня была в следственном отделе, — проговорила Марфа. — Яна сначала созналась, рассказала, что это Инна приказала убить меня, но так как Байзюк меня выгнал из дома, она сорвалась и убила Петра. А теперь отказывается от убийства, кричит, что не убивала хозяина. Остальные сваливают вину друг на друга и ни в чем не признаются, но картина складывается не в пользу Инны, так как все ниточки ведут к ней. У нее в отделении психиатрии лечились и Павлина, и Виолетта, и Яна. И это Инна настропалила Павлину и Виолетту на поиски клада в доме Барятьевых, чтобы скрыть задуманное ею преступление. Инна готовила почву на тот случай, если вариант самоубийства Нади не прокатит, и создала ажиотаж вокруг несуществующих сокровищ. Ей было важно устранить Наденьку как наследницу, потому что, если бы Альберт умер, все его имущество перешло бы к жене. Инне не понравилось, что вы, Александра, заинтересовались смертью Нади и собрали вокруг себя людей, которые так или иначе могли что-то знать о жизни Барятьевых. А больше всего ее беспокоило наше с вами знакомство, поэтому она и подсунула моему благоверному маньячку, чтобы та устранила меня. Но Инна просчиталась. Яна оказалась неуправляемой и вместо меня убила моего благоверного. Виолетта утверждает, что Инна ей рассказала про то, какое чудовище Павлина, что она убила Надежду Барятьеву, чтобы завладеть несметными сокровищами, кладом, который хранится на чердаке.

— А что говорит Инна?

— Отпирается от всего, но факты — вещь упрямая, они против нее.

— Вот вам, пожалуйста, хрупкое создание. Кто поверит, что эта женщина, доктор, на такое способна? Мало того, что сама сядет, она еще мужа своего посадит.

— Ой, забыла сказать! — воскликнула Марфа. — Кстати, после беседы с вами я вспомнила голос той женщины на чердаке. И рассказала все Суржикову. На следствии мне давали послушать разные женские голоса, и я выбрала голос Инны, не зная, что он принадлежит ей.

— Да что вы! — заволновалась Александра. — Нечто подобное я предполагала.

— Ужасно! — мрачно изрекла Марфа. — Вот это родственники, нелюди какие-то!

— Правильно говорят, что все тайное рано или поздно становится явным, — вздохнула Александра. — Кстати, я была уверена, что Павлина не виновата, она не способна на убийство. Это я вам как психолог говорю.

— А телефон Нади ей подсунула Инна, когда приходила сюда в последний раз, она могла попасть в комнату Павлины через черный вход, — проговорила Марфа.

— А как она комнату Павлины узнала? — хмыкнула Александра.

— Думаю, по ее вещам, так ярко и безвкусно, как Павлина, никто не одевается, — хохотнула Марфа.

— Только я не пойму, как полиция узнала, что у Павлины мобильник Нади Барятьевой?

— Кто-то анонимно позвонил из телефона-автомата, — засмеялась Марфа. — Кстати, Павлину уже выпустили, Костик за нее сражался со следователем как лев, но только вряд ли они теперь в ваш дом сунутся.

— Жаль, я потеряла состоятельную клиентку, — хмыкнула Александра.

— Не переживайте, СМИ вам этой историей такую рекламу сделали, что у вас от клиентов отбоя не будет, — пообещала Марфа. — Да, чуть не забыла! Вам Суржиков привет передавал и благодарил за помощь, сказал, что без вашего участия они бы еще долго это дело распутывали.

— Кстати, а клад действительно существует, — вдруг озорно хихикнула Александра. — Я прочитала об этом в дневнике Нади Барятьевой. Суржиков в курсе, как только они закончат следствие, то займутся кладом. Все, что найдут, передадут в музей.

— Обалдеть! — воскликнула Марфа. — Представляю, что будет с Луизой и Павлиной! — засмеялась она.

— А какие чувства будут испытывать остальные искатели клада! — добавила Александра. — Честно говоря, мне их жаль.

— А мне нет, — возразила Марфа. — В погоне за сокровищами они озверели и готовы были загрызть друг друга. Надеюсь, это будет для них наукой.

Эпилог

После разговора с Марфой Александра крепко уснула, и под утро ей приснился странный сон. Как будто она находилась в больничной палате, где лежал Альберт Барятьев.

Среди ночи Альберт проснулся в холодном поту на больничной койке от жуткого кошмара.

Лунный свет печально и таинственно лился сквозь полосу плохо задернутой шторы. Лицо Альберта было залито слезами, и он тихонько всхлипывал. Перед глазами все еще стояла Наденька, жалкая, несчастная, на краю черной, беспощадной в своей бесконечности пропасти, а над ней нависала страшная, огромная тень чудовищного существа. Острые когтистые лапы тянулись к Наденьке. Альберт крикнул, чтобы она убегала, но из его рта не донеслось ни звука. Он попытался вскочить, оттолкнуть чудище от жены, но тело не повиновалось ему, и от беспомощности он отчаянно зарыдал. И вдруг понял, что Нади больше нет.

Больной старик на соседней кровати тревожно заворочался и застонал.

— Доктора мне, доктора...

Рука Альберта потянулась к кнопке вызова врача.

В коридоре зашуршали шаги, в палату вошла медсестра.

— Что случилось? — заворчала она.

Медсестра работала вторые сутки подряд, и ей смертельно хотелось спать. Ее раздражали пациенты, их болезни, жалобы, стенания. Недавняя выпускница медучилища, она совершенно иначе представляла свою работу. Ей казалось, что именно здесь она найдет свою судьбу и выйдет замуж не за врача, так за пациента — богатого бизнесмена. Медсестра наклонилась над стонущим стариком и стала спрашивать его о чем-то.

Альберт уже не видел ни медсестру, ни палату. Растаяли и исчезли звуки. Перед глазами в одно мгновение пронеслась вся жизнь. Свернулось и сузилось пространство, остановилось время и превратилось в крохотную чернеющую точку. Мгновенное небытие и длинный, бесконечный тоннель...

Альберта с огромной скоростью несло куда-то вверх, высоко, к свету, к долгожданному радостному сиянию и вдруг, словно пушинку, вытолкнуло из глубокого колодца на изумительную лужайку с мягкой сине-зеленой травой, окруженную прекрасными невиданными растениями и деревьями.

Над полянкой сияло солнце, а небесный свод был идеально голубой. От дивной красоты у Альберта выступили на глазах слезы, и вдруг он услышал голос матери. Нежно улыбаясь, Белла Леонидовна шла навстречу, протянув руку:

— Сынок, иди к нам...

Рядом с ней шли и Казимир, и отец Альберта, и тетка, и другие умершие родственники и знакомые. Они радостно и восхищенно приветствовали его.

Вдруг все расступились, и вперед вышла Наденька. Она тепло и чудесно улыбнулась. Шагнула к Альберту, крепко обняла его. Они взялись за руки.

Нина Дитинич

— Мы теперь вместе навек, — шепнула Наденька.

— Вместе навек... — словно эхо повторил Альберт.

Медсестра наклонилась над Альбертом и, пощупав пульс, произнесла дрогнувшим голосом:

— Он умер!

>...Глаза заволокло,
>И, с памятью в раздоре, я
>смешал добро и зло...
>Печальная история!
>Я колыбелью стал:
>Какое-то качание,
>зияние, провал...
>Молчание, молчание!
>
>(Поль Верлен)

Оглавление

ОСОБНЯК САМОУБИЙЦ

Литературно-художественное издание

ДЕТЕКТИВ-СОБЫТИЕ

Дитинич Нина

ОСОБНЯК САМОУБИЙЦ

Ответственный редактор *А. Антонова*
Художественный редактор *С. Груздев*
Технический редактор *Н. Духанина*
Компьютерная верстка *Г. Сенина*
Корректор *Д. Горобец*

В коллаже на обложке использованы фотографии:
koya979, Victoria Harwood, tcharts / Shutterstock.com
Используется по лицензии от Shutterstock.com

ООО «Издательство «Э»
123308, Москва, ул. Зорге, д. 1. Тел.: 8 (495) 411-68-86.
Өндіруші: «Э» АҚБ Баспасы, 123308, Мәскеу, Ресей, Зорге көшесі, 1 үй.
Тел.: 8 (495) 411-68-86.
Тауар белгісі: «Э»
Қазақстан Республикасында дистрибьютор және өнім бойынша арыз-талаптарды қабылдаушының
өкілі «РДЦ-Алматы» ЖШС, Алматы қ., Домбровский көш., 3«а», литер Б, офис 1.
Тел.: 8 (727) 251-59-89/90/91/92, факс: 8 (727) 251 58 12 вн. 107.
Өнімнің жарамдылық мерзімі шектелмеген.
Сертификация туралы ақпарат сайтта Өндіруші «Э»
Сведения о подтверждении соответствия издания согласно законодательству РФ
о техническом регулировании можно получить на сайте Издательства «Э»

Өндірген мемлекет: Ресей
Сертификация қарастырылмаған

Подписано в печать 29.12.2017. Формат 84x108^1/$_{32}$.
Гарнитура «HeliosC». Печать офсетная. Усл. печ. л. 16,8.
Тираж 2000 экз. Заказ № 7455.

Отпечатано в ОАО «Можайский полиграфический комбинат».
143200, г. Можайск, ул. Мира, 93.
www.oaompk.ru, www.оаомпк.рф тел.: (495) 745-84-28, (49638) 20-685

Оптовая торговля книгами Издательства «Э»:
142700, Московская обл., Ленинский р-н, г. Видное,
Белокаменное ш., д. 1, многоканальный тел.: 411-50-74.

По вопросам приобретения книг Издательства «Э» зарубежными оптовыми
покупателями обращаться в отдел зарубежных продаж
International Sales: International wholesale customers should contact
Foreign Sales Department for their orders.

По вопросам заказа книг корпоративным клиентам,
в том числе в специальном оформлении, *обращаться по тел.:*
+7 (495) 411-68-59, доб. 2261.

Оптовая торговля бумажно-беловыми
и канцелярскими товарами для школы и офиса:
142702, Московская обл., Ленинский р-н, г. Видное-2,
Белокаменное ш., д. 1, а/я 5. Тел./факс: +7 (495) 745-28-87 (многоканальный).

Полный ассортимент книг издательства для оптовых покупателей:
Москва. Адрес: 142701, Московская область, Ленинский р-н,
г. Видное, Белокаменное шоссе, д. 1. Телефон: +7 (495) 411-50-74.
Нижний Новгород. Филиал в Нижнем Новгороде. Адрес: 603094,
г. Нижний Новгород, ул. Карпинского, д. 29, бизнес-парк «Грин Плаза».
Телефон: +7 (831) 216-15-91 (92, 93, 94).
Санкт-Петербург. ООО «СЗКО». Адрес: 192029, г. Санкт-Петербург, пр. Обуховской Обороны,
д. 84, лит. «Е». Телефон: +7 (812) 365-46-03 / 04. **E-mail:** server@szko.ru
Екатеринбург. Филиал в г. Екатеринбурге. Адрес: 620024,
г. Екатеринбург, ул. Новинская, д. 2ц. Телефон: +7 (343) 272-72-01 (02/03/04/05/06/08).
Самара. Филиал в г. Самаре. Адрес: 443052, г. Самара, пр-т Кирова, д. 75/1, лит. «Е».
Телефон: +7(846)207-55-50. **E-mail:** RDC-samara@mail.ru
Ростов-на-Дону. Филиал в г. Ростове-на-Дону. Адрес: 344023,
г. Ростов-на-Дону, ул. Страны Советов, д. 44 А. Телефон: +7(863) 303-62-10.
Центр оптово-розничных продаж Cash&Carry в г. Ростове-на-Дону. Адрес: 344023,
: Ростов-на-Дону, ул. Страны Советов, д. 44 В. Телефон: (863) 303-62-10. Режим работы: с 9-00 до 19-00.
Новосибирск. Филиал в г. Новосибирске. Адрес: 630015,
г. Новосибирск, Комбинатский пер., д. 3. Телефон: +7(383) 289-91-42.
Хабаровск. Филиал РДЦ Новосибирск в Хабаровске. Адрес: 680000, г. Хабаровск,
пер. Дзержинского, д. 24, литера Б, офис 1. Телефон: +7(4212) 910-120.
Тюмень. Филиал в г. Тюмени. Центр оптово-розничных продаж Cash&Carry в г. Тюмени.
Адрес: 625022, г. Тюмень, ул. Алебашевская, д. 9А (ТЦ Перестройка+).
Телефон: +7 (3452) 21-53-96/ 97/ 98.
Краснодар. Обособленное подразделение в г. Краснодаре
Центр оптово-розничных продаж Cash&Carry в г. Краснодаре
Адрес: 350018, г. Краснодар, ул. Сормовская, д. 7, лит. «Г». Телефон: (861) 234-43-01(02).
Республика Беларусь. Центр оптово-розничных продаж Cash&Carry в г. Минске. Адрес: 220014,
Республика Беларусь, г. Минск, пр-т Жукова, д. 44, пом. 1-17, ТЦ «Outleto».
Телефон: +375 17 251-40-23; +375 44 581-81-92. Режим работы: с 10-00 до 22-00.
Казахстан. РДЦ Алматы. Адрес: 050039, г. Алматы, ул. Домбровского, д. 3 «А».
Телефон: +7 (727) 251-58-12, 251-59-90 (91,92,99).
Украина. ООО «Форс Украина». Адрес: 04073 г. Киев, ул. Вербовая, д. 17а.
Телефон: +38 (044) 290-99-44. **E-mail:** sales@forsukraine.com

Полный ассортимент продукции Издательства «Э»
можно приобрести в магазинах «Новый книжный» и «Читай-город».
Телефон единой справочной: 8 (800) 444-8-444. Звонок по России бесплатный.

В Санкт-Петербурге: в магазине «Парк Культуры и Чтения БУКВОЕД», Невский пр-т, д. 46.
Тел.: +7(812)601-0-601, www.bookvoed.ru

Розничная продажа книг с доставкой по всему миру. Тел.: +7 (495) 745-89-14.

ISBN 978-5-04-090316-0

9 785040 903160 >

16+

ЕКАТЕРИНА
БАРСОВА

·

ВЕЛИКИЕ

ТАЙНЫ

ПРОШЛОГО

·

В ЗАХВАТЫВАЮЩИХ ОСТРОСЮЖЕТНЫХ ДРАМАХ ЕКАТЕРИНЫ БАРСОВОЙ
ИЗ СЕРИИ «ВЕЛИКИЕ ТАЙНЫ ПРОШЛОГО» ПРОГРЕМЕВШИЕ НА ВЕСЬ
МИР ПРЕСТУПЛЕНИЯ, ДО СИХ ПОР ОСТАВШИЕСЯ НЕРАСКРЫТЫМИ,
ПЕРЕКЛИКАЮТСЯ С СОВРЕМЕННОСТЬЮ И НАХОДЯТ НЕОЖИДАННОЕ
ПРОДОЛЖЕНИЕ В НАСТОЯЩЕМ. ПРОШЛОЕ ВОЗВРАЩАЕТСЯ
И СТАНОВИТСЯ ПРИЧИНОЙ НОВОГО ПРЕСТУПЛЕНИЯ.

АЛЬБИНА **Нури**

ВЫЧЕРКНУТАЯ ИЗ ЖИЗНИ

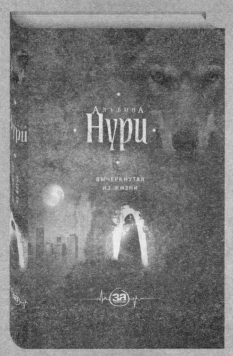

Альбина Нури не боится шагнуть за границы непознанного. В ее мистических триллерах реальность переплетается с зазеркальем, и только во власти героев сделать выбор, на какой стороне остаться...

Также читайте в серии «За гранью» роман Альбины Нури «Пропавшие в раю».

ИРИНА ГРИН

НАРУШЕННАЯ ЗАПОВЕДЬ

Все мы ищем в отношениях с близкими искренних и сильных эмоций. Но не поверхностные, а глубокие чувства иногда могут завести слишком далеко, превратиться в свою противоположность или даже стать причиной преступления... Ирина Грин исследует все грани и оттенки человеческих чувств, создавая из их столкновения и переплетения захватывающие детективные истории.